Benito Pérez Galdós

Episodios nacionales V
España trágica

Barcelona **2024**
Linkgua-ediciones.com

Créditos

Título original: Episodios nacionales V. España trágica

© 2024, Red ediciones S.L.

e-mail: info@Linkgua-ediciones.com

Diseño de cubierta: Michel Mallard.

ISBN tapa dura: 978-84-1126-421-1.
ISBN rústica: 978-84-9007-319-3.
ISBN ebook: 978-84-9007-235-6.

Sumario

Brevísima presentación

La obra

España trágica es la segunda novela de la quinta y última serie de los *Episodios Nacionales* de Benito Pérez Galdós.

La España trágica de este episodio, turbulenta y sin rumbo, es la que sucede a la Revolución de 1868 y al destierro de Isabel II. La muerte en duelo del infante don Enrique de Borbón a manos del duque de Montpensier y el misterioso asesinato del general Prim son los sucesos en torno a los cuales se urde la acción novelesca de este episodio, que se desarrolla en los escenarios madrileños tan habituales en el novelista.

El primer hecho tuvo lugar en Madrid, el 12 de marzo de 1870. El duelo acabó con la muerte por disparo de don Enrique, pero también con las posibilidades del duque de Montepensier de hacerse con el trono español, al que aspiraba tras el derrocamiento de su cuñada Isabel. El segundo hecho fue el asesinato del general Prim, que murió el 30 de diciembre de 1870, aparentemente a causa de las heridas infectadas que le causó un atentado que sufrió tres días antes, en una conspiración perfectamente organizada y financiada por el duque de Montpensier, Antonio de Orleans.

I

«*1.º de enero.* Ha sonado la última campanada de las doce. 1870 recoge la herencia del escandaloso 69, año de acciones difusas y de oratoria sinfónica... "¿Y qué haré yo con tantos discursos? —dice este pobrecito 70, que nace sobre los mismos hielos que han sido sepultura de su padre—. ¿De qué me servirá la opulencia verbosa de estos caballeros constituyentes?... ¿Por ventura, el diluvio retórico fecundará la simiente de la República o nos traerá un nuevo retoño del árbol secular de la Monarquía?".

»*2 de enero.* Si escribir pudiéramos la Historia futura, corriendo más aprisa que el tiempo, yo escribiría que el Rey X, si acaso lo encuentran, no querrá venir a este cráter del volcán en erupción. Se le quemarán las botas.

»*3 de enero.* Estos Carabancheles son desprendimientos del apretado cascote que llamamos *Madriles*. Hastiados de formar en ringleras, sin aire ni luz, algunos caseríos se han escurrido bonitamente hacia el campo. Aquí vivo, no por mi gusto, sino por el de mi madre, que como buena campesina tira siempre a las *Afueras*.

»*6, día de los Santos Reyes.* ¡Oh, qué visión divina me trajeron los Magos de Oriente!... Pasó el tiempo en que mi buena madre dejaba en el balcón mi zapato para que Gaspar, Melchor y el negro Baltasar me pusieran en él soldados o cañoncitos, que colmaban mis inocentes ambiciones. Anoche, sin aventurar zapato ni chinela, los Reyes fueron para mí más que nunca propicios y dadivosos, porque apenas abrí hoy la ventana por donde suelo contemplar la huerta de esta casa y la de la casa medianera, separadas por vieja tapia, vi una figura, imagen, persona, que al pronto me pareció ángel, después mujer. Verla y pensar que había encontrado mi novia definitiva, el ideal de amor, fueron dos facetas de un solo momento, iluminadas por un solo relámpago... Cuando absorto clavé mis ojos en la hermosa visión, esta me miró a mí... Pasado un segundo, dos quizás, la imagen se desvaneció tras de un ciprés... Esperé un rato; no la vi más. Yo miraba al ciprés y le decía: "ciprés amigo, apártate un poco; déjame ver si...".

»*7.* Estoy tristísimo. Temo y espero y desconfío. Mis pensamientos han volado a otro mundo, dejándome en una perplejidad ansiosa y muda. Mi madre me riñe por mi sombrío silencio. Con falsas alegrías y afectada locuacidad disfrazo yo la turbación de mi alma... Viene mi amigo Enrique

Bravo, exaltado patriota, escritor agresivo, tribuno vibrante, que cultiva en su propio ardimiento y en fogosas lecturas el arte de las insurrecciones. Con palabra bravía me habla de la Convención, de Bonaparte en el Consejo de los *Quinientos*, de Carlos X, del ministro Polignac y de las Jornadas de julio. Le contesto vagamente... Volvieron de muy lejos mis opiniones, y como bandada de avecillas que requieren sus nidos se posaron en el ciprés...

»*12*. Con Enrique fui hoy a Madrid. Estuve en la *Iberia* hablando con Fernando Garrido y con Gil Sanz. Luego entramos en el Congreso; subimos a la tribuna y asistimos a la presentación del nuevo Gabinete; vi a Rivero en el banco azul, le oí un discursillo corto y duro. Su facha es de cíclope, su palabra de hierro, ceceosa; va soltando las cláusulas como si las forjara con potente martillo sobre un yunque gramatical. No me enteré bien de lo que dijo, ni de los argumentos de Figueras, que interpelaba sobre la crisis... Salí de la tribuna y bajé a la calle con mi amigo, sin darme cuenta de lo que allí pasaba. Bravo lo decía todo; yo asentía con cabezadas mecánicas y con un mirar sin fijeza. La Política y el Parlamento me resultaban de una pequeñez atomística...»

Estas y otras ocurrencias o impresiones, humoradas, hechos de índole personal o de interés público, anotaba casi diariamente en un rayado libro el joven Vicente Halconero, hijo de Lucila, bien conocido ya del lector familiar, que en anteriores páginas le vio entrar y salir, paseante de Madrid, alma candorosa y bella, voladora por los infinitos espacios en que giran los astros y las ideas, inteligencia vagabunda, ambiciosa y sedienta, nunca satisfecha, nunca saciada.

Andaba ya Vicente en los veinte años no cabales. Su rostro melancólico, de viril belleza delicada, casi lampiño, reproducía las facciones de Lucila y las del Apolo de Belvedere. Aunque la corrección clásica no alcanzaba al cuerpo mezquino y endeble, este no carecía de gentileza y arrogancia. Su cojera, modificada por el prurito de disimularla, había llegado a ser una imperfección casi distinguida y de buen tono, como la cojera de Byron. La adoración y el mimo de su madre realzaban con excelente ropa la persona del primogénito de Halconero; pero este desdeñaba la elegancia sartorial, y apenas Lucila se descuidaba, iba derivando hacia la sencillez, y de la sencillez hacia el desaliño.

De cuanto pudiera decirse acerca de Vicente Halconero, lo más fundamental es que provenía espiritualmente de la Revolución del 68. Estas y las ideas precursoras le engendraron a él y a otros muchos, y como los frutos y criaturas de aquella Revolución fueron algo abortivos, también Vicente llevaba en sí los caracteres de un nacido a media vida. Produjo ciertamente *la Gloriosa* medias voluntades, inteligencias en tres cuartos de madurez con incompleto conocimiento de las cosas, por lo que la gran procesión histórica partida de Cádiz y de Alcolea se desordenó a mitad de su camino, y cada pendón se fue por su lado. La razón de esto era que buena parte de la enjundia revolucionaria se componía de retazos de sistemas extranjeros, *procedentes de saldos políticos*. La fácil importación de vida emperezó en tal manera a los directores de aquel movimiento, que no extrajeron del alma nacional más que los viejos módulos de sus ambiciones y envidias, olvidándose de buscar en ella la esencia democrática, y el secreto del nuevo organismo con que debían armar las piezas desconcertadas de la Nación.

Casi todo el dinero que la hermosa Lucila destinaba al bolsillo particular de su primogénito, disipábalo este en un tabuquito de la Carrera de San Jerónimo, la humilde librería que las manos de Monnier transmitieron a las de Durán, y de estas había de pasar después a las de Fernando Fe, constituyendo en tan mezquino y oscuro local una especie de aduana por donde recibíamos la importación de cultura europea. Difícil es precisar la innumerabilidad y catálogo de libros que con la divisa de *Didot, Charpentier, Plon, Hachette, Levy* y otros afamados mercaderes de material literario han entrado por allí en más de medio siglo, y el cúmulo de ideas que enfardadas en masas de papel pasaron de los grandes cerebros del siglo a la fácil asimilación de nuestros ávidos entendimientos.

Parroquiano constante de Durán fue Vicente Halconero, que completaba el gusto de adquirir libros con el honor de encontrar en la menguada ermita o cuchitril aduanero a Castelar o a Cánovas del Castillo, arrimados al estante bajo de la izquierda conforme entrábamos; a Campoamor, a Echegaray, a Gabriel Rodríguez, a don Francisco Canalejas, o bien a Pi y Margall, Giner de los Ríos, Alcántara, Calderón y otros muchos que estaban en los medios o en los principios de la fama. Muchos iban por la Literatura, otros por la Filosofía o la Economía política... Halconero no hablaba con las personas eminentes que allí veía, por sentirse muy inferior a ellas en edad y saber: contentábase con el golpe de vista y oído, y con el roce; hablaba solo con Durán, la mitad superior de un hombre pegado a una mesilla escritorio, en la cual, a la luz de un mechero de gas, despachaba el género cultural extranjero en grandes y pequeñas dosis.

Antes del 68, ya el hijo de Lucila dejaba pesetejas y duros en la covacha de Durán. Pero el gran derroche vino después de la sacudida del 29 de septiembre. Como compuerta que se abre soltando el libre curso de las aguas embalsadas, la Revolución dio entrada a una impetuosa corriente de literatura extranjera. Obras que en Francia eran viejas, vinieron acá como novedad fascinadora. La censura y las prohibiciones habían alejado de nuestros paladares el vino nuevo de Europa, y de pronto la libertad nos lo sirvió añejo, fortalecido por el largo reposo en botellas o cubas.

Las primeras borracheras las tomó el neófito con Víctor Hugo, que en verso y prosa le entusiasmaba y enloquecía. Vino luego Lamartine con sus dramáticos *Girondinos*; siguieron Thiers con *El Consulado y el Imperio*, y Michelet con sus admirables *Historias*. En su fiebre de asimilación empalmaba la Filosofía con la Literatura, y tan pronto se asomaba con ardiente anhelo a la selva encantada de Balzac, *La comedia humana*, como se metía en el inmenso laberinto de Laurent, *Historia de la Humanidad*. Por complacer a su padrastro don Ángel Cordero, apechugó con Bastiat y otros pontífices de la Economía política, y para quitar el amargor de estas áridas lecturas, se entretuvo con la socarronería burguesa del *Jerónimo Paturot*.

Impelido por intensa curiosidad, dedicose el incipiente lector a los maestros alemanes. Devoró a Goethe y Schiller; se enredó luego con Enrique Heine, *Atta Troll*, *Reisebilder*, y por esta curva germánica volvió a Francia con Teófilo Gautier, Janin, Vacquerie, que le llevaron de nuevo a la espléndida flora de Víctor Hugo. Mayores estímulos de sed ardiente le empujaron hacia Rousseau y Voltaire, de donde saltó de un brinco a las constelaciones de la antigüedad clásica, Homero, Virgilio, Esquilo, el cual, como por la mano, le condujo hacia el espléndido grupo estelario de Shakespeare, *Otelo, Hamlet, Romeo y Julieta*. De aquí, por derivaciones puramente caprichosas, fue a parar a Jorge Sand, Enrique Murger y al desvergonzado Paul de Kock. El espíritu del neófito se remontó de improviso, requiriendo arte y emociones de mayor vuelo. Releyó historias y poemas, y buscando al fin con la belleza la amargura que a su alma era grata, se refugió en *Werther* como en una silenciosa gruta llena de maravillas geológicas, y ornada con arborizaciones parietarias de peregrina hermosura.

No tardó Halconero en tomar grande afición a la literatura concebida y expuesta en forma personal: las llamadas *Memorias*, relato más o menos artificioso de acaecimientos verídicos, o las invenciones que para suplantar a la realidad se revisten del disfraz autobiográfico, ya diluyendo en cartas toda una historia sentimental, ya consignando en diarios apuntes las sucesivas borrascas de un corazón atormentado. En densas epístolas puso Rousseau su *Nueva Heloísa*, y en espasmos de amor y desesperación, diariamente trasladados al papel, contó Goethe las desdichas del enamorado de Carlota. De este arte apasionado, melancólico y amarguísimo se prendó tanto el hijo de Lucila, que sin quererlo, y por inopinadas comezones de la edad juvenil, fue inducido a imitarlo... Aquella noche (Enero del 70), después de un día de aplanante tristeza, escribió en su Diario:

«*14*. Hoy la he visto por tercera vez; hoy he podido admirar su belleza, porque se detuvo algunos minutos junto a la tapia medianera jugando con los chicos del hortelano de su casa. Figura más esbelta no vi en mi vida. De su rostro no puedo decir sino que al mirarlo me sentí enloquecido. Trato de analizarlo y no puedo. No cabe análisis de lo que se ofreció a mis ojos como el cielo mismo. Su propio esplendor, llenando todo mi espíritu, me incapacita para la descripción. ¿Es morena? ¿Son negros sus ojos? O no lo sé, o lo sé demasiado. Oí absorto su voz sin entender lo que decía. El sonido blando de las eses y las eles entre vocales penetraba en mi alma como el eco de una música lejana. ¡Y pensar que esto que aquí escribo habría de parecer tonto a los que lo leyeran!... Pero nadie lo leerá.» Solo el que siente y padece sabe ver el trasluz divino de las tonterías.

«*15*. En mi hermosa vecina... Cada día lo veo más claro... hay misterio. Misterio es, sin duda, que una mujer bonita y joven no salga nunca de casa. Mi madre me ha dicho que ni a misa va. ¿Será que algún suceso desgraciado le ha infundido el horror de mostrarse en público? ¿Será miedo, será vergüenza, será enfermedad? Hoy he notado que anda con lentitud. Sus ojos, de intensa expresión amorosa y dramática, me han hecho pensar en las divinas mujeres que ganaron la bienaventuranza eterna con el martirio. Dios ha querido que esta santa escultura baje de los altares para que yo la adore viva.»

No se trataba la familia de Vicente con la de la vecinita preciosa y pálida; pero sí con una dama que, dos números más adelante, en la misma calle vivía. Era la viuda de Oliván, mujer de historia, relegada al fin por los años a una oscuridad honorable, y a un extrañamiento que la puso a honesto resguardo de las murmuraciones. Por esta señora, con quien hizo conocimiento en la iglesia, supo Lucila que la señorita misteriosa se llamaba *Fernanda*, y que era hija de un coronel de reemplazo. Al oír esto, sintió Vicente alegría y un cierto alivio de su confusión y pesadumbre, porque el misterio con nombre es misterio que empieza a desembozarse. Ya no era tan hermética la bella y triste aparición que decía: *Me llamo Fernanda*.

II

Sin ningún accidente extraño, antes bien, con fácil sucesión de los hechos más vulgares, se fue aclarando día por día el enigma oscuro. En la parroquia, por mediación de la Oliván, hizo amistad Lucila con la madre de Fernanda. Simpatizaron apenas cambiados los primeros cumplidos; charlaron familiarmente al volver a casa, y se despidieron con la mutua invitación a entablar amistades... En su primera visita, poco ceremoniosa en verdad, a los señores de Ibero, se enteró Lucila de que estos habían abandonado su país, la Rioja alavesa con la esperanza de que el cambio de aires fuese favorable a su querida hija. Del carácter y origen de la dolencia de esta no dio la madre explicaciones. De Madrid habían venido a Carabanchel huyendo del bullicio cortesano, que destemplaba furiosamente los nervios de la señorita. ¡Ah, los pícaros, los traidores nervios!... Algo debió de acontecer que moviera la insurrección espasmódica, porque la compleja máquina de nuestro sistema nervioso no suele descomponerse sin graves turbaciones del orden afectivo y moral. ¿Qué sería? ¿Pasiones contrariadas, desengaño amoroso precedido de extravío y deshonra?

«No, madre, no —dijo Vicente rebelándose contra las conjeturas expresadas por la celtíbera—. ¡Deshonra no! Guárdate de usar esa palabra oprobiosa, cruel... A ti, por ser mi madre, te consiento que hables de ese modo;

a otra persona no se lo consentiría... No podría consentirlo. Es mi gusto salir a la defensa de la debilidad, de la inocencia perseguida...»

Sonrió la celtíbera de este inesperado ademán caballeresco, y comprendiendo que el interés de Vicente por la vecinita no era superficial o caprichoso, en el resto del coloquio cuidó de ponerse en discreta concordancia con las ideas de él. Si esta conversación avivó el incipiente desvarío del joven romántico, más radical fue su trastorno cuando la madre, al volver de su tercera o cuarta visita, le habló así:

«Hijito mío, mañana tendrás que ir conmigo a la casa de esos buenos señores. Quieren verte, quieren que veas y trates a su hija. ¿Te parece esto muy extraño? A mí también; pero te cuento las cosas como son, y refiero puntualmente lo que don Santiago y doña Gracia me han dicho. Verás, verás qué raro es todo esto. Fernanda padece la monomanía de la soledad. No quiere ver gente; le causan horror las caras humanas, en particular las de jovencitas de su edad y las de caballeros de edad correspondiente a la suya. Se han hecho mil probaturas y ensayos para librarla de este desvarío; pero solo han conseguido excitarla más en el aborrecimiento del mundo. Su sociedad, ya lo has visto, se reduce a tres criaturas, con las cuales charla, ríe y parece dichosa... Quieren los padres romper el cascarón de hielo en que parece está encerrado el espíritu de la pobre señorita... Te han visto en la calle; han oído hablar de ti... Yo, madre amante y un poco tonta, figúrate lo que les habré dicho de Vicentillo Halconero... Y ellos, ¡ay!... Cree que me han trastornado la cabeza. "Tráigale usted, por Dios; tráiganos a su hijo. Ya sabemos que es un muchacho excelente, juicioso, ilustradísimo, que no hace más que leer y leer; que entiende de poesía, de literatura, de artes, y que manifiesta su saber con donaire y viveza, con un decir elegante... que cautiva." Así me hablaban uno y otro... Y yo tan hueca. Se me caía la baba de gusto, sin comprender el motivo de que esos señores te estimen en tanto antes de conocerte y tratarte... Pero sea lo que quiera, allá nos iremos mañana, y Dios sobre todo.»

Atontado como quien recibe un golpe en la cabeza, quedó el bueno de Vicente con lo dicho y propuesto por su madre. La pena y el gozo se disputaban su ánimo: la una entraba expulsando al otro, y al instante se repetía la operación contraria. La noche pasó desvelado, en lecho de espinas, sin poder aletargarse en el descanso de las sábanas, ni aquietar sus pensamientos en el apacible trato de los libros. ¿Por qué le llamaban los vecinos? ¿Qué significaba el empeño de aproximarle a la doliente señorita, como un remedio de sus graves trastornos? ¡Tremendo arcano y enredoso acertijo! No había visto nunca que los padres buscasen un galán para la damisela. Estas, comúnmente, con libre iniciativa los ojeaban y perseguían en el ancho coto social, y los hacían suyos antes que la familia se percatara de ello. En el mundo literario, no en el real, había visto Vicente algo semejante al solícito reclamo de los señores de Ibero. Recordaba la niña enferma de *El médico a palos*, y otras niñas neuróticas que graciosamente revestían de melindres patológicos su desolación. Si en efecto padecía Fernanda mal de amores en el grado agudísimo, ¿por qué no le llevaban el remedio propiamente suyo? ¿O había llegado el caso de aplicar el aforismo psicológico de la mancha de la mora, que con *otra verde se quita*?

En estas angustiosas cavilaciones llegó la hora de la visita, para la cual se vistió Vicente con elegante sencillez, por inspiración propia con el asenso de su madre, que le dijo: «Sin pretensiones ha de ir quien por ahora es más pretendido que pretendiente». No hay que decir que fueron hijo y madre amablemente recibidos por el matrimonio Ibero, y que la conversación preliminar no rompió los moldes o tópicos de la retórica de visitas. La crudeza del tiempo, los rigores de la helada, la tristeza de las dilatadas noches en un suburbio falto de todo atractivo social, consumieron no pocos instantes. Sin transición alguna pasaron del tema meteorológico al tema político, y este no podía ser otro que el sabroso asunto de la elección de Rey, comidilla de todas las bocas en aquellos días. Burla burlando dieron de lado al de Aosta, al de Génova y al Coburgo... Don Santiago se mantenía en su tozuda fidelidad a la candidatura de Espartero, y Lucila, respondiendo a las ideas burguesas y positivistas de su segundo esposo, quería salvar a España con las virtudes administrativas de Montpensier.

Comenzó Vicente a expresar su opinión recordando los tres *jamases* de Prim, y estando en esto, oyeron risotadas de chiquillos en la huerta cercana. La salita era baja; el gorjeo de aquellos pájaros alegró por un momento la triste solemnidad de la visita. Luego sonó la voz de Fernanda, dulce y armoniosa, sobreponiéndose a las de sus amiguitos. ¿Les reñía o les acariciaba?

Con un signo afectuoso, Gracia sacó a Vicente de la sala. Seis escalones no más bajaron hasta pisar la tierra endurecida por la helada, y a los pocos pasos el caballerito y la damisela se encontraron frente a frente bajo un Sol de enero, tibio y pitarroso, pero que pintaba los objetos con vibrante color y fuerte claro-oscuro. Sintió Vicente grande emoción al ver a corta distancia el rostro descolorido de Fernanda, sus manos que parecían de cera y el general aspecto de figura mística y doliente. Con la persona desentonaba el vestido: falda de franela gris tórtola, y una capita moruna de paño escocés; en la cabeza, nada que amenguara la magnificencia de su cabellera negra como el fondo de un abismo.

Con asombro de Gracia, más encogido que la señorita y más indeciso de palabra estuvo el galán después de la presentación. Con soltura sonriente Fernanda dijo al vecino: «Ya tenía noticias de usted por mi amiguito Luis, el chico del hortelano. Me ha contado que usted se pasa la noche leyendo en ese cuarto que se ve desde aquí... Yo he mirado la luz a las nueve, a las diez... Desde esa hora no he podido mirarla, porque a las diez me recojo siempre...». Contestó Halconero balbuciente que leía de noche por no tener mejor cosa que hacer... pero que su madre le quitaba la luz a las once para obligarle a dejar los libros por el sueño. «Pues a mí —dijo Fernanda— mi madre no me quita la luz en toda la noche, porque a oscuras no puedo dormir, y aun con luz duermo poco. La noche es muy triste... Dicen que desde Reyes acortan las noches... Yo no lo he notado... Yo me paso las madrugadas esperando las primeras luces del día, y cuando entran por los resquicios de la ventana de mi cuarto, me alegro y les digo: «bien venidas seáis, lucecitas mías. Entrad, entrad.»

Estas razones un tanto desconcertadas, emitidas con ingenuidad dulce y poética, fueron gratas al galán, que en la réplica pudo desembarazarse de su cortedad. «Yo celebro el día, que nos trae la madurez de lo que pensamos por la noche —dijo—; celebro la luz que separa los buenos pensamientos de los malos... De día es más hermosa la soledad y más fecunda. Yo he visto a usted en las horas de pleno Sol y de viva luz. Su bella persona me ha hecho pensar de noche y de día, acumulando tantas cavilaciones, tanto y tanto imaginar con miras a lo pasado y a lo futuro, que se maravillaría usted si pudiera yo contárselo...

¿Por qué no ha de poder? —dijo Fernanda con singular brillo en la mirada y un poquito de coloración en las mejillas—. Cuéntemelo... Si no es para contarlo, ¿a qué ha venido usted?» Contestó Halconero que no era ocasión de referir las intimidades de su pensamiento: podrían parecer extravagantes, quizás ridículas... Tiempo habría de que él abriese su alma y dejara salir las locuras y desatinos que se agitaban en abierta insurrección dentro de ella... Soltó Fernanda una franca risa oyendo estas cosas... De la risa y de las palabras que oyó, cruzadas entre el galán y la damisela, se maravilló y alegró sobremanera doña Gracia. Tal fue su gozo, que dejando solos a los jóvenes corrió a llevar las albricias a su marido y a Lucila. Jadeante entró en la sala diciendo: «En tres meses no la he visto reír como ha reído ahora... Apenas se ven ella y él, ¡pobres ángeles! simpatizan y... honestamente, discretamente, se brindan amistad, confianza... Ha sido mano de santo para mi adorada hija. ¿Querrá Dios ahora darnos el remedio que tantas veces le hemos pedido?...»

Gozosos los tres llegáronse a la ventana, y arrimados a los cristales siguieron con atentos ojos el vago pasear de la pareja por los rústicos andenes. A ratos se paraban, acentuando con miradas lo que se decían. Bien claro estaba el interés que cada cual alternadamente ponía en las palabras del otro. Cuando les veían de cara, notaban que la de Fernanda, risueña, parecía iluminada por un rayo interno de su propio espíritu. Creyérase que volvía por arte mágico a los dichosos días de su florida y sana juventud. En tanto las criaturas, dos mocosas de cinco y seis años y un chaval de siete, abandonados de su amiga y maestra, que a juegos mayores jugaba, entregáronse solos a ruidosas travesuras.

La huerta había sido jardín. Por una y otra parte se veían señales de su noble abolengo. Testigos de la degeneración eran algunas matas de ciprés y boj recortados, y otras lastimosas reliquias del estilo versallesco, pedruscos y trozos de cemento que habían sido gruta, y aún se conservaba una estatuilla descabezada, que debió de ser un fauno venido muy a menos. La traza del pensil había sido alterada para convertir los arriates floridos en tablares de hortalizas. Berzas, escarolas y lombardas heredaron el suelo que fue patrimonio de las rosas, clavellinas y anémonas, bien así como los humildes labriegos heredan los timbres linajudos de próceres arruinados. La casa también era degeneración tristísima, y de su grandeza pasada solo quedaba el desnudo grandor de los aposentos.

Como se ha dicho, los padres de Fernanda y la madre de Vicente seguían con atenta mirada el vagoroso ir y venir de la pareja por senderos, ora curvos, ora rectos, de la plebeya finca, descendiente de un aristocrático jardín... Se perdían a ratos tras un grupo de arbolillos, supervivientes míseros de un lindo boscaje destruido, y reaparecían entre un cenador en ruinas y un rimero de mantillo. Casi una hora duró el paseo y palique inocente, a que puso término Halconero con la fórmula más discreta y delicada. Bajaron Gracia y Lucila; se generalizó la conversación, interviniendo la gente menuda, gozosa de recobrar a su maestra. Los vecinos se retiraron, quedando en estrechar diariamente las amistades entabladas con tan buenos auspicios. Gracia y su esposo no disimulaban su satisfacción, que subió de punto a la hora de la cena, advirtiendo en su amada hija un cambio radical. Hablaba la señorita como si su hastío de la vida y del mundo se trocara súbitamente en ganas de vivir, como si saliera del sepulcro que con su taciturnidad sombría se labraba, y corriera en pos de las hermosuras y armonías de la Naturaleza. A la Naturaleza renacía, y en el seno de esta, mullido con promesas de amor y felicidad, descansaba de su fatídico viaje al Purgatorio y al Infierno.

Luego que a su hijita dejó acostada, parloteando graciosamente con la doncella, Gracia fue a reunirse con su marido, que sobre las diez acostumbraba fumar el último puro del día, paseándose en su despacho. Marido y mujer estaban de enhorabuena por haber encontrado al fin, tras ineficaces probaturas, la reparación psicológica de su adorada hija. Con militar rudeza expresó Santiago Ibero a su esposa sus esperanzas de triunfo en aquel empeño. Gracia le oía temblando, desconfiada del peligroso juego; pero él, con elevación de pensamiento y frase llana y baturra, habló de este modo: «No temas nada. Pase lo que pase, debemos alegrarnos del brinco que ha dado el alma de esta pobre criatura. ¿Qué hacía falta para sacarla de ese pozo en que se nos había metido? Un novio, un amor nuevo. Así mil veces lo pensamos. Pues ya tenemos novio. Otros le desagradaron, le repugnaron; este le gusta, este es el hombre... Ya hemos dicho que el mal ocasionado por un hombre infame, otro puede curarlo. Ya sabes mi lema: "un hombre, un hombre para la niña". Fíjate en que no digo *un marido*, ni siquiera *un novio*, sino *un hombre*. Por las trazas, este chico es un angelón; pero si no lo fuera, siempre saldríamos ganando. Gran beneficio será que la chica le ame y que con el nuevo amor se le encienda el corazón, que, a mi ver, no era más que un tizón apagado. Si en efecto se nos enamora de este joven, dejémosles que hagan lo que quieran. ¿Que la deshonra? Eso será el mal menor, en todo caso preferible al estado presente... Ya te lo he dicho, mujer: «Contra un cataclismo, otro cataclismo.» ¿No has oído que un clavo saca otro clavo? Pues un hombre saca a otro hombre... Venga la resurrección de la niña, aunque nos traiga un poco de vilipendio. ¿Qué supone una mácula en la extensión de eso que llamamos *ser, vivir*?

Exhaló Gracia un suspiro, que quería decir: *Amén*.

III

Prosiguieron asiduamente las visitas con regocijo por parte de las dos madres. Fernanda revivía, tornaba visiblemente a su prístino ser. Vicente, más enamorado cada día, no había logrado aún la completa tranquilidad del ánimo, porque el misterio que en la vida anterior de su novia traslucía continuaba indescifrado. En sus discreteos galantes, de exquisita delicadeza, intentó alguna vez provocar una confidencia leal; pero Fernanda enmudecía, y un celaje oscuro pasaba sobre su rostro hechicero y místico. Desde su ventana, antes de bajar a la visita, solía el joven hablar con ella, y aun tomar parte en el candoroso divertimiento de la señorita con los nenes. Oía la inocente cantinela: *ambo ató matarilerilerite*, y contestaba: *matarilerilerón*... En el juego de escondites intervenía con los risueños avisos de: *frío, frío... Caliente... que te quemas*.

Un día salió a la ventana y no vio a Fernanda, ni sintió el rumor de su graciosa charla con los amiguitos. No tuvo tiempo de pasar de la extrañeza a la confusión, porque entró su madre y le dijo: «Hoy no bajaremos. Fernanda tuvo anoche un enfriamiento y no han querido que se levante. En cama está; la he visto. Parece que su indisposición no es de cuidado. Yo iré después sin ti. Gracia me ha dicho que quiere contarme algo que tú y yo no sabemos todavía.

—Ya era tiempo, madre. Convendrá usted conmigo en que no debieron tardar tanto en descorrer el velo.

—Hijo mío, no sabemos lo que habrá tras el velo. Sin duda es cosa de mucha gravedad... Hace un rato, al decirme Gracia que hoy me contará las causas del duelo de la familia, se le demudó el rostro... Derramó algunas lágrimas... Dime: en tus conversaciones con la niña ¿no has tenido arte y malicia para provocar la confianza?...

—La he visto llegar al borde de la confianza y retroceder como espantada... Solo me ha dicho claramente que este amor suyo no es el primero... Otro amor hubo... Le duele a uno ser segunda parte en estas cosas, ¿verdad, madre?... ¿Por qué te ríes?... ¿Quieres decir que hay casos en que lo segundo es mejor que lo primero?»

Poco más hablaron. Volvió Lucila a la casa vecina, y el chico romántico, abrumado de melancolías, sin ganas de pasear, ni de conversar con sus amigotes, acogiose a la sociedad de sus amados libros. Trozos favoritos leyó de dramas y poemas; pero no pudiendo encadenar su atención, se entretuvo en mirar estampas. Días antes había comprado a Durán un libro bello y voluminoso, *La Mitología Griega*, con texto eruditísimo y sugestivas ilustraciones. Largo rato invirtió en ver dioses y diosas, ninfas del aire y el agua, sátiros, héroes divinos y divinidades humanizadas, copias de estatuas más o menos desnudas, por las cuales conocemos el Olimpo y sus aledaños. En una hermosa lámina de las Musas detúvose con examen contemplativo, porque en ella había notado, desde que por primera vez la vio, una curiosa particularidad: la semejanza, más bien exacto parecido de su madre Lucila con Melpómene, la musa de la Tragedia. Una y otra tenían las mismas facciones: nariz y boca eran idénticas; y cuando Lucila, por algún enojo doméstico, fruncía su helénico entrecejo, creyérase que la personificación del numen de Sófocles y Esquilo andaba por estos mundos.

Hojeando el libro de las bellas deidades, mató Halconero un buen espacio de tiempo; y cuando, a las dos horas de partir, volvió Lucila de la casa de Ibero, hallábase el romántico por tercera vez con los ojos puestos en las figuras arrogantes de las hermanas de Apolo. Lo primero que Vicente dijo a su madre, viéndola entrar alterado el rostro y fruncido el ceño, fue que nunca había sido más patente su parecido con la iracunda Melpómene.

«¿Quién es esa? —dijo Lucila mirando la figura y su leyenda—. ¡Ah! es la señora Musa de los dramas y tragedias... Pues, hijo, ¿es esto casualidad o magnetismo? Tragedia es lo que te traigo.

—¿Qué dices?

—Tragedia, lance de teatro es lo que ignorábamos, lo que yo sé ya, y tú sabrás ahora... En dos palabras te lo cuento. Luego sabrás pormenores... Fernanda tuvo un novio, caballero andaluz muy galán, pero más falso que Judas. La entretuvo y engañó con bonitas palabras largo tiempo... Engañó también a la familia... la pidió en matrimonio, y haciendo la comedia del casorio, a otras enamoraba con doblez y villanía. No abusó de Fernanda porque no pudo, porque esta fue siempre la misma virtud... Fue leal, ciega, enamorada... Confió locamente en el hombre mentiroso y pérfido. Un día, a poco de oír de los labios del caballero protestas de amor, descubrió sus amoríos infames con una tal... No recuerdo el nombre... Rubia, medio italiana, medio judía, medio religiosa, casi monja, casi diabla. Supo el sitio y ocasión en que la empecatada hembra se había de reunir con el mal caballero para escapar juntos a tierras andaluzas... Deja que recuerde bien... Lo que te cuento pasaba en Vitoria... En lugar solitario, noche oscurísima... Para concluir: Fernanda sorprendió a su rival, y antes que llegase al punto en que la esperaba con un coche el maldito don Juan... ¡es terrible, hijo mío!... la hirió con una espada... le atravesó el corazón... la dejó seca... ¿Has visto?... ¡Y creemos que solo en el teatro hay tragedias cuando da en escribirlas algún poeta que jamás mató un mosquito! ¿Has visto?... Asómbrate, hijo, y de aquí a mañana no vuelvas de tu asombro... No vuelvas de tu admiración.»

Hijo y madre se miraron un rato con fijeza intensísima. Vicente permaneció mudo un mediano rato, viendo más claro que nunca el parentesco fisonómico entre su madre y Melpómene. Con terrible entrecejo, cerrado vigorosamente el puño con que golpeaba la mesa, Lucila pronunció estas entonadas estrofas: «Admiro a la mujer valiente, que supo llenar de ira el corazón que tuvo lleno de amor... Admiro a la heroína que castigó la maldad, matando a la rival embustera, prostituida y ladrona... Así... Así. Digan lo que quieran, esto no es crimen: es justicia, es virtud... Y aún le faltó matar al bandido, al canalla... Aunque debemos reconocer que la medio monja y medio judía era más culpable que él. Ella le embaucaba... Así pienso yo... Ella le arrastró a la fuga; él era el robado y ella la ladrona... Bien, Fernanda, bien... Eres la mujer fuerte, que no espera de los hombres la justicia... Los hombres hacen la justicia para sí, no para nosotras. Ellos matan a sus rivales, ellos odian, y a nosotras nos mandan que seamos muñecas de amor.»

Un tanto sorprendido de la vehemencia con que hablaba su madre, Vicente rompió en elogios de Fernanda, ensalzando su bizarra valentía. ¿Cómo no amar a mujer tan grande?... Acerca de su pureza, repitió Lucila que no tenían los padres de ella la menor duda... Ansiaba Vicente narración del suceso con todos sus aspectos y pormenores, como quien anhela leer y saborear un hermoso poema después de haber oído sucinta referencia de su asunto. La tragedia y su protagonista tuviéronle tarde y noche en febril exaltación. Veía todas las cosas agrandadas monstruosamente, y revestidas de un vivo resplandor de aurora boreal; agrandado veía su amor hasta lo infinito, y la heroína se le representaba con la majestuosa elegancia y la perfección estética de las diosas paganas. Amar a una mujer trágica, ¡qué hermosura! Amar a la que en sus divinos ojos dejaba traslucir el alma de Esquilo, ¡qué felicidad! Era una felicidad que espantaba y un terror placentero... En tal estado de bárbaro delirio le encontró su madre a la mañana siguiente. ¡Efervescencia de amor y poesía en un cerebro congestionado por la excesiva asimilación literaria!

A la hora de costumbre después de comer, fueron hijo y madre a la casa vecina. En un aposento alto vio Vicente a Fernanda. Hallábase la damita recluida y resguardada del frío, cuello y cabeza envueltos en una nube, para que todo fuese a la moda olímpica. El galán creyó ver en la hermosa figura de su amada la reproducción de Polimnia, pensativa, rebozada en sutil velo, conforme aparece en una escultura famosa. Fernanda le acogió con afecto delicado. Sentáronse el uno junto al otro, y sin vigilancia de ninguno de la familia, hablaron cuanto quisieron. Departían vagamente, como paseantes desocupados en elíseos jardines, y se miraban para enmendar con los ojos la cortedad de la palabra... Ya se tuteaban. «Sé que estás enterado de mis desventuras», dijo ella, creyendo decir poco. Y él prosiguió: «Son desventuras de almas superiores que se elevan sobre la turbamulta de los mortales. Tú has sido grande en la acción. Los demás, y yo entre ellos, no hemos hecho nada que merezca referirse.»

La confianza crecía rápidamente. Fernanda era sincera y expresiva en su lenguaje, proyectando en rayos o chispas la espiritual acción, que era la facultad primera de su alma. «Dudo mucho —dijo al caballero—, que después de saber lo que sabes, sigas queriéndome... Si te inspiro repugnancia o miedo, retírate tranquilamente a tus libros y busca en ellos el modelo de la mujer esclava del hombre.» A lo que replicó Halconero que la quería infinitamente más; que amaba en ella la fuerza psíquica, creadora en el amor, destructora en los casos de rivalidad y justicia. La fuerza le subyugaba en su expresión moral y estética. De aquí partieron para un vivo y alterno tiroteo de protestas y promesas, en que se daban mutua fianza del presente y del porvenir. Fernanda encontraba en él su segundo amor, basado en la estimación. Hallábase Vicente en la eflorescencia robusta y total del primero, que había de ser único. En él ponía toda su existencia, y el amor no perecería sin llevarse la vida por delante.

Aquella misma tarde, cuando Fernanda se recogió a su alcoba, acompañada de su madre, don Santiago Ibero refirió a Vicente toda la historia, un ejemplar compendio de acción humana con sucesivas formas de idilio, madrigal, novela, drama y tragedia. No olvidó el coronel el tremendo epílogo, las fatigas y malos ratos que hubo de pasar la familia para sustraer a la justicia el terrible suceso. Alcanzado este fin, los señores de Ibero abandonaron la ciudad de Vitoria, y luego la casa patrimonial de La Guardia, creyendo con razón que su dolor se atenuaría huyendo de la escena ensangrentada y pavorosa.

Pasó un día. Al levantarse, serían las nueve, supo Vicente que su madre estaba en la casa vecina. De allí la habían llamado al amanecer con urgente apremio... Sin entretenerse en interrogaciones, su ansiedad le llevó a la indagación directa, personal... Corrió a la casa de Ibero. En la puerta vio un coche. Al entrar, una mujer le dijo que la señorita Fernanda estaba muy malita... Franqueó la corta escalinata, y en la sala baja halló a Lucila, que oía las órdenes facultativas del doctor Alejandro Miquis. Este salió a ocupar el coche que le esperaba. Lucila, leyendo la consternación en el rostro de su amado hijo, acudió a sosegarle con dulces palabras: «No hay motivo de alarma, creo yo. Ello ha sido una indisposición de más aparato que gravedad.

Los padres se han asustado... Naturalmente... Adoran a su hija. Ya está mejor... El reposo y buenos calditos la restablecerán. Mañana podrás verla...

—¿Pero qué...?

—Un repentino ataque de... No recuerdo el término... un vómito de sangre.

—Hemoptisis...

—Eso mismo. Anoche se acostó tan tranquila. Despertó de madrugada... Acudió la criada que duerme en la misma alcoba... Acudieron todos... En fin, si no hay gravedad manifiesta, la pobrecita ha quedado muy débil... Quietud y calma le ha recomendado el médico, y hablar lo menos posible... Mañana podrás verla; hoy conviene tenerla en completo reposo, para que no se repita el ataque... ¡Lástima de mujer, tan bella y tan buena!... Buena podemos llamarla a pesar de aquella fiereza con que liquidó sus cuentas de amor...»

IV

Momentos después, vio Halconero a los padres, afligidísimos, sin poder ocultar un sombrío presentimiento. Aunque dejaron a la enferma tranquila y aletargada, desconfiaban de verla pronto restablecida. Gracia subió de nuevo, y junto al lecho vigilaba el respirar pausado y rítmico de Fernanda. En la sala baja, frente a Lucila y Vicente, Ibero refería con triste comentario las horribles desazones que le habían dado sus hijos, con la extraña particularidad de que los tres tenían excelentes cualidades. Del primogénito, Santiago, refirió las novelescas aventuras y su voluntario destierro en París, unido con o sin sacramento... No pudo averiguarlo... A una mujer... Demasiado conocida en Madrid... Demetrio, el hijo tercero, enloqueció de ira al conocer la tragedia y quiso rematarla digna y lógicamente. No se le podía quitar de la testaruda cabeza la idea de matar a don Juan de Urríes. Escapó de La Guardia con propósito de realizar su venganza en Madrid, en Córdoba, o donde quiera que hallase al desleal caballero. Fue menester que los padres mandaran en seguimiento del exaltado chico a dos hombres de confianza, los cuales lograron detenerle a mitad del camino, y para sujetarle rigurosamente, impidiendo una nueva catástrofe, don Santiago le llevó a Toledo y le puso interno en la Academia de Infantería.

Considerándose ligado por lazos de afecto indestructible a los señores de Ibero, Vicente no se apartaba de ellos. Tres días pasaron en alternadas emociones de temor y esperanza. El hijo de Lucila iba algunos ratos a su casa. Comía poco en una y otra parte. El latir de su corazón marcaba los segundos de su vida expectante, como el *tiqui-tiqui* de un reloj marca las partículas de tiempo que separan el hoy del mañana. Vivía esperando, minuto tras minuto, hora tras hora, el mañana dichoso en que pudiera ver a su amada restablecida. Llegó por fin el risueño día. A Vicente se le consintió verla; a Fernanda se le permitió hablar.

Trémulo entró Halconero en la alcoba, y hubo de reprimir su emoción ante la imagen de la señorita yacente en lecho de blancura, rodeada de flores que le habían llevado para alegrar su ánimo. Las flores y el albor de las telas y la inmovilidad de la enferma daban la impresión de una belleza no perteneciente a este mundo, amortajada viva por un alarde de estética funeraria. Marcábanse vagamente en la ropa de la cama las formas supinas del cuerpo, como esbozadas en un gran trozo de mármol. Tan solo los ojos eran vida, y vida muy intensa. De una parte a otra los revolvía buscando caras u objetos en que posar la mirada. Cuando vio al entrañable amigo, descansó en él su afán. Sentose Vicente junto al lecho, y ella se apresuró a usar del permiso de hablar que se le había dado... «Hola, Vicente: ¡qué malita me encuentras! ¡Vaya, que has tenido mala suerte conmigo...! Apenas empezamos a tratarnos, salgo yo con este alifafe, y aquí me tienes hecha una calamidad.»

Difícilmente pudo el joven disimular su pena con frases consoladoras de las más triviales. «Ya estás buena... Yo estoy muy contento de verte... Miquis ha dicho que mañana estarás en franca convalecencia...» Sucedió a esto un silencio adusto. Gracia, esforzándose en desatar el nudo que se le había hecho en la garganta, les dijo: «Hijos míos, porque yo esté delante, no dejéis de hablar con libertad y de deciros todo lo que se os ocurra... Aquí estoy por tener cuidado de que Fernanda no se fatigue charlando demasiado. Algo puede hablar. Y usted, Vicente, procure que sus palabras no sean demasiado vivas. Hablen, díganse cosas... Cosas gratas, sencillitas y que no provoquen a emoción. Yo estoy sorda: callo y vigilo.»

Con tan amable licencia, ella y él se despacharon a su gusto en corto tiempo. Fernanda emitía la voz con alguna fatiga; pero dejaba en libertad a los ojos para que con su expresiva intervención dieran descanso a la palabra. «Ya creías tú que me moría, Vicente. Pues mira: aún no puedo asegurar que te has equivocado.» Y él: «Nunca pensé tal cosa. Morirte tú y vivir yo no puede ser. Mi vida me ha garantizado la tuya.» Y ella: «Con frasecitas imitadas de tus libros no adelantamos nada... Yo te miré bien cuando entraste, por ver si estabas alegre... Pues aunque disimulabas, la tristeza traías contigo, y no podías dejarla al otro lado de la puerta.» Y él: «Mi tristeza consiste en no poder cambiar mi salud por tu enfermedad.» Y ella: «Tonto, si eso pudiera ser, la triste sería yo entonces. Devuelve tus frases a los libros de donde las has tomado. Convendrás conmigo en que para estar los dos contentos, debemos pensar que Dios, obligándonos a morir juntos, tal vez se compadezca de nosotros y nos deje vivir...

—Morir no, hijos míos —dijo Gracia sintiendo que se le apretaba más el nudo—; ni juntos ni separados debéis pensar en moriros. Aunque yo esté delante, llevad la conversación del lado afectuoso, y decid que os queréis... No soy tan lerda que os prohíba la cháchara de amor. Es lo natural. Tú, Fernanda mía, debes callar y oír. Ya se te nota la fatiga. Callas y escuchas a Vicente, que te cantará, como él sabe hacerlo, su extremado cariño.» Con tales estímulos, el caballerito se despachó a su gusto, soltando el raudal de su pasión por el cauce de su rica fantasía.

Cuidaba de evitar el énfasis literario, poniendo en su amoroso cántico notas de gracia y de familiaridad encantadoras. Tan pronto sonreía Fernanda, como expresaba con donoso mohín su incredulidad un tanto coquetil; sostenía la conversación con arqueo y fruncimiento de cejas, con morritos de mimo, con ligero meneo de la cabeza y agitación de su cabellera, pronunciando monosílabos, palabras sueltas, cláusulas rotas. Así pasaron un ratito, hasta que Gracia dio la voz de alto, diciendo: «Por ahora no más... Toma la medicina... Irá Vicente a dar un paseíto por la huerta o a charlar con tu padre; tú y yo nos quedamos solitas... y dormirás un poco. Hasta luego, Vicente... Pero oye, hijo: para que veas si soy tolerante; para que veas cómo sé dar al cariño leal y honesto alguna franquicia de buena ley, te permito... voy más allá... te mando que des a Fernanda un besito en la frente.» En un instante que pareció religioso, con cierta solemnidad de administración de sacramento, Vicente cumplió el mandato de la madre benigna. Besó la cálida frente de su amada, y esta, en un sonreír pudoroso, le dijo: «Vicentillo, pronto me levantaré... Creo yo...»

Salió de la alcoba el galancete, y como en su espíritu moraban por entonces las formas y representaciones del arte clásico, vio en Fernanda la exacta imagen de la interesante reina Alceste en su lecho mortuorio, antes que viniera Hércules a resucitarla. Fue reproducción mental de la famosa pintura de un vaso griego. La reina parecía dormida entre rosas; la rodeaban los suyos, plorantes en humilladas actitudes, y el coro de plañideras, de retorcidos brazos.

En la huerta vio Halconero a las dos chiquillas y al chaval, con quienes Fernanda se solazaba en juegos inocentes antes de su noviazgo y enfermedad. Los tres correteaban con travesura y alboroto, sin echar de menos, al parecer, a su amiguita. Penosa impresión dejó en Vicente la brutal alegría de las criaturas, olvidadas de quien tanto las amó y quería ser como ellas. No se había hecho cargo aún de que la niñez es ingrata y desmemoriada, ni de que el egoísmo inocente informa al ser humano en los comienzos de la vida... En tanto, se le agregó Santiago Ibero con sus amigos, uno de ellos el cura de la parroquia, militar el otro, de servicio en Leganés. Hablando del suceso que entristecía la casa, recitaron tímidamente y con débil convicción el himno de la esperanza.

Renovose al siguiente día la dulce y triste escena de la conversación de novios junto al lecho de Fernanda, en quien se acentuaban la debilidad y aplanamiento. Extremó Vicente la sutileza gentil de sus conceptos de amor, incitado a ello por Gracia y por Lucila, que presente estaba. Repitiose asimismo el beso final autorizado y prescrito por ambas señoras. Vicente se excedió en la obediencia, besando tres veces la frente abrasada de la damisela. Esta no pronunció palabra alguna; pero cogiendo la mano del caballero, la estrechó con leve presión contra su pecho. Los ojos tenía cerrados, la boca entreabierta.

Tres horas más, y sobrevino súbitamente la extrema gravedad. El espanto entró en la casa... Llegó el médico con una oportunidad que desgraciadamente resultó ineficaz. Todos acudían al triste aposento, y de él salían más llorosos y descorazonados. Vicente tuvo que acudir a la iglesia para traer al cura. Al volver a la casa, oyó gemidos angustiosos que descendían de lo alto, y apenas pisaba el primer peldaño de la escalera, quedó aterrado ante la figura de su madre que lentamente bajaba. Traía Lucila un negro chal por la cabeza. Con su mano derecha envuelta en la tela se tapaba la boca. Sus ojos divinos, sombreados por las cejas contraídas, declaraban un pavor doloroso. Figura semejante había visto Vicente en el libro mitológico o en los dibujos de Flaxman. Era Némesis, que preside el tránsito a la Eternidad. Destapándose la boca, dejó salir estas palabras: «No subas, hijo. Todo ha concluido.»

Pero él subió con mayor presteza, sin parar hasta la fúnebre estancia. Vio el rostro muerto de Fernanda debajo del de su madre, que no se hartaba de besarlo; vio la faz curtida del coronel Ibero pegada a una de las yertas manos, mientras las criadas se disputaban la otra para poner en ella sus lágrimas y sus caricias. Las ropas del lecho compartían su blancura con grandes manchas de un rojo húmedo que les daba tonalidad trágica. Hallábanse presentes la viuda de Oliván, otras dos señoras y el cura, que había llegado tarde con las postrimerías sacramentales. Entre todos apartaron a Gracia del cuerpo inanimado, y entonces Vicente se arrojó con bárbaro anhelo a sellar con sus labios las bellas facciones no desfiguradas aún por la muerte. Medio loco ante aquel cuadro desgarrador, no se dio cuenta de cómo salió de allí, ni supo qué brazos vigorosos le sacaron hasta la escalera.

Momentos después encontrábase en la sala baja con su madre, el cura y un militar. Tan hondo era el duelo de Lucila, que se sentía incapaz de intervenir con la familia en los fúnebres actos ineludibles que imponía la muerte. Hijo y madre confundían la expresión de su inmensa pesadumbre. Las pisadas que sonaban en el piso alto estremecían a Vicente, y atendiendo a ellas, creía presenciar la escena que arriba se desarrollaba. Para que la noche fuese más lúgubre, desde media tarde se inició un temporal que al anochecer adquirió aterradora violencia. La lluvia azotaba los cristales con tremendos latigazos, y el viento bramaba en derredor de la casa con variados acentos terroríficos, ya imitando el rugido de animales feroces, ya la voz lastimera del dolor humano.

Pensaba Vicente que si mil años viviera, no podría olvidar aquella noche de suprema desolación y pavura, acentuadas por espantables clamores de la Naturaleza. Dadas las doce, Gracia, que era de corta resistencia espiritual y nerviosa, hubo de sucumbir al cansancio, y en compañía de Lucila se retiró a su aposento. El padre y Vicente, con el amigo militar y las criadas, hicieron la guardia en derredor de la heroína muerta, cuya bella faz apagada y marchita se hundía entre flores y aromoso follaje. En la turbación de su insomnio, el enamorado caballero veía desaparecer lentamente el perfil de cera, remedando el ocaso de una estrella en el mar.

De madrugada, el quebranto producido por tan hondas emociones venció la energía del pobre Halconero, abismándole en un sopor insano. Servíanle de almohada sus propios brazos, y en tal postura su cerebro enardecido le dio lóbregas visiones poemáticas. Se vio con Fernanda en los espacios cavernosos de un Infierno medio dantesco, medio pagano... Vestidos iban los dos de luengos ropajes que caían con severas líneas. No hablaban, no sabían hablar; deteníanse ante los grupos de sombras vagantes que por una y otra parte discurrían... Pasaron de improviso a un campo abierto y luminoso. Veían un suelo azul, arbolitos del mismo color, de tronco rígido, follaje recortado, formando algunos copa semiesférica, otros copa cónica, sin proyectar ninguna sombra sobre el suelo. Por entre ellos iban y venían personas que no eran vivas ni tampoco muertas. Vestían túnicas azules que poco más allá tomaban matiz de rosa.

Con el azul y rosado gentío se confundieron Fernanda y Vicente, sin que su presencia fuese advertida de aquellos seres diáfanos, ni muertos ni vivos. Allí no se conocía ningún ruido. Fernanda, que iba delante, volviose hacia su compañero, y en un lenguaje sin voces, idioma de signos emitidos por la mirada, le dijo: «Aquí no está. ¿Dónde la encontraremos?» Y él dijo: «No lo sé, Lucero. Para mí que nos hemos equivocado de planeta...» Siguieron a estas, otras visiones indeterminadas que acabaron desvaneciéndose en los nimbos cerebrales. Volvió Vicente a la realidad, y tardó un mediano rato en reconocerla, dudando de lo que veía.

Desde aquel amanecer en que todo lloraba, el cielo y la tierra, los ojos y los corazones, hasta el momento en que vio desaparecer los despojos de su amada en el interior de un nicho, que fue tapado con ladrillos y yeso, el alma de Vicente Halconero estuvo emancipada de la vida corporal, y voló libremente por las negras regiones del dolor sin consuelo. Cuando a su casa volvió, su madre, que le esperaba intranquila, le obligó a recogerse y acostarse. El intenso cariño maternal fue medicina y salvación del desdichado joven. La idea del suicidio que embargaba su espíritu con clavada fijeza, señalándole el término eficaz de su inmenso padecer, se embotó en el corazón de Lucila. Y la terrible idea no vino, no, exenta de cierto orgullo, porque el propio aborrecimiento de la vida se encariñaba con un morir semejante al del joven Werther, gloria y ejemplo de los amantes desesperados.

V

La cuidadosa ternura de la madre y de toda la familia, el padrastro inclusive, apartaron a Vicente del disparadero; mas esto no fue obra de pocos días. Lucila no le permitía salir, ni tampoco entregarse desmedidamente a la lectura. A los amigos dio licencia para que le acompañaran algunos ratos, y en lo restante del tiempo ella se cuidaba de entretenerle y sosegarle como Dios le daba a entender. Por su madre supo el dolorido que a los dos días de la defunción llegó Demetria, hermana de Gracia, con su hija mayor. No habían venido antes por ignorar la gravedad y peligro del caso. Lo primero que determinaron las dos hermanas, después de desahogar con lágrimas su pena, fue abandonar la triste casa de Carabanchel, y así lo hicieron aquel mismo día, instalándose en Madrid. «Demetria es muy simpática —dijo Lucila—, inteligentísima y más dispuesta que su hermana. En cuanto tú te serenes, hijo mío, iremos a visitarlas.»

Deseos tenía Vicente de abrazar a don Santiago y de saludar a la noble familia que tuvo por suya, y a la cual se sentía ligado para siempre por fibra de amor y respeto; pero su primera salida fue para visitar y contemplar con melancolía extática el nicho de San Justo en que apagado yacía el *Lucero de la tarde*. La madre le acompañó en este religioso acto: ambos lloraron y mudamente anegaban su pensamiento en las tristes memorias, doliéndose del corte brusco que Dios suele dar a las dichas humanas y a las glorias apenas nacidas. Como el caballero se lamentara de la ruindad del nicho, señalado tan solo con un tosco número y la inscripción del nombre, la celtíbera, lacrimosa, le dijo: «Hijo del alma, ya sabes que es provisional, y que cuando pase el tiempo que marca la ley, será trasladado el cuerpo al magnífico panteón de la familia en La Guardia.

—Es verdad... ya no me acordaba —replicó Halconero—. Aquí y allá todo es provisional en relación con lo eterno... Y por espirituales que seamos, no podemos acostumbrarnos a ver en esto algo más que polvo y despojos míseros. Esclavos somos de la rutina, y admiramos la piedra o el yeso que tapan un hueco vacío de toda vida...»

Puso fin la madre a estas vagas razones, dictadas del no extinguido dolor, y se le llevó fuera del camposanto... Por aquellos días propuso Lucila que debían trasladarse a Madrid, y así se acordó en principio por todos. Intentó Vicente detener algunos días la mudanza, sintiéndose amarrado a los lugares fúnebres por fortísimos hilos de su propia pena. Temía el olvido; aborrecía la distancia. Olvido y distancia eran un agravio a su inalterable consecuencia de amor; eran como una amenaza de infidelidad y traición.

Algunos días consiguió su padrastro don Ángel Cordero llevarle a Madrid y sacudirle el ánimo, tratando de despertar en él las aficiones políticas, ya que hacerlo no podía con las político económicas. Pero quien positivamente vigorizó el desmayado espíritu de Halconero, fue su amigo Enrique Bravo, joven apasionado y verboso, sentimental en el terreno de la lozana doctrina federalista como el otro lo era en el moral y literario. Las ideas predicadas por el gran filósofo constituyente Pi y Margall habían conquistado el pensamiento y el corazón de Halconero, quedándose allí en forma teórica para un lejano porvenir. En cambio, Enrique Bravo las consideraba de fácil aplicación a la vida real, antes de aquilatarlas en su mente fogosa y de escasa cultura. Divagando por Madrid, de café en club y de logia en taberna, a los dos amigos se agregaron otros, entre los cuales hallábase Vicente un tanto dislocado, pues todos eran la acción irreflexiva y él la teoría reservada y meticulosa.

Politiqueando de calle en calle, Bravo propuso a Vicente que tomase un puesto en la Milicia Nacional, salvaguardia de la Libertad, y escudo contra los buscones de Rey y faranduleros de la reacción. A esto contestó el amigo que se consideraba incapacitado para mandar una compañía en los batallones patrióticos, porque su cojera, aunque leve y bien disimulada, era incompatible con la desenvoltura y arrogancia militar.

«¿Qué vale tu cojera, que apenas se conoce —dijo Enrique risueño—, comparada con la del bravo capitán del batallón de la Inclusa, Romualdo Cantera, que lleva una pata de palo, y marca el paso como nadie, y es el oficial más gallardo y más apuesto frente a su tropa?... En cuanto a uniforme, si el mío no te gusta, ahí tienes el del batallón de Antón Martín, con chambergo y botas, que por tu figura esbelta te caerá muy bien.» No se dio por convencido Vicente; pero sí asistió a las reuniones privadas de la oficialidad en la Casa Municipal de la Plaza mayor, o en las diferentes tiendas, clubs y mentideros a que habitualmente concurría.

En estas visitas, que a veces eran sabrosas cuchipandas, reanudó Vicente su amistad con un popular sujeto, sugestionador de multitudes, llamado por todo el mundo con familiar llaneza *El Carbonerín*. Era de mediana edad, de mediana estatura; solo tenía grande la viveza del ingenio y la prontitud en las resoluciones. Informaba su carácter la guapeza jactanciosa. En los actos políticos, así como en todo incidente de la vida privada, ponía singular empeño en demostrar que era hombre capaz de *jugarse la cabeza* por un sí como por un no. Vestía bien, y cuidaba de llevar en público su ropa limpia del polvo de la carbonería. Tenía caballo, del tipo andaluz acarnerado, de ancho y prominente pecho. En él montaba, llevándolo a paso rítmico de procesión ecuestre, como si el bruto fuese estatua marchando sobre su propio pedestal. En su trato mostrábase leal, violento, de una susceptibilidad bravía, por lo cual era tan temido como amado. Casado y con familia, tenía la mujer en Asturias, quedándose de este modo en holgada franquicia para sus mariposeos amorosos.

Con este tipo revolucionario simpatizaba grandemente Halconero, no porque se le pareciese, sino por todo lo contrario. Radicalmente se diferenciaban en alma y cuerpo, en modales y costumbres. El hijo de Lucila era rico en cultura, pobrísimo de acción; Felipe Fernández, *El Carbonerín*, tenía todo su ser polarizado en la voluntad, sin que le quedara espacio para el estudio... Con este amigo y con Enrique Bravo, solía pasar Vicente algunos ratos en el club federal de la calle de la Yedra, local destartalado, sombrío y sucio, donde tarde y noche se congregaba un pueblo bullicioso, entusiasta de ideales antes adorados que comprendidos. En aquel antro se respiraba, con los densos olores, el malestar social, ineducación agravada por la clásica pobreza hispana. Las conversaciones duras, entreveradas con discursos en tono agresivo y rugiente, versaban sobre estos temas invariables: dar disgustos al Gobierno; oponerse a la elección de Rey, pues ni reyes ni curas nos hacían maldita falta; tener, en fin, bien dispuestos los fusiles y los corazones para defender la libertad, el federalismo y los derechos del pueblo.

A pesar del candoroso fervor revolucionario, no exento de grosería, imperante en el cotarro de la calle de la Yedra, Halconero pasaba buenos ratos en él, y allí se sentía más a gusto que en el Casino federal de la calle mayor, *Casa de Cordero*, donde los primates departían y peroraban con discreta elocuencia y verbalismo parlamentario. Faltaban por aquellos días los *elementos* (ya era costumbre llamar así a los grupos de cada matiz) más levantiscos y más desmandados de palabra. Suñer y Capdevila, Joarizti, Guillén, Paúl y Angulo, Estévanez, Carrafa, Bertomeu, Santamaría y otros habían salido en el otoño del 69 a levantar en armas el partido federal. Vencida por Prim la formidable insurrección, los propulsores de ella andaban desperdigados por esos mundos; los unos presos, como Estévanez, que purgaba su ardiente radicalismo en cárceles de Salamanca; los otros refugiados en Francia, como Antonio Orense y el angelical ateo Suñer; dispersos los restantes en Gibraltar, Madera, Londres o Lisboa.

Pero a medida que avanzaba el 70, los de acá se animaban, recobrando el calor perdido, y acibarando la vida del Gobierno con motines escandalosos. *In diebus illis*, Halconero pasó revista a todos los clubs y casinos políticos de Madrid, sin descuidar el llamado del *Congreso*, calle del Lobo, donde Enrique Bravo llevaba la voz cantante. Luego fue arrastrado a la visita de logias, en las que no se entraba sin cierto respeto, por la tradición del misterio y de la pintoresca liturgia que allí se gastaba. Cierto que las formas rituales habían decaído enormemente, y que las iba sustituyendo el positivismo cooperativo; pero aún quedaba solemnidad, y persistían los arrumacos y simbólicas garatusas. Visitó Halconero la *Rosa Cruz*, la *Mantuana* y tres más. Unas estaban instaladas en sótanos, otras en desvanes. Nada sacó en limpio de aquellas secretas asambleas el ilustrado joven como no fuera el tenerlas por decaídas y amenazadas de muerte. Cuando todo podía decirse y concertarse en lugares públicos y aun al aire libre, para nada servía el tapujo en reuniones nocturnas y soterradas.

Nadie superaba al joven Halconero en lo radical de las ideas; pero como se hallaba vigilado estrechamente por la madre, que no le dejaba descoserse de sus faldas protectoras, resultaba un revolucionario teórico y faldero, incapaz para todo lo que no fuese observar los hechos y anotarlos en su mente. En cuanto Lucila se enteró, por él mismo, de que se había dejado llevar a escondrijos masónicos, le reprendió con el templado enojo que emplear solía en la corrección de su amado hijo... Más severo que la madre fue el padrastro don Ángel Cordero, que apareció en el cuarto de Vicente con las manos en los bolsillos de su batín de moda, luciendo el pie pequeño calzado con zapatilla de terciopelo rojo bordado de gualda, y en la cabeza, gorrete con borlón de seda, que de un lado pomposamente le caía.

«Tiene razón tu madre —dijo mediando en la conversación con sólido argumento—. Guárdate de alternar con masones, y de oficiar con ellos en sus pantomimas extravagantes. Tu madre te ha señalado el peligro... pero yo voy más allá; yo te digo: «Vicente, si peligroso es el trato con los que llamándose *maestros sublimes perfectos*, no son más que unos grandes tunos, peor es el roce con esos que se apodan *internacionalistas*... ya los conocerás... unos pajarracos extranjeros que andan por Madrid corrompiendo a nuestras honradas clases populares. Todos los crímenes políticos que hemos visto, obra fueron de la masonería. Los crímenes de mañana... que vendrán, ¡ay! si Dios no lo remedia... Deberemos atribuirlos a esa *Internacional* tenebrosa, que es la masonería de abajo. Yo veo en esa locura europea, un aborto de la diabólica doctrina comunista... Pretende nada menos que poner patas arriba a la sociedad... las patas arriba, y las cabezas abajo: ya ves qué absurdo... hacer tabla rasa de las instituciones fundamentales, destruir la propiedad, la familia misma...» Algo más dijo el buen señor, pertinente a las lecturas que debía preferir el estudioso joven. «Para que aprendas a odiar esa herejía social y política llamada *Comunismo*, menos literatura, Vicente, menos dramas y poemas y más ciencia económica y administrativa... Dice Pelletan: *El mundo marcha*. ¿Pero hacia dónde marcha, Vicente? Hacia la buena administración... y no le des vueltas... hacía el *Debe* y *Haber* o la estricta cuenta del *toma* y *daca*.»

VI

Sin menoscabar el respeto que a su buen padrastro debía. Vicente se cuidaba poco de seguir su criterio para la elección de libros. Reanudó sus visitas al cuchitril aduana del amigo Durán, y anhelando nutrir su pensamiento con doctrinas fundamentales, recibió de manos del mercader importador las obras de Ahrens y de Spencer. Cargó luego con lo último de Proudhon y con *La Democracia en América*, de Tocqueville, libro que volvía locos a todos los políticos de aquel tiempo. En la librería, corriendo los últimos días de febrero del 70, hizo conocimiento con Manuel de la Revilla y amistad con Eusebio Blasco.

Vinieron días apacibles que Halconero aprovechó para su peregrinación al santo nicho de San Justo, que guardaba el *Lucero de la tarde*. Acompañábale Enrique Bravo en esta devoción de amor viudo, y del cementerio se corrían a Carabanchel, entreverando, en sus pláticas de paseantes, el Federalismo con la literatura, y las ideas permanentes con la transitoria y voluble actualidad. Hablaban de las dificultades que se acumularon en el camino de Prim por las cuestiones económicas y el proyectado empréstito con el Banco de París. Los haces de la mayoría se desataban. Unionistas, demócratas y progresistas saldrían pitando, cada cual por su lado, y adiós Gobierno, adiós Prim, y adiós restauración monárquica... Entre col y col, sacaban a relucir la lechuga del Concilio Ecuménico, que a la sazón estaba reunido en Roma para darnos el nuevo dogma de la Infalibilidad del Pontífice. De esto, por caprichosos brincos del pensamiento, pasaba Enrique a referir que se había divertido locamente en el último baile de Capellanes, o en el teatro-café de Calderón.

Aunque la familia de Vicente se había reinstalado ya en su casa de la calle de Segovia, Lucila pasaba semanas enteras en Carabanchel, solicitada de su tenaz afición a la vida de granja. Por hacerle compañía, dejaba la residencia de la Villa del Prado su padre Jerónimo Ansúrez, ya cargado de años, pero fuerte y en la plenitud de su saber campesino. Era la época de echar las gallinas, arreglándoles los nidales y las huevadas con maternal solicitud, asistiendo después al romper de los cascarones, y al cebo y crianza de los graciosos pollitos. Lo que gozaba Lucila en este interesante período de la vida gallinesca, no es para dicho. En tanto que ella se embelesaba en su papel de comadrona de pollos y patitos, Jerónimo podaba las tres o cuatro vides de latada, disponía preparación de los terrenos para la siembra de patatas, algarrobas y yeros, para el plantío de calabacines, pepinos y zanahorias, y a toda hora se mostraba labrador peritísimo y archivo de refranes agrícolas. *No ha de llover en marzo más de cuanto se moje el rabo del gato*, decía tranquilizando a su nieto que anhelaba el buen tiempo para sus campestres paseos.

Cuando Vicente se quedaba de noche en la casa de Carabanchel, solía retener a Enrique Bravo en su compañía, y por la mañana salían juntos para volverse a Madrid, o peregrinar con rumbo a lo que fue Portazgo de Alcorcón, corriéndose luego hacia el campo de tiro y demás establecimientos militares. Una mañana, apenas salieron al camino real, vieron venir, como de Carabanchel Alto, tres figuras de mujer vestidas de negro, formadas en línea y andando a compás, guardando una distancia discreta entre sí. La que iba en medio era más alta que las otras dos; estas, desiguales en su mediana talla. «Ya tenemos aquí a las tres estantiguas, que no descansan, que no se rinden, ni hay un rayo que las parta —dijo Bravo, hallándose aún a distancia de las visiones—. ¿De dónde vendrán ahora estas beatas andariegas? Vendrán de Leganés, de visitar al inspirado historiador *Confusio*, que en aquel manicomio sigue escribiendo la Historia de España... por el reverso, o como él dice, *por la verdad de la mentira*.»

A pesar de estas burlas, detúvose Bravo ante las tres mujeres, y saludó a una de las pequeñas en tono de familiar conocimiento. «Doña Rafaela, ¿tan de mañana por estos arrabales? ¿Han dormido aquí, o han venido en el coche de Tiburcio?...» La respuesta fue breve, y denotaba pocas ganas de conversación. Durante el rápido coloquio y saludo, Halconero permaneció apartado, mirando con recelo cauteloso a la más alta de las tres, que por más señas era de rostro huesudo y desapacible. Siguieron las negras mujeres su camino a paso vivo y casi marcial, hollando la polvorosa carretera con pie calzado de zapato blando y holgón, como de santas peregrinas, y los dos amigos, viéndolas entrar en la casa de la viuda de Oliván, hicieron despiadada carnicería de ellas y de sus infecundos menesteres de falsa piedad.

La cháchara de los jóvenes facilita la obra del narrador. «¿Qué nombre les has dado? —decía Enrique—. ¿Son las *Euménides*, o las *Parcas*?» Y Vicente respondió: «La noche en que murió mi Fernanda, cuando salí disparado a buscar al médico, las vi por primera vez en este mismo sitio. ¡Oh! Después las he visto en ocasión también memorable, y esa de aventajada talla, y de cara tan dura que parece de bronce, me causa miedo... Me da escalofrío...»

Insistió Bravo en que eran las Parcas, y Vicente, más fuerte que su amigo en Mitología, las declaró reproducción de la *triple Hécate*, divinidad infernal que en tres figuras representa la venganza, el encantamento y la expiación.

A esto añade el narrador que la más talluda y desagradable era *Domiciana Paredes*, hija de un cerero de la calle de Toledo, más que cincuentona, de historia compleja y un si es no es dramática. Abrazó el monjío en el culminante período del valimiento de Sor Patrocinio, y la expulsaron del convento de Jesús por el delito de clavar un alfiler gordo en las nalgas de un señor obispo. Anduvo después en privadas intrigas y enjuagues palaciegos. Vivió en los altos de Palacio hasta que fue destronada doña Isabel, y cuando entraron a mandar los revolucionarios, según ella impíos y masones, dedicose a la dulce masonería que en reservadas logias laboraba porque volvieran las aves negras a sus desiertos nidos. Terca como una mula, sagaz como raposa y escurridiza como serpiente, llevaba por buen camino sus propósitos, ayudada de sus malas pasiones y de su talento de organización. Conocía mejor que nadie la Historia interna de España desde el 46 al 70.

La de menor talla, que solía ir a su derecha, era *Rafaela Milagro*, ya entrada en años, proyectando en ellos las últimas luces de su decadente belleza graciosa y aniñada. En sus mocedades, aún soltera, cuando le aplicaban el gracioso mote de *perita en dulce*, tuvo que ver con diferentes sujetos, extremando su fragilidad con Montesdeoca, y antes, o a la par, con un caballero militar, que al cabo de los años resurge en esta historia. Casó luego Rafaelita con un señor acomodado que apodaban *don Frenético*; enviudó el 67, y apenas hubo endilgado las severas tocas que le aseguraban la prescripción de un pasado frívolo, se consagró a pasar revista nocturna y matinal a todas las iglesias de Madrid. En la sacristía de San Justo hizo amistad con Domiciana, que le confirió el cargo de su lugarteniente o *Vicaria general*.

La tercera, la que se distinguía por su talla media entre Domiciana y Rafaela, se llamaba*Donata*, y había vivido desde su tierna infancia entre curas y capellanes más o menos castrenses. El imponderable historiador *Confusio* la raptó, con audacia y escándalo, del gineceo del Arcipreste de Ulldecona, descendiente del de Hita. Pasó luego del servicio de Juanito Santiuste al de opulentos y refinados canónigos. Blando y encendido era el corazón de Donata, como de pura pasta de amor; pero no podía torcer el imán de su destino que la encaminaba inflexiblemente a la íntima familiaridad con personas eclesiásticas. A estas consagraba toda la solicitud y ternura de su alma fogosa. Era la más joven de las tres, y en su faz de Dolorosa, pálida y lacrimeante, persistía la belleza de imagen vieja, de luciente barniz, que reflejaba la llama de los cirios. Entre sus cualidades descollaba el saber litúrgico, pues en la dilatada convivencia con gente de iglesia su feliz memoria llegó a encasillar en las fechas del calendario los nombres de todos los santos del Cielo; conocía las festividades y ceremonias, sin que se le escapara el menor detalle; sabía Derecho canónico, y merecía pertenecer a la *Sagrada Congregación de Ritos*.

Colaboradora y amiga de tanto precio encontró Domiciana en la vivienda de un ilustrado sacerdote, que había sido Capellán de Honor y Predicador de Su Majestad, y llevándola consigo en sus peregrinaciones quedó constituida la *triada* de mal agüero, que a Bravo causaba risa y miedo a Vicente. El continuo trajín de las reverendas fantasmonas se explica por un fenómeno social propio de aquellos días turbulentos: la revolución de septiembre había llevado su espíritu reformador a la esfera y a las costumbres que parecían más rebeldes a toda mudanza. La discreción privada y pública recibió un golpe de muerte; las ideas más conservadoras buscaban el aura popular, y la falsa piedad, que antes vegetó en recintos oscuros, se hizo callejera. Obedeciendo al prurito social de libertad, gimnasia y ventilación, la sagaz Domiciana iba prendiendo de casa en casa el hilo de sus intrigas. Creíase destinada por Dios a recoger la grey cristiana dispersa, y a establecer contacto y acuerdo entre los españoles crédulos que del nuevo Recaredo Carlos VII esperaban la salvación.

Con estos y otros artilugios, la *triada* iba calentando el horno de la fe, lo que no era difícil aun en tiempos tan impíos. Organizaba pomposas funciones de desagravios, solemnísimos Triduos y Novenas, recaudando de casa en casa gotas de cera para un grande cirio pascual. Pedían asimismo para socorrer a emigrados católicos que ojalateaban en Bayona o en Perpignan, y últimamente acudían al bolso de las personas ricas para obsequiar con esplendidez pontificia al Santo padre en celebración de su dogmática infalibilidad.

No era todo venturas en los tientos que las andariegas daban a la caridad o a la vanidad de las familias madrileñas, y si de algunas casas salían bien satisfechas, con carne entre las uñas, en otras, las menos, o eran recibidas agriamente, o tenían que retirarse aprisa con las manos en la cabeza. Uno de los más feos desaires recibió la *Triple Hécate* en casa de Lucila *(calle de Segovia)*.

Con cierto temor mezclado de confusión, así lo contaba Vicente: «Iban sin duda equivocadas, desconociendo quien vivía en nuestra casa... Entraron las tres. Salió mi madre al recibimiento antes que pasaran a la sala. La Domiciana, grandullona y altiva, se turbó al ver a mi madre... Mi madre la miró como dudando si era o no era persona conocida. La feróstica quiso recobrarse de su asombro; le costó trabajo echar una sonrisa y estas palabras: «Lucila, ya no me conoces?...» Mi madre, sin esperar mas razones, puso la cara trágica... Cuando mi madre se pone la careta de Melpómene... Se acabó... trapatiesta segura... Pues me cogió del brazo, como amparándose de mí, y con fiereza me dijo: «Vicente, echa de casa a esas mujeres.» Yo me adelanté... Oída por ellas la intimación, la Domiciana soltó una risilla desdeñosa y se dirigió a la puerta rezongando así: «Pues no es poco tonta tu mamá. Abur... Que se alivie...» Cogieron la escalera más que deprisa... Pues en todo aquel día no se quitó mi madre la cara trágica. A las interrogaciones que le hicimos mis hermanos y yo, respondía vagamente... ¿Tú qué piensas de esto?

—Yo no sé más —replicó Bravo—, sino que esa Domiciana es un demonio que no se espanta de las cruces... Como que las lleva siempre consigo... Es mala de veras... Quizás tenga tu madre, en sus cuentas atrasadas, alguna partida serrana de esa estantigua... Si tu madre no te lo ha dicho, guárdate de preguntárselo.»

No se habló más del asunto. Tres días después, hallándose una tarde en Madrid y en lo alto de la calle de Fuencarral, acompañados del *Carbonerín* y de Emigdio Santamaría, vieron pasar a la *triada*. Bromearon los cuatro amigos acerca del apodo que debían aplicar a las damas callejeras, y discutiendo si las llamarían las *Parcas* o las *Euménides, Carbonerín* se decidió por este mote, y lo corrompió al instante con su lengua inculta y graciosa. Quedaron bautizadas con el nombre de *las ecuménicas*.

VII

Las negras damas pedigüeñas habían salido del Hospicio. Tras ellas anduvieron un rato los cuatro federales. *Carbonerín* propuso que, si ellas se corrían más allá de la Era del Mico, debían seguirlas y apedrearlas. Pero las postulantes se metieron en un palacete que hacía esquina a la calle del Divino Pastor, con jardín cerrado por elegante verja curva. «Esta es la casa de Fermín Lasala —dijo Santamaría—, y aquí vive Montpensier, el pobre duque derrotado en las elecciones de Oviedo. Pretende la corona y no ha podido alcanzar el acta de diputado.» Viendo entrar a las pécoras, todos a una dieron por seguro que iban a pedir dinero a Montpensier para ayuda de sus embelecos mojigatos. A este propósito contó Halconero lo que días antes había oído de boca de uno de los dependientes del librero Durán. De vez en cuando entraba el duque en la tendilla de la Carrera de San Jerónimo a comprar alguna obra de Historia Contemporánea, o de estudios graves de Economía Política. Le mostraban lo mejor que había, y su primera palabra, hojeando los volúmenes, era *¿Combien?*... De la repetición de esta muletilla vino el que le pusieran el nombre de *Monsieur Combien*. Comprara o no, siempre iba por delante la pregunta del precio.

«Pues a este *Monsieur Combien* —dijo Santamaría—, me parece que le van a poner las peras a cuarto muy pronto.»

«¿Quién, cómo, cuándo?» A estas preguntas no quiso Santamaría responder concretamente. Dijo que tenía que ver al Infante don Enrique, y que si los amigos pensaban seguir paseando hacia Chamberí, no les acompañaría. Los otros declararon que eran vagos políticos, que ni como milicianos ni como patriotas libres tenían nada que hacer en aquella ocasión. Lo mismo divagaban por el Norte que por el Sur. Barruntando que Santamaría pudiera contarles algo nuevo, de picante actualidad, determinaron ir con él hasta dejarle en la Costanilla de los Ángeles, y en la puerta misma de la morada del único Borbón residente en España.

Parecía el buen don Emigdio poco seguro de sí mismo, preocupado, vacilante, dudoso. Bajando por la calle Ancha, a ratos se adelantaba como si tuviera prisa, a ratos quedaba retrasado sin hacer caso de sus amigos... Uno de estos propuso ir a pasar el rato al cafetín de la Plaza de Santo Domingo, llamado de *Lepanto*, donde tenía su asiento una tertulia federal de las más ardorosas. Allá se fueron, y al llegar a la puerta del café se despidió Emigdio Santamaría de sus compañeros diciendo secamente: «Vuelvo.» Los amigos entraron, dirigiéndose a las mesas de la izquierda. En ellas rebullían grupos de gente ociosa, zumbante, fumante, embriagada por el espíritu y el vaho de ideales risueños. El local era de los más típicos: columnas prismáticas de madera sostenían el ahumado techo; el mostrador, el cafetero, los mozos, el echador, las mesas, el gato, el servicio, la jorobadita vendedora de cerillas y periódicos, reproducían con indudable propiedad arqueológica los gloriosos recintos de *La Fontana de Oro* y *Lorenzini*.

En las mesas donde se apiñaban los bulliciosos federales, envueltos en irrespirable ambiente de tabaco y disputas, no se hablaba solo de política. Un capitán del Batallón de Maravillas, y un chico del de Palacio, ambos cubiertos con la gorra colorada, embobaban a los compañeros refiriendo sus triunfos amorosos. El de Maravillas tenía por teatro de sus conquistas *La Novedad* (bailes de Capellanes), y otro saltó diciendo que para mujerío *hasta allí* y conquistas rápidas no había nada como *La Azucena Madrileña*, Carrera de San Francisco... En la caterva hirviente del cafetucho había también hombres estudiosos y jóvenes formales que alternaban con los demás por la común exaltación federalista. Halconero se arrimó a un tal Segismundo García Fajardo, hombre muy listo y de fácil palabra, sobrino del marqués de Beramendi. Había comenzado su vida política alistándose en la Unión Liberal; al estallar la Revolución del 68 se pasó a los demócratas de Rivero; poco después, por no sabemos qué piques o despechos, dio un salto tan grande que fue a caer junto a don Carlos; del carlismo se vino a la República, y seducido por las doctrinas de Pi, abrazó el Federalismo con fervor delirante. Respetando sus inconsecuencias, Halconero le admiraba por la agilidad de su ingenio y por su verbo rico, seductor.

En la mesa próxima, un federal vetusto, de abolengo progresista, lobo de barricadas curtido por los huracanes revolucionarios, hablaba del ciudadano Emigdio Santamaría, que minutos antes se separó de sus amigos en la puerta del café. No fue benévolo el tal en los comentarios que hizo del ausente y de su conducta en la vencida insurrección federal. En octubre del año anterior salió de Madrid para Levante. Iban en el mismo tren Froilán Carvajal, Rodríguez Solís, Bertomeu, Palloc y otros. Con Antoñete Gálvez se corrió hacia Orihuela y Murcia, dejando en Alicante a sus compañeros. Estos sublevaron muchos pueblos de la provincia; se batieron con los *pandorgos*, que así llamaban a los monárquicos por allá; fueron vencidos... la tropa les dio caza, les abrasó... Al pobrecito Froilán nos le fusilaron... los demás se escondieron, volaron... En el extranjero esperaban un indulto... Pues Santamaría, después de andar en el fregado de Murcia sin hacer cosa de provecho, se vino acá tranquilamente y le dijo a Prim: «Don Juan, yo no he sido... Don Juan, yo no estuve en Murcia; yo soy hombre de orden... yo no he tenido arte ni parte en esas locuras...» Y con su poco de coartada y otro poco de *sanfasón*, ahí le tenéis tan campante...»

Empezaban el *Carbonerín* y Bravo a defender a Santamaría, ponderando su valor, su honradez republicana, cuando entró el aludido, tomando asiento en medio de la pandilla. Saltó la conversación a un punto interesante sugerido por la presencia del amigo que acababa de llegar. «Oiga, ciudadano don Emigdio —gritó un sujeto de bronca voz, echándola desde el extremo de la mesa más distante, como un proyectil parabólico—, aunque usted guarda una reserva, como aquel que dice, diplomática, ¡ajo!... No se nos oculta que podrá confirmar lo que por ahí corre tocante a los planes, ¡ajo! del Infante don Roque, digo, don Enrique.

—No sé nada... todo lo que se dice es música, amigo Tablares —replicó Santamaría apartando de la boca del vaso el platillo con los terrones de azúcar, para que el echador le sirviera—. El Infante es un caballero, es un liberal de toda la vida; pero su nombre y posición excepcional le prohíben adoptar actitudes demasiado activas...

—Se ha dicho, y yo lo creo —indicó el *Carbonerín*—, que don Enrique Borbón, sin *de*, ¡fuera ringorrangos! abraza el Federalismo con todas sus consecuencias, y está preparando el manifiesto que ha de dar a la Nación.

—No crean eso... El Infante es liberal, muy liberal y muy caballero; pero debe apartar su nombre y su jerarquía de las luchas candentes —dijo Emigdio, quemándose los labios con los primeros sorbos del café, tan caliente como la opinión.»

Pausa breve, con maleantes murmullos de incredulidad... Era Santamaría un perfecto modelo del tipo arábigo levantino. Si vistiera chilaba o albornoz, podría creerse que acababa de llegar de la Meca. Nació en Elche, oasis que los genios islamitas transportaron de las faldas del Atlas. Le destetaron con dátiles, y desde su tierna infancia aprendió el Korán de la Libertad, que luego fue ardiente Federalismo. Su color moreno aceitunado, su barba negra partida, sus labios gruesos, de un rojo ahumado, hacían creer a la gente que el simpático Profeta se paseaba por estos mundos vestido de español del siglo XIX.

Rompió el silencio Segismundo García con una observación que denotaba su sentido político y su conocimiento de la historia contemporánea. «Me escamo mucho, señores —decía cautivando con sus primeras palabras la atención del auditorio—; me ponen en ascuas estos príncipes de sangre Real que se enamoran locamente de la República. ¿No os dice nada el ejemplo de Luis Napoleón? Ese hombre ladino y falso se declaró partidario ardiente de la forma de gobierno que más odian los reyes y los tiranos. Coqueteó con ella, le hizo la rueda hasta calzarse la presidencia; y apenas apagado el eco de sus juramentos, empezó a conspirar contra la institución sacrosanta... y ya sabéis lo demás... Con un plebiscito amañado se burló de Francia y de los franceses, y les puso la albarda del Imperio... Amigos, ojo a los príncipes que se prendan de nuestra República y la encuentran preciosa, monísima...»

Una voz de bronce, al otro extremo de la pandilla, gritó: «No queremos Borbones en casa... No queremos República con *pachulí*... No, no... Fuera demócratas de sangre Real, aunque nos digan que vienen con buen fin... Besugo, te veo el ojo claro...» Andese con tiento, el titulado Infante, y no juegue con nuestra Federal, que es doncella pulida y no admite chicoleos ni tentarujas. Borbón, a tus zapatos; zapatero, a tu monarquía... Haz las paces con tu cuñada la Isabelona, y no enredes aquí, pues ni con *plebecito* ni sin *plebecito* te tragaremos... He dicho.»

Protestó Santamaría buscando apoyo en la mirada de Halconero y de Segismundo, los más ilustraditos de la reunión, limitándose a repetir que don Enrique no quería más que la felicidad de España; que era un espejo de caballeros, hombre puro, limpio de ambición, con otros discretos razonamientos... A pesar de la réplica del buen Emigdio, siguieron los demás picoteando en aquel tema, hasta que les llevó a otros más risueños el voluble giro de la conversación.

El que menos hablaba era Vicente, que se sentía descentrado en aquella sociedad. Ni sabía cómo alternar en las ardorosas disputas, ni hallaba modo de cortar y despedirse airosamente. La superioridad de su entendimiento, su timidez y delicadeza le tuvieron un buen rato abstraído, y como ausente, en espíritu, del bullicioso cotarro. Soltando las alas a su imaginación, volaba muy lejos, y a sus oídos, físicamente ligados al torbellino del café, llegaban cláusulas dispersas. Oyó que un miliciano de colorada gorra leía trozos de un folleto muy celebrado en aquellos días, *Los neos en calzoncillos*, de Funes y Lustonó. Las carcajadas que coreaban la lectura interrumpían el libre pensamiento del joven soñador. Oyó también que hablaban de *La Carmañola*, comedia estrenada en *Lope de Rueda*, noches antes, con estrepitosa ira del público; a su cerebro llegó alguna palabra referente a las bravatas de los carlistas, a las disensiones que por apreturas económicas estallaron en la familia Real proscrita...

Nada de esto podía interesarle, ni lo que después dijeron de teatros y diversiones. Como se había echado encima la tediosa Cuaresma, los bailes de Piñata cerraron el ciclo coreográfico, y de amenos galanteos y conquistillas; pero en cambio tuvo el vago público en *Lope de Rueda* un drama *sacro-bíblico tradicional*, *Los siete dolores de María*, dividido en *pasos*, cada uno con decoración espléndida, lujoso vestuario y guardarropía... Había coros, comparsas; salían judíos y cristianos, los doce Apóstoles, las tres Marías, y en la final apoteosis, angelitos de ambos sexos y lindas muchachas que cantaban aleluyas... *¡Gloria in excelsis Deo, y Viva la República Federal!*

VIII

Pasado un lapso de tiempo inapreciable (como toda fracción de tiempo perdido), y disuelta la tertulia, Halconero bajaba por la Costanilla de los Ángeles llevando a su lado a Segismundo García Fajardo; delante iban Bravo y Santamaría, el cual, después de secretearse un instante con su amigo, entró en la casa del Infante. Siguieron los tres por la calle del Arenal. Enrique encontró a su amigo Felipe Ducazcal y se fue con él; Segismundo se metió en San Ginés, donde, según dijo, ojeaba una conquista... ya le contaría... Caza mayor... una hermosa res de las que corren a la querencia del coto eclesiástico, y en él había que perseguirla y cobrarla.

Despidiéronse a la entrada del patio, y Vicente se alegró de encontrarse solo. Cabizbajo marchó a su casa, condoliéndose de que en su alma no encontraba calor nada de lo que en derredor suyo veía. La política callejera le hastiaba cada día más. Amaba al pueblo; pero no había sabido ponerse a tono con él, ni logró tampoco armonizar con las pasiones populares la ciencia extraída de los libros. El clamoreo de los clubs, la gárrula y ociosa charla de cafés y cafetines, que un día le divirtieron, ya le fatigaban. Veíase metido en el charco de las ranas pidiendo libertad, y la algarabía de aquellos batracios le resultó más molesta y jaquecosa que la de los que pedían un rey, siquier fuese de palo. Diariamente veía crecer Halconero el vacío que en su existencia dejó la muerte de Fernanda; vacío de sentimientos no más, pues las ideas abundaban y crecían con extrañas ramificaciones.

En su casa no hallaba medio de abrigarse contra el frío espiritual, porque su madre, que era para él único foco de calor, continuaba en Carabanchel entretenida con el abuelo en sus trabajitos de avicultura y de jardinería *potajera*. Con sus hermanos pequeños Manolo y Bonifacia se entretuvo el resto de la tarde; comió con su padrastro don Ángel, que si bien excelente persona, era un buen bloque de hielo espiritual, y al fin se recogió en la soledad plácida y casi religiosa de su aposento, donde le hacían dulce compañía la lectura y la meditación. Muchos días antes de lo que ahora se narra Vicente había encerrado en una gaveta de su mesa aquel Diario en que anotar solía, por enero, impresiones varias y cuenta corriente de sucesos públicos y privados. El rayado libro yacía en el cajón, como Fernanda en su nicho; pero de pronto se le antojó al caballero inhumarlo, y llenando con largas cruces el espacio correspondiente a las fechas en claro, reanudó sus apuntes con casos de pura psicología, rápidas notas del estado de su ánimo. Véase la muestra.

«4 de marzo. Yo me siento aristócrata... ¿Y en qué te fundarías tú, Vicente Halconero y Ansúrez, para justificar ese sentimiento? En ninguna ley de sangre. Ni por la línea paterna ni por la materna me salen próceres ni caballeros. Mi padre fue labrador, de gloriosa dinastía de destripaterrones. Por su belleza, puede mi madre suponerse descendiente de los dioses del Olimpo;

pero en el árbol de su linaje no aparecen héroes castellanos. Plebeyo soy, según lo que reza mi fe de bautismo. Y, sin embargo, tengo a mi padre por noble.

Mucho he pensado en esto ayer y hoy... Buscando mis ejecutorias, digo y sostengo que no hay en el mundo ademán más noble que el de mi abuelo Jerónimo Ansúrez. ¿Quién le iguala en la dicción castiza, quién le aventaja en las actitudes de gran señor? O mi abuelo es un prócer disfrazado de villano, o los villanos de antigua cepa labradora, del tipo del alcalde de Zalamea, son los verdaderos fundadores de razas nobles. Esto me induce a estampar aquí un disparate, que entrego a mi propio paradojismo para sacar de él una gran verdad: *La aristocracia es la agricultura.*

5 de marzo. Poetas y dramaturgos me han enseñado el amor al pueblo. Yo amo al pueblo... *En principio.* Pero viéndome en contacto con las multitudes bullangueras y sudorosas, me han nacido estos instintos aristocráticos. Son ellos más fuertes que yo, y van invadiéndome poco a poco. Me sucede una cosa muy rara: soy más tímido ante el *Carbonerín* que ante cualquier persona de mayor categoría social. Envidio la acción de Felipe, y me figuro que también él siente algo de aristocrático rebullicio dentro de sí. No sé por qué me figuro que *Carbonerín* ama al pueblo... En principio. Sin rebozo alguno y confiado en el secreto de este Diario, estampo aquí mi pensamiento: *Ven pronto, Dictadura.*

8 de marzo. Me agradaría mucho conocer y tratar al Infante don Enrique. Veré si Santamaría quiere llevarme a su casa, presentarme... Los individuos de estirpe real y de dinastía destronada, ¿cómo son, qué piensan, qué dicen? Este ilustre señor permanece en España privado de toda distinción jerárquica; se llama demócrata, y si no lo es, hace cuanto puede por parecerlo. Además, es pobre: ¿qué mayor diploma de democracia que la pobreza? Su familia, que en la proscripción harto hace con atender a sí misma, le abandona, por no decir que le desprecia. Su hermano don Francisco, que le pagaba la casa de la Costanilla, hogaño tiene que cuidarse de pagar la propia en París...

Los resquemores del Infante datan de los días ya lejanos en que se consumó el enorme desacierto de las Bodas Reales... Así lo dicen los que conocen el asunto y han sido testigos de la creciente inquietud de este descontentadizo nieto de Carlos IV... Solo de vista conozco al Infante. Se parece a don Francisco de Asís; pero el rostro de don Enrique es más varonil que el de su hermano. La frente y el cabello rizoso les dan semejanza... Lo demás del rostro indica en don Enrique un vivir de fatigas y aun de pasiones que no advertimos en el mirar inexpresivo y cuajado del esposo de doña Isabel... Una tarde, estando yo en la tienda de Prast, calle del Arenal, vi salir al Infante con un paquetito de dulces o pasteles que debían de ser para sus niños. Vestía con decencia un tanto estropeada y en uso cuidadoso. Al verle me dije: "Adiós, sombra de Borbón, errabunda en los círculos del Infierno Revolucionario...". Para mí solo escribo estas tonterías. No creo que el Infante dé que hablar a la Historia.»

A la siguiente noche, don Ángel Cordero, que había cenado fuera de casa con sus amigos Barca y el marqués de Santa Cruz de Aguirre, furibundos *montpensieristas*, entró poseído de grande enojo, que manifestaba con temblor de manos y pataleo semejante al de los chiquillos contrariados en sus travesuras. No satisfecho con desahogar a solas su rabietina, se lanzó a profanar la soledad de Vicente, que con sus lecturas y su Diario se entretenía como un estudiantón traga-libros. Entró, pues, rezongando en la leonera, y con el ademán resuelto y la voz tartajosa le sacó para llevarle a su despacho.

«Ven acá, hijo, para que te enteres de este papelucho... De esta infamia, por no decir canallada indecente...» La voz del buen señor se volvió lúgubre y remedaba el *escucha y tiembla* que en toda tragedia se oye como anuncio de un terrible relato. «¿Qué es esto?» —dijo Vicente cogiendo de la mano trémula el arrugado papel y pasando por él sus ojos. «Dudo que la indignación te deje leerlo hasta el fin —indicó don Ángel—. Dámelo... yo te leeré los trozos más desvergonzados para que veas a qué extremo llegan el cinismo y la grosería de ese desgraciado príncipe. Tú dirás, como digo yo, que el que esto ha escrito está más loco que todos los huéspedes de Leganés. Solo así se concibe que un magnate... que un individuo de sangre Real se produzca... Es lo que digo... Se produzca como suele producirse la plebe de los barrios bajos... Lee... No... Dame... yo leeré el manifiesto que ha echado a las calles el titulado Infante... Atiende... Escucha; reprime tu repugnancia: "Cumple a mi honor romper el silencio, etc...". En este párrafo se revuelve contra los que le acusan de hallarse acobardado ante el señor duque, o en tratos sumisos con él... Luego... verás... Se burla de los que piensan que Antonio I será coronado por don Juan Prim... y en el siguiente párrafo estampa estas ignominias: "No hay causa, dificultad, intriga ni violencia que entibien el hondo desprecio que me inspira su persona, sentimiento justísimo que por su truhanería política experimenta todo buen español...".

—Fuertecillo viene el hombre —dijo Vicente más risueño que indignado—. Esas querellas que entre ciudadanos del montón no pasan de Juan y Manuela, entre príncipes adquieren tal resonancia, que bien puede meter el cuezo en ellas la trompetera Clío.

—Para mí, lo más indigno es lo que voy a leerte: "Este príncipe, tan taimado como el jesuitismo de sus abuelos, cuya conducta infame tan claramente describe la Historia de Francia, habría sido proclamado Rey en las aguas de Cádiz si un ilustre compañero mío de Marina no se negase a manchar su uniforme indisciplinándose por Montpensier...". Si lo dice por Topete, miente el bellaco, pues Topete no proclamó a la Infanta, porque Prim ¡ay! le ganó la acción echando por delante la *Soberanía Nacional* y diciendo a Topete (él mismo me lo ha contado): "Luego se verá... Que la Nación decida". Y la Nación no ha dicho todavía que sí ni que no... Este papelucho habla del *dinero montpensierista*, dando a entender que habrá diputados que voten al duque mediante *conquibus*... No mil veces, Infante loco: le votarán por convicción y patriotismo.

—No se sulfure, don Ángel... y considere que en este juego de la elección de Rey, si no son triunfo las *espadas*, tal vez lo sean los *oros*.»

Tan desconcertado y nervosillo estaba el buen Cordero, que sus manos no tenían sosiego. Quitábase el lindo gorro, lo amasaba entre sus dedos hasta dejarlo como una pelota, y después lo desenvolvía para coronar de nuevo con él su prestigiosa calva... El papel difamatorio pasó de las manos de don Ángel a las de Vicente, que siguió leyendo: «¡Dicen los mercenarios que Montpensier es un ser perfecto, y el iris de paz y el Dios de bondad!... Por eso cuanta sangre se ha derramado, y tal vez se derrame antes de su completa desaparición, cae sobre su cabeza de pretendiente... El liberalismo de Montpensier, conducido por la fiebre de hacerse Rey, es tan interesado, que se merece la terrible lección que de cuando en cuando impone la justicia de las naciones indignadas.»

—Más adelante verás sus ridículos alardes de patriotismo. Gibraltar le entristece... los héroes del 2 de mayo le entusiasman. Mentira, fatuidad... Sigue...»

Vicente leyó: «En 1808, cuando mi padre provocaba el levantamiento del valiente pueblo de Madrid, era la invasión armada contra nuestra patria, y hoy es la invasión hipócrita, jesuítica y sobornadora, de los orleanistas contra nuestro país, tan cansado, tan desilusionado y tan ametrallado por los gobiernos...» Luego daba el Manifiesto su nota detonante con la bomba final: «Montpensier representa el nudo de la conspiración orleanista contra el Emperador Napoleón III, conspiración en que entraron ciertos españoles de señalada clase. Pero que sepan esos conspiradores de Francia y España que, caída la dinastía imperial, no la heredarán los Orleans, sino *Rochefort*, o lo que es lo mismo, la República Francesa... Y sepan también que en España el esclarecido Espartero es el hombre de prestigio y el objeto de la veneración nacional, y de ninguna manera el hinchado pastelero francés...»

Así terminaba la rencorosa diatriba del de Borbón contra el de Orleans. Inquieto y medroso, don Ángel Cordero concretó sus recelos en esta forma: «Pienso, querido Vicente, que los propósitos de ese infernal don Enrique no se limitan al escándalo. Lo que has leído es una provocación, un reto para llevar al duque a un lance de los llamados de honor... Se le insulta, se le induce a volver por su dignidad, le obligan a batirse, y pim, pum, le matan... ¡Qué manera tan sencilla de resolver la cuestión de interinidad! Al Rey más calificado, ¿te enteras? más grato a la opinión, se le quita de en medio con un poco de farándula caballeresca y un mucho de alevosía... y ¡viva la Pepa!... La Pepa es la republiquilla federal... Pero... lo que yo digo: podría suceder que les saliera la criada respondona. ¿Has oído tú que el don Enrique es un gran tirador?

—Nunca oí tal cosa —replicó Vicente—; pero bien podría ser verdad, que el juego de las armas fue siempre arte de príncipes... ¿Cree usted, don Ángel, que esta querella entre el Orleans y el Borbón acabará en desafío?

—No, hijo, no. Sería lamentable, pues por mucho que igualen los odios, Montpensier, llamado a ser nuestro soberano, no debe rebajarse...»

Y midiendo la estancia con paso de tendero meditabundo, remató su pensamiento con estas sesudas razones: «Don Antonio debe apuntar a su enemigo con el arma del desprecio... Buen tirador de desdenes es el duque, que el año pasado, cuando don Enrique le insultó llamándole *naranjero* y volcando sobre él todo el diccionario de las verduleras, no tuvo más respuesta que un silencio verdaderamente augusto. Hoy, sin embargo, podría suceder que, fueran las cosas por otro camino... En confianza te diré que ayer y hoy han menudeado ciertas embajadas entre el caserón de la Costanilla y el palacio de Fermín Lasala... Iban y venían mensajeros del honor... ¡qué guasa!... Ese moro barbudo... ¿cómo se llama? ¿Emilio, Remigio...?

—Emigdio Santamaría.

—Y el otro barbudo sevillano, médico y federal, Federico Rubio... De otra parte los generales Córdova y Alaminos... No sé, no sé lo que traman... No he podido enterarme bien; pero se me antoja que la caballería andante ha tomado cartas en el asunto... Para mí que el don Enrique cantará el *yo pecador* con tal que le socorran de garbanzos y panecillos... Es triste cosa para los que creemos en la dignidad de las casas Reales... Pero a nadie más que a sí mismo debe culpar el Infante de haber venido tan a menos. Él es su propio enemigo; él se ha hundido, se ha encenagado en sus propios desaciertos y locuras... Yo digo que quien busca el escándalo, en él perece... Es tarde, Vicente; acostémonos... Y para concluir: nuestra vivienda está tristísima sin tu madre... Diré más, está muy fría. Tu madre es el calor. Harás un bien a toda la familia si te vas a Carabanchel y la convences de que es hora de venir a darnos su abrigo. Y no hablo yo precisamente del calor físico, sino del calor doméstico... No ha de ser todo el cariño para los polluelos... Que venga, que venga y medraremos todos... Nuestro nido está helado... Cada cual, según su estado propio, echa de menos las plumas de la madre, de la... En fin, hijo, que duermas mejor que yo... Vete y tráela, para que termine nuestra desaborida soledad.»

Con estas dulces quejas, retirose el buen Cordero a la matrimonial alcoba, y no tardó en estirarse en su lecho, cuyas frías anchuras no eran por entonces vergel, sino páramo desolado... Obediente a su padre político, el chico de Halconero se fue temprano a Carabanchel, y encontró a Lucila tan embelesada en la crianza de las nuevas generaciones gallinescas, que le fue penoso convencerla de que los hijos del hombre y el hombre mismo tenían mayor derecho a su maternal asistencia. Horas dulcísimas pasaba la celtíbera en el entretenido enredo de prestar el primer socorro a los que salían del cascarón, y en alimentar a los que ya sabían comer, ya echaban sus traguitos de agua elevando al cielo los tiernos picos, y habían aprendido el lindo juego de escarbar la tierra para buscar comida. Luego ponía Lucila todo su cuidado en rodearles de precauciones contra la humedad y contra ruines animalejos.

La casa patética, donde expiró el *Lucero de la tarde*, hallábase aún desalquilada, coyuntura que aprovechó Vicente para renovar y espaciar sus melancolías en la huerta solitaria, empapándose en el dolor con deleite romántico y místico. La noche pasó en ensueños medio sentimentales, medio literarios, interrumpidos por insomnios en que recobraba su imperio la realidad. Era como un poema en verso con metódicos comentarios en prosa. Muy de mañana, antes de la hora en que solía dejar el lecho, entró su madre a llamarle con apremio. «Hijo, levántate: ahí está Enrique Bravo. Viene a buscarte. Le he preguntado que a dónde vais, y me ha respondido con esta tontería: «Que se levante y se vista pronto; vamos a ver la Historia de España.»

Saltó Vicente de la cama y aprisa se vistió. Faltaba un cuarto para las nueve cuando los dos amigos salían a la calle y de la calle al campo. Enrique le dijo que la Historia de España que iban a ver podría resultar una página trascendente o un renglón burlesco, según el humor que en aquel día tuviera el Destino, árbitro de la existencia de los hombres y de los pueblos. Y Vicente replicó así: «El toque está en que madama Clío se ponga el coturno de dorados tacones, o las chinelas de orillo, en que traiga el péplum o una bata de tartán *a cuadros* blancos y negros.»

Lenguaje más positivo habló Enrique diciendo: «Aunque se quiere guardar secreto, yo he sonsacado la confianza de Santamaría... Démonos prisa. Soy amigo de un teniente, subalterno del comandante de la Escuela de Tiro, y espero que podremos meter el hocico y ver de cerca la función... El programa es magnífico... A diez metros avanzando... Pistola, y condiciones verdaderamente trágicas. Falta que los actores correspondan al interés y a la pasión que se ha querido poner en la obra...» A campo traviesa anduvieron los dos amigos largo trecho en dirección del arroyo de Luche, y cuando se hallaban a corta distancia de la carretera de Extremadura vieron que por esta venía un coche de dos caballos... Detrás otro... luego simones... «Aquí están... Son los héroes del día, los sacerdotes de la Historia, acompañados de sus acólitos; van a oficiar... van a celebrar la misa en la mesa o ara del Destino. Adelante, Vicentillo, y tratemos de colarnos en el templo... ¡Hermoso día para una fiesta en honor del Honor!...

—Yo tengo mis dudas, Enrique. En mi corazón se balancea un péndulo doloroso... ¿Resultará Historia o gacetilla?

IX

Vieron los amigos que los coches paraban en el lugar llamado Portazgo de Alcorcón, y que de ellos descendían caballeros que, unos tras otros, tiraron a pie hacia la derecha. Vicente y Bravo apresuraron el paso, carretera adelante, para tomarles las vueltas. Largo trecho anduvieron, sin poder penetrar en el coto militar: aquí encontraban cierre de alambres, allí un soldado que les cortaba el paso. Por fin Bravo, adelantándose a su amigo, logró la condescendencia de un oficial, que permitió la entrada con tal que observasen exquisita discreción, permaneciendo lejos del sitio del lance... Admitidos en el vedado, los dos jóvenes hubieron de caminar a la ventura, procurando orientarse. El terreno era extenso, ondulado, con pabellones y casetas aquí y allá, raso de arboledas, resplandeciente de luz vivísima y batido por aires matinales de picante frescura.

Aturdido del vago correr en distintas direcciones, y deslumbrado por la luz, Halconero sentía el cansancio precursor del aburrimiento. Llegó con su amigo a un lugar donde vieron un alto y abultado armatoste, formado con vigas y planchas de hierro: era el blanco del tiro de cañón, enorme pantalla que les permitió parapetar su curiosidad en acecho de la comedia o tragedia que se preparaba. Al amparo de aquel biombo robusto, abollado por los proyectiles, se tumbaron en el suelo boca abajo, postura de lagartijas con que fácilmente ocultaban sus personas, y en tal situación divisaron a los caballeros que en dos grupos avanzaban y retrocedían, como escogiendo lugar adecuado para la justa. Contaron unas diez personas: los dos adalides, tres padrinos para cada uno, y otros dos, que debían de ser médicos. Tanto se aproximaron algunos, que Halconero vio brillar los lentes de Montpensier.

La preparación del duelo se efectuaba con exactitud parsimoniosa, semejante a las ceremonias litúrgicas.

«Tú no te has visto en estos lances, y desconoces la escrupulosidad con que se disponen —dijo Bravo al hijo de Lucila—. Yo he tenido tres, y en los tres acabamos con abrazo y almuerzo. Lo que importa es aparentar valor, sobreponer al peligro la idea de *quedar bien*, y ser caballeresco desde el principio al fin. ¿Ves? Ahora, después de elegir terreno, se cuidan de que ninguno de los combatientes reciba de cara los rayos del Sol. Uno de ellos tendrá el Sol a su derecha, el otro a su izquierda... Inmediatamente medirán la distancia. Ya lo ves: miden nueve o diez metros con una cinta; luego echarán suertes para designar quién ha de tirar primero... Se sorteará también el punto que cada cual debe ocupar en los extremos de la línea. La rifa de vida o muerte va despacio, como ves, y los que han de batirse hacen de tripas corazón, mostrando una impavidez fría, etiqueta obligada de estos encuentros en la puerta de la Eternidad, que las más veces suele ser la puertecita de una fonda.»

Por la distancia que de estos trámites le separaba y por la extrañeza de ellos, Halconero los veía como actos y figuras de ensueño, y su atención se iba de la humana realidad a las líneas y colores del paisaje. Frente a sí, más allá del lugar de la liza, vio una caseta roja, otros mamparones que servían de blanco al tiro de fusil, y detrás, manchas verdosas de jara, las curvas del terreno acentuadas por la viva luz, y a lo lejos la torre de Húmera... El azul de la Sierra, con toques de nieve, embelesó sus ojos por un momento, y los habría embelesado más si Bravo no le trajese a la realidad inmediata diciéndole:

«Mira: ya están los caballeros de Orleans y Borbón cada uno en su puesto. El primero a nuestra izquierda, el otro a esta otra parte. Fíjate... Parecen estatuas. Ambos están serenos... Con la serenidad del honor... Con la vergüenza caballeresca, que es lo mismo que la torera, pongo por caso... Ninguno de ellos deja ver la procesión que le anda por dentro... Mientras los sacerdotes del Destino permanecen como marmolillos entregados a la meditación y al cálculo de las probabilidades de vida o muerte, los acólitos se ocupan en cargar las pistolas, operación delicada que realizan metódicamente, devotamente... Las balas son el símbolo del honor... Son el criterio, el sí y el no de este tribunal que llamamos *Juicio de Dios*... Las balas deciden, y tienen siempre razón.

—Serán la razón de la sinrazón —dijo Halconero sin quitar los ojos de los que a distancia del punto de acecho cargaban las pistolas—. Desde aquí distingo las barbas morunas de don Emigdio y las blanquinegras de don Federico Rubio. Parece que han terminado de atacar las razones...

—Y ahora echan suertes para elegir pistola... A cada uno le llevan la suya... Se retiran los padrinos a distancia prudente... Las actitudes indican que se ha dado ya la voz: ¡atención!...

—Ya están los adversarios en manos de la Fatalidad.

—Ya están en guardia... los distingo claramente... El brazo derecho doblado, la pistola a la altura de la cara, con el cañón apuntando al cielo... Han alzado el cuello de la levita para ocultar el de la camisa, que hace blanco con su blancura.

—Ya los segundos se alargan... La Fatalidad se hace esperar... la esfinge retrasa su fallo, y dice *voy, voy*, sin venir nunca. ¿Pero cuándo tiran, cuándo se matan? Si tiraran a un tiempo y se matasen los dos, sería lindo término de esta expectación angustiosa... y...»

Disparó el Infante, disparó luego Montpensier, y ambos quedaron ilesos. Los padrinos cargaron de nuevo las pistolas y discutieron, probablemente sobre la supresión del avance después de cada doble disparo... «La función es harto pesada —dijo Vicente—; los actos brevísimos, los entreactos interminables. A ver, guapos mozos, tiren otra vez, y hagan el favor de hacer blanco.» Y Bravo opinó que el lance llevaba trazas de inofensividad estudiada o fortuita, para concluir sin víctima y sin vencedor, con el solo triunfo del honor en el concepto condecorativo y de social etiqueta... Al disparar los rivales por segunda vez, acudieron los padrinos al Infante, creyéndole herido. Sin duda no fue nada, porque se procedió a cargar nuevamente. «Esto va para largo», dijo Bravo. Y Halconero: «A la tercera va la vencida. Veo la Fatalidad arrugando el ceño...» Y el otro: «Yo veo en su boca una muequecilla conciliadora. Desengáñate. Habrá vida y honor para todos.» Por un rato de duración inapreciable, siguieron comentando el lance prolijo, y cuando sus palabras pasaban resueltamente del tono serio y expectante al de las bromas, oyeron el tercer disparo del Borbón... y al sonar el de Montpensier,

¡ay! vieron a don Enrique girar con rápido quiebro y voltereta, y caer de un lado... Al rebotar en el suelo, quedó el cuerpo en posición supina.

Con excepción del caballero de Orleans, que impávido, tal vez temeroso, permanecía en su puesto, todos acudieron a examinar al caballero caído... Los amigos intrusos, espoleados por su curiosidad ardiente, metiéronse en el vedado del Juicio de Dios. Si un instante dudaron, pronto les decidió el ver que de la otra parte violaban la clausura diferentes personas, algunas en traje militar. Algo sucedía de gravedad suma. Cuando llegaron al grupo, destacose de él Santamaría, y en su rostro moruno vieron los dos amigos la emoción trágica. «¿Herido el Infante?» murmuró Bravo. Y el levantino respondió que si no estaba muerto, poco le faltaba... Acercose Bravo codeando; mas de tal modo se apiñaban sobre el caído los ansiosos de examinarle, que solo pudo ver el cuerpo de rodillas abajo... Federico Rubio, que antes que los dos médicos del duelo había podido apreciar la herida del Infante y su respiración estertorosa, se incorporo diciendo: «No hay remedio. Está expirando.»

Al propio tiempo volvió Halconero sus miradas hacia Montpensier, la contrafigura del duelo terminado, y vio que un señor, en quien pudo reconocer a Solís, secretario y padrino del duque, le notificaba el terrible desenlace.

El de Orleans dejó caer sus lentes, que quedaron colgando de la cinta, y mientras los cristales devolvían la luz con picantes reflejos, el caballero vencedor se llevó las manos a la cabeza en ademán de desesperación, y al aire salieron de su boca palabras doloridas que oyó tan solo el secretario. O se lamentaba cristianamente de haber matado al primer hermano de su esposa, o lloraba viendo desvanecida en humo su ilusión mayestática . Fue al lance tal vez con la idea de hacer ante el público sus pruebas de valentía y de honor caballeresco, guardando las vidas de ambos para un reinado de conciliación, de lavatorio en aguas jordánicas. Pero el Destino le había jugado una mala partida. Él quería comedia, y Melpómene le había cambiado los trastos. Frente a la catástrofe, Montpensier maldecía su suerte, confundiendo en su consternación los motivos políticos y los humanos. Había matado a un individuo de la Familia Real de España, hermano del Rey consorte, cuñado y primo de la reina, tío del inocente Alfonso. Pero si la bala de Orleans quitó la vida al Infante, la bala de Borbón, perdida en el espacio, se llevó la corona de Isabel, que ya el esposo de Luisa Fernanda creía poder encasquetar en su cabeza. Con brutal humorismo, el Destino retirábase del escenario, dejando tras de sí las sílabas de su carcajada... Ja, ja...

Expirante don Enrique, nada tenía que hacer allí Montpensier. Acompañado de dos de sus padrinos y de uno de los del adversario, se volvió a Madrid. Iba el egregio señor verdaderamente consternado. La gloria de triunfador era poca para sofocar el remordimiento de fratricida. Su ambición, aliada con sus sentimientos humanitarios, había pedido al Destino una victoria incruenta, un éxito de pamplina honorífica para deslumbrar al profano vulgo. Lloraba el nieto de Felipe Igualdad la desfloración de sus ilusiones, y masticando los amargores de un triunfo desgraciado, entró abatidísimo en el palacio de Lasala... Como novio que ha tenido que maltratar al hermano de la novia, suspiraba pensando en el estallido de la opinión al siguiente día, o aquella misma tarde, cuando cundiesen por Madrid las lástimas de la tragedia, y empezase el clamoreo de los que no tienen más oficio que lloriquear por toda víctima y hablar pestes de todo matador.

Pasaron minutos, y los testigos de ambas partes desfilaron mudos y cabizbajos; temían la llegada de la Policía, que desde muy temprano recibió del Gobierno la orden de perseguir a los duelistas... En tanto, de los próximos edículos militares acudían curiosos, y en torno a la víctima se formó un ancho ruedo compasivo y susurrante. Aislado el cuerpo en medio de aquel redondel de mirones, todos podían verle y contemplarle consternados, y el comentario giraba una vez y otra con triste murmullo, por todo el círculo de cabezas. Muchos tenían al Infante por muerto; otros observaban tenues oscilaciones de la vida en su extinción solemne.

El desdichado Borbón tenía la cabeza hundida en la tierra, tal vez por la blandura del suelo. La mortal herida sangraba en la sien derecha. En la mejilla y en el cuello de la camisa brillaba el rojo de la sangre, que ya invadía el hombro y brazo del mismo lado. El brazo izquierdo, doblado con violencia, desaparecía bajo la espalda; el derecho se extendía rígido, como brazo de cruz; las piernas se abrían; el pie izquierdo aparecía contraído violentamente, con la bota a medio descalzar. En la voltereta que dio el cuerpo, al ser taladrada la masa encefálica por el proyectil, sufrió, sin duda, el pie izquierdo una dislocación formidable... El rostro no se había desfigurado aún, y su expresión mortuoria satisfacía los diferentes gustos de los curiosos. Algunos veían el rencor en el entrecejo fruncido del muerto o moribundo; otros descubrían en sus labios un intento de sonrisa irónica.

Esto vio Halconero, transido de compasión, y cuanto más le consternaba la tragedia, con más ahínco se clavaban en ella sus ojos. Ningún detalle perdía, ningún objeto accesorio se sustrajo a su tenaz observación. La pistola del Infante estaba no lejos de los pies. El sombrero y guantes a la derecha... Llegó el subdelegado de Orden Público, señor Maestre, y su primera disposición, después de reconocer a la víctima y de darla por muerta, fue requerir a los militares para que facilitaran una camilla en que trasladar el cadáver a un local cercano donde se le instalara con algún decoro, y pudiera ser examinado por los médicos forenses.

Llegaron los camilleros; fue recogido el cadáver, y en marcha se puso la triste procesión hacia la Venta de Retamares. Rodeaban la camilla los de Policía, y detrás formaban acompañamiento los curiosos, gente de pueblo, chiquillos, algunas mujeres que pedían la cabeza del matador. En el cortejo dolorido iban Bravo y Halconero, y este no podía echar de su mente la página histórica, que había visto antes de que pudiera ser escrita. ¿Era el fin de una raza? ¿Con don Enrique morían la dinastía borbónica y su colateral, la rama de Orleans?... ¿Qué giro tomaría el pleito oscuro de la Interinidad?... No recordaba que ningún príncipe español hubiese muerto en desafío... El duelo resultaba como una democratización de la realeza... Gran resonancia tendría en toda Europa el suceso del 12 de marzo, aunque el Gobierno español lo desvirtuara con la fabulilla oficial de que don Enrique había muerto *probando unas pistolas* en el Campo de Tiro. A esta infantil versión contestaría la Iglesia negándose a enterrar en sepultura bendita al pundonoroso y desgraciado príncipe.

Mientras la Policía cumplía sus deberes en la Venta de Retamares, Bravo intentó convencer a su amigo de que debían abrir un pequeño paréntesis en el duelo, haciendo por la vida... Hasta para llorar y condolernos necesitamos vivir sanamente, y la vida y la salud nos piden alimento. Declaró Bravo su buen apetito, y aunque Vicente se resistió a descender de golpe desde lo espiritual a lo material, al fin pudo el amigo llevársele a la reparación orgánica. Largo trecho anduvieron por el camino real y fuera de él hasta dar con la Venta de la Rubia, donde un adusto ventero y una Maritornes amable les sirvieron opulenta tortilla con jamón y unas magras carneriles con cartílagos y osamenta, vino peleón, y para postre, blandas y melosas torrijas. Probó de todo Vicente con desgana; devoró Bravo, y luego se volvieron despacito al recinto mortuorio de Retamares.

Yacía el cadáver de don Enrique en desnudo colchón, que sustentaban desiguales tablas sobre dos derrengados bancos. Fláccidas almohadas sostenían la cabeza, que se inclinaba del lado de la herida. La sangre que de esta manaba se iba empapando en un luengo paño, como toalla, que aplicado por un extremo a la sien se extendía hasta medio cuerpo como culebra roja y blanca. El pie izquierdo estaba descalzo, por haberse perdido la bota en el traslado del cuerpo. Entre las rodillas y los pies se veían el sombrero y los guantes... Golpe de gente había en el mísero local. De rodillas junto al muerto rezaba un sacerdote, que era, según después les dijo Santamaría, el capellán de las Descalzas Reales, señor Pulido y Espinosa. Entre los visitantes reconocieron a Luis Blanc, a Montero Telinge, a García López y otros calificados republicanos, que iban a rendir triste homenaje al tataranieto del duque de Anjou (Felipe V), tronco del árbol hispano-borbónico.

Los mortales despojos del príncipe sin ventura evocaban memorias históricas, y ponían de relieve sus lazos de sangre con todas las personas de la familia que había cesado de reinar en septiembre del 68. Era primo y cuñado de Isabel II; tío carnal del niño Alfonso, que los fieles dinásticos habían traído a que reinara en sus corazones; primo hermano de la esposa de Montpensier, lanzado por la fatalidad a un lamentable fratricidio; primo de Montemolín, de don Juan de Borbón y tío en segundo grado de Carlos VII. Fue desdeñado pretendiente de Isabel, por esta preferido, preferido también por los progresistas; mas rechazado por la Corte y las camarillas reaccionarias. De esta pugna y del desaire resultaron las llagas del corazón, las acritudes de carácter que habían de persistir en el resto de su vida como enfermedad crónica... Fue causa o pretexto de la revolución gallega, que terminó con los fusilamientos del Carral. Halagado por los del Progreso y admitido con júbilo en los senos masónicos, hizo profesión y gestos de liberalismo que disgustaron a su parentela. Sufrió persecuciones, destierros y desdenes, por lo que su impetuoso ánimo se lanzó a más peligrosas inquietudes. Era hidalgo, valiente, liberal, amante de sus hijos, amante del aura popular. Su historia, desde el 46, en que los vientos de la opinión jugaron con su nombre ilustre, hasta que murió en una tragedia doméstica, fue agitada y borrascosa, vida de rebeldía constante, de querella irreductible entre la realeza y la popularidad... En el Diario de Vicente Halconero descuella esta frase que no carece de sagacidad histórica: «Tempestad que turbaste a la Familia Real de España con ruidos y conmociones de escándalo, así en el trono como en el destierro, ya pasaste para siempre. Yo te vi exhalar el último soplo...»

X

Volvieron los dos amigos a Carabanchel, donde pasaron juntos la noche. Vicente contó a su madre lo que había visto, esmerándose en la veracidad, bien adornada de los más sutiles pormenores, y poco después anotaba en su cuaderno el sangriento drama del sábado 12 de marzo. Terminó la velada con el acuerdo de que Lucila volvería con su hijo a Madrid... Y en la siguiente mañana, cuando Bravo y Halconero salieron a buscar coche, toparon de manos a boca, en la carretera, a la menor de las tres damas negras, que el *Carbonerín* con chunga y solecismo llamaba *las ecuménicas*. Era Rafaela Milagro, que había pasado la noche en la casa de su amiga la viuda de Oliván. Como Vicente se asustara del encuentro, Enrique le dijo: «Pues ayer por la mañana, cuando entraba yo en la calle de Toledo para coger el coche en *la tienda del botijo*, me encontré a la estantigua mayor, la feroz Domiciana... Temblé y me dije: "*Malum signum*. Algo muy grave tendremos hoy". Ya ves cómo acerté...» Serían las nueve cuando salieron con Lucila. La buena señora partió desconsolada, oyendo el tierno piar de la infantil pollería.

Fue para Vicente aquel domingo, 13 de marzo, día de variadas sorpresas y emociones. Iba por la calle de Alcalá viendo el señorío concurrente a las misas de Calatravas y San José, cuando se encontró de sopetón al coronel Ibero, el cual, después de abrazarle con paternal afecto, le reconvino cariñosamente en esta forma: «Pícaro, no has ido a vernos... Tu madre nos dijo: «Vendrá mañana», y ese mañana no acaba de llegar... Vivimos con Demetria... Mi cuñada y su marido desean conocerte... «¡Pero ese chico!... ¿Qué hace que no viene?...» Enrojecido de vergüenza, se disculpó Halconero con vagas razones en que puso toda su alma. Y prosiguió Ibero: «Ven pronto, y conocerás a las dos niñas de Demetria... Verás qué monas, qué simpáticas... Y bastante instruiditas...» La confusión de Halconero subió de punto, y su vergüenza le encendió más el rostro cuando vio venir a la señora de Calpena con sus dos hijas que salían de San José. Las tres llevaban luto por Fernanda. «Aquí las tienes... —dijo don Santiago—. ¡Vaya, que es casualidad!» Hecha la presentación, se metió Vicente en el berenjenal de los saludos, entreverados con excusas, apretando lindas manos, y desenvolviéndose atropelladamente del gracioso enredo en que le ponían la cortesía y la timidez.

En Demetria vio acabado modelo de gracia y afabilidad, y en las dos damiselas, lindas muchachas muy interesantes, si bien harto inferiores al clásico tipo de su prima Fernanda. Acompañando a la noble familia por la calle de las Torres hasta la del Barquillo, dijo Vicente que había presenciado el desafío y muerte del Infante don Enrique; y al comentario que hicieron las damas y el coronel, este agregó informes auténticos, transmitidos aquella misma mañana por un testigo presencial, don Fermín Lasala. «Cuando llegó a su residencia, a las once de ayer, el duque de Montpensier iba tan atri-bulado, que los amigos que allí le aguardaban le creyeron herido. Federico Rubio le sostenía; entre todos le llevaron a su habitación... Diéronle a beber tazas de tila con éter, y temiendo una congestión, por la tarde le sangraron... En la noche del viernes al sábado, don Antonio no pudo conciliar el sueño... Redactó un codicilo... Su esposa le había telegrafiado estas palabras: *No te batas; despréciale*... La respuesta de él fue: *Nada temas; no pienso batirme...*»

Y la sin par Demetria llevó también su parte de testimonio al suceso del día. «Pepe Beramendi le dijo anoche a Fernando que el pobre don Enrique confesó y comulgó anteayer en las Descalzas Reales, donde está sepul-tada su esposa, Elena de Castelví... Lo supo por el propio capellán de las Descalzas, señor Pulido y Espinosa... Don Enrique llegó hace poco de París: allí tiene a sus hijos menores, internos en el *Liceo Napoleón*... Le amargaba el presentimiento de una desgracia próxima. Vivía solo y aislado en su caserón frío de la Costanilla, donde le visitaban republicanos de los más rabiosos, muchos de ellos afiliados en la Masonería. Contaba el Infante... Así lo refiere el Capellán de las Descalzas... que al despedirse en París de la reina doña

Isabel, esta le dijo: «Si vas a España, primo mío, haz cuanto puedas para que no sea Rey Montpensier.» El hombre así lo prometió, y ha cumplido, porque de esta tragedia ha salido el vencedor imposibilitado para pretender una corona que ayer manchó de sangre...» En las despedidas se mezcló profanamente el espanto de la tragedia con el lindo entremés de instar al chico de Halconero a que apresurase la visita. No se preocupara de la hora... De tarde, salían poco; de noche, nunca... Adiós, adiós, y finezas y apretoncitos de manos.

Encantado quedó Vicente, y al retirarse a su casa (que ya se aproximaba la hora de comer), hacía propósito de pagar sin demora su deuda social con tan noble familia. En la calle mayor se encontró a Segismundo García Fajardo, el cual le dijo que el cadáver de don Enrique había sido trasladado a su casa, donde le embalsamarían para exponerle al público. La *masa popular* proyectaba una demostración de simpatía con su poco de ruido y parambomba. Quedaron en reunirse por la tarde en el Café Universal, para de allí alargarse a la Costanilla y ver lo que pasaba.

Acudió Halconero a la cita, y con Segismundo y otros amigotes de este, pasó largos ratos de conversación perezosa en aquella parte interior del Universal, que formaba un martillo con salida al portal de la casa, departamento en que se reunían los canarios, servidos por *Pepe el Malagueño*. Era una tertulia de las más amenas de Madrid, compuesta de estudiantes de Derecho, de Medicina y de Caminos, y reforzada por personas mayores curtidas de marrullería y experiencia. Corrieron allí de boca en boca noticias referentes al duelo del día anterior, las unas verosímiles, extravagantes las otras, muchas de ellas transmitidas por el verbo inconsciente del *Malagueño*, que de mesa en mesa llevaba con el servicio sus fantásticos discursos. No ha existido mozo de café que en tan alto grado poseyera el don de las peroratas hinchadas y burlescas para divertir a los parroquianos. «Sé de buena tinta —dijo un chico de Derecho— que el reloj del Infante desapareció mientras estuvo tendido en el campo del honor, antes de la llegada de la justicia...» «Pues a mí me consta (esto lo dijo un caballero viejecito, clérigo sin hábitos) que con el reloj volaron veinte mil duros en billetes, que del señor Martín Esteban había recibido don Enrique por venta de sus muebles: lo sé por el barbero que afeita al Capellán de las Descalzas Reales.»

No podía faltar el comento de un discreto canario: «También es ocurrencia ir a un duelo con veinte mil duros en el bolsillo.» Y el otro completó así su informe: «No le dejaron más que los retratos de sus hijos, y una carta-orden que le dio Napoleón III para su Embajador en Madrid, encargando a este que velara por la seguridad del Infante.» «Pues yo sé... —dijo el *Malagueño* en pie frente a los parroquianos—. En la mesa de los bolsistas lo han relatado... Pregunten a los bolsistas que están de cuerpo presente en aquella mesa... Pues yo sé que el Infante escribió a Espartero para que viniese a ser su padrino. Y Espartero le contestó: «allá voy...» *Vele ahí* por qué adelantaron el desafío... Porque si llega a venir el de Logroño, por primera medida consagra al don Enrique Rey de España por los cuatro costados...» Y Segismundo habló así: «Dinos, Pepe, ¿no has oído tú que la pistola de don Enrique la cargaron sin bala?» Y el *Malagueño* respondió besándose los dedos: «Por esta cruz, que nada oí de ese *desacierto*... Lo que sí dijo el jorobeta vendedor de fósforos es que los padrinos volvieron a Madrid un poco *ajumados*, y que Montpensier se tapó la boca con el pañuelo, y luego los ojos, para que no se le conociera que lloraba cuando vio muerto a su contrincante... Lloró y puso sus gritos en el Sol, diciendo: "¡Ay, Dios mío, qué día tan desgraciado!... Yo no quería matarle, sino darle una lección del catecismo... por deslenguado y contraproducente...". El Infante había insultado al duque con piropos provocativos en letra de molde, sarcasmo y vituperio con las de Caín... No iban a matarse, sino a velar por el honor consabido de mancomún, quedando en situación pacífica, y desagraviados de suyo cada cual. Con un *pim-pum y tente tieso* se cumplía para la visualidad. Pero las pistolas no entendían de fililíes, señores, y hubo la de *caiga el que caiga*. Esto es lo que llamamos tragedia superior... Según viene el tiempo, tendremos tragedia para todo el año... ¡Va!»

Con este grito acudió al servicio de otros parroquianos, dejando a los primeros en el vértigo de sus conversaciones... El voluble Segismundo, que ya se cansaba de aquella forma de ociosidad, propuso a su amigo tomar el aire en un corto paseo. Salieron, y apenas traspasada la puerta del café, vieron tropel de gente que subía por la calle de Alcalá, con voces y risas que les sonaron a motín. El rumor de *jarana* era, en aquel bendito tiempo, el tono corriente del resuello de las multitudes, y los ciudadanos no se asustaban de oírlo. Tranquilos y casi gozosos se metieron entre el gentío, ansiando saber por qué chillaba el buen pueblo de Madrid.

Oyendo aquí, preguntando allá, enteráronse los dos muchachos de que había salido por las calles una manifestación de protesta contra las quintas. ¡Oh, la eterna pesadilla del pueblo español! ¡Neurosis de rabia impotente!... Iban los manifestantes por Recoletos un poco desmandados, cuando acertó a pasar entre ellos el general Prim, que a caballo volvía de su paseo en la Castellana. Hombres y mujeres se arremolinaron en torno al jinete, cortándole el paso... Manos convulsas le conminaron, voces airadas le pidieron que cumpliese los sagrados compromisos de la Revolución.

El héroe se mantuvo sereno y digno; díjoles que ejercitaran con más comedimiento el derecho de manifestación, y picando el caballo, se zafó gallardamente. La multitud no se dio por convencida; siguió tras él... Cerca ya de la Cibeles le arrojaron una piedra, que dio en el anca del caballo... El general vio a tres bigardones con las peladillas en la mano, dispuestos a tirar. A los policías que allí se le agregaron, ordenó que los detuviesen y los llevasen al Ministerio de la Guerra... Total: que en presencia de Prim, los criminales rompieron a llorar... ¡Ellos no habían sido!... Se ignoraba lo que pasó después. Probablemente, el general les pondría en libertad. No era hombre que, por un quítame allá esa piedra, se enfrascara en la devoción del Orden y del sacro Principio de Autoridad.

«Pues anochece ya —dijo Segismundo a su compañero—, vámonos a San Ginés, a rastrear mi conquista eclesiástica. Pasaremos un rato bueno. Pero no te asustes si en el sagrado recinto nos encontramos a la *Triple Hécate*, como tú dices; que si al entrar tomamos agua bendita, las *Ecuménicas* quedarán desarmadas de sus atroces maleficios.» Allá se fueron gozosos, y llegaron cuando concluía la función vespertina con Sermón y Reserva. En el patio de la calle del Arenal les estorbó el paso el tropel de mojigatería de ambos sexos, y colocados en atisbo junto a un puesto de flores, vieron salir en la última tanda a las tres negras mujeres. Ya sabía Segismundo que en la calle se separarían, partiendo dos hacia la Puerta del Sol, y la tercera en dirección contraria, para reunirse en otra iglesia una hora más tarde, después de cenar. Así fue. Domiciana y Rafaela tiraron de una parte; y cuando la Donata quedó sola, se le agregaron los dos jóvenes para darle convoy hasta su casa.

«Dispénseme la sin par Donata —le dijo Segismundo con fino rendimiento—, si hemos llegado tarde a San Ginés... La culpa es de este amigo, que tenía su arreglito y Cuarenta Horas en el Oratorio del Olivar.

—Déjeme en paz —respondió la dama, tétrica por su oscura y pobre vestimenta, blanca y bella por su faz de Dolorosa compungida—. Ya le he dicho que no me siga, que no me ronde ni me hable en la calle, y menos en la iglesia... Es usted enfadoso, y trae consigo, aunque quiera disimularlo, un olor de masonería que apesta.

—No soy masón, Donata, ni lo es mi amigo, a quien con todo el respeto debido presento a usted... Vicente Halconero y Ansúrez, de familia noble y cristiana, niño sensato y puro, que por las noches y de mañanita reza el *Con Dios me acuesto, con Dios me levanto*... Si usted nos lo permite, le daremos escolta hasta su santa casa.

—Ni quiero que me acompañen, ni voy a mi casa, don Segismundo —replicó *la Ecuménica*, concediendo a los galanes, por especial misericordia, una leve sonrisa de amabilidad—. Esta noche no ceno, porque las sobrinas del Cura de San Ginés se empeñaron en darme merienda más fuerte de lo que tolera mi estómago... Chocolate del que llaman *macho*, con dos ensaimadas, y encima cabello de ángel y otras golosinas. Puede creerme que me ha quedado acidez y rescoldera... Ya no voy a casa. Esperaré a mis amigas en Santa Catalina de los Donados, tres pasos de aquí, donde tenemos la Novena de San José.

—Por mi fe y mi salvación le juro, hermosa Donata, que poco antes de encontrar a usted estábamos Vicente y yo en gran perplejidad por decidir en qué iglesia gozaríamos la Novena del Santo Patriarca. Y ahora que usted nos indica el modesto santuario de Santa Catalina, ya no dudamos, y allí nos meteremos, que yendo detrás de usted entraremos en la Gloria.

—Embustero, farsante, váyase con Dios, si con Dios pueden ir los masones.

—Hermana, ya le dije que me salí de la Masonería y abominé de sus gatuperios infernales, porque usted así lo quiso. La bella Donata es mi redentora, y yo su hermano espiritual.

—Malos vientos corren para el Masonismo, señor don Segismundo. Ya ve usted lo que le ha pasado a ese pobre don Enrique. Pues esta tarde, en la Castellana mismamente, han apedreado a don Juan Prim. Parece que la descalabradura ha sido tremenda, y que entre cuatro le llevaron al Ministerio de la Guerra, dejando tras de sí un reguero de sangre.»

Díjole Segismundo que el caso no había sido tan grave, y Halconero se asombró de que Donata y sus amigas, que en el momento de la pedrea se hallaban devotamente recogidas en San Ginés, conocieran con tales pormenores lo sucedido en Recoletos.

«En el recogimiento de la iglesia sabemos nosotras todo lo que ocurre —replicó la *ecuménica* con vaga petulancia—, y no aletea en Madrid una mosca sin que el zumbidito llegue a la capilla, a la sacristía o al confesonario... Y digo más... Digo que aun de diabluras y francachelas masónicas sabemos más que ustedes, los que se pasan la vida ganduleando en calles y cafés... De seguro no saben que esta noche hay gran jolgorio y aquelarre solemne en esa casa donde está de cuerpo presente el pobre señor a quien dio muerte Montpensier, otro que tal... Pues en presencia del propio Infante difunto y condenado, habrá zarabanda con salterio, brindis con cítara o bandurria, y todas las escandalosas ceremonias que usan esos protervos para ofender a Dios.

—No lo sabíamos —dijo Segismundo afectando sorpresa y gravedad—; pero pues lo decís vos, gentil Donata, ello ha de ser cierto, como Dios es nuestro padre.»

En esto, llegando los tres cerca de la Costanilla de los Ángeles, vieron espeso gentío que estorbaba la entrada por la calle del Arenal. La plazoleta de Santa Catalina de los Donados estaba también favorecida de público... Por la travesía pasaron, y en la puerta de la menguada iglesia se detuvieron para contemplar, en las ventanas de la casa del Infante, la claridad de los hachones funerarios.

«Vicente amigo —dijo Segismundo revistiendo de solemnidad su intención picaresca—, penetra sin miedo en esa casa impía, para que veas y aquilates y puedas contarnos todas las borricadas que hagan esta noche los de la *Acacia*, con triángulo y garatusas. En esta plazoleta te esperaré, después de platicar un ratito con mi redentora dentro de la iglesita de mis amigos los *Donados*, pues *donado* quiero ser y a la santa fundación entregarme con bienes y persona.» Fue Vicente a la casa mortuoria, y Segismundo, desobedeciendo a Donata que no quería compañía de hombre en los actos de culto, se coló tras ella en Santa Catalina.

XI

Poca gente había en el santuario chiquitín, pues aún faltaba más de media hora para la Novena. Luces, pocas; sombra, mucha; silencio misterioso solo turbado por el profano rumor que al abrir de la puerta entraba de la calle con soplos de aire frío. Cuatro bultos se veían aquí y allá: eran viejas baldadas y catarrosas, que respiraban con siniestros carraspeos. Al poco rato aparecieron otros bultos, anunciados por la quejumbre chillona de los goznes de la puerta... Las figuras entrantes tomaban posiciones, señalando su presencia con el arrastrar de suelas y el restallido de toses. El altar se destacaba de la oscuridad por salteados golpes de resplandor en su estofa luciente, y San José, con las velas no encendidas aún, vestidito de fiesta, aguardaba risueño la ofrenda litúrgica, en unas andas domingueras al lado del Evangelio.

Donata oró un rato de rodillas. Los instantes del rezo fueron horas para Segismundo. Al fin, la dama *ecuménica* se sentó en el más delantero de los tres bancos colocados al lado de la Epístola, y el atrevido joven se instaló en el segundo, de donde sin escándalo de los fieles adormecidos, hablar podía con ella cómodamente. «Donata —le dijo—, ya que su nombre indica que usted se ha dado a Dios, yo me llamaré *Donado*, pues por usted, por seguirla como la sigo, religioso y amante, también quiero darme a Dios... O darme a usted, para que lo vaya entendiendo...

—Cállese, libertino, y repare que estamos en lugar sagrado —murmuró la hembra piadosa volviendo ligeramente su rostro.

—Me callaré —respondió Segismundo, deslizando las sílabas con susurro—, me callaré después de decir a usted, Donata sublime, que este *Donado* ama a usted con locura, con frenesí... No me culpe a mí; culpe a sus virtudes, a su hermosura, que no tiene igual en el mundo. ¿Quién hizo esa belleza dolorida y arrebatadora? Dios... Pues si Dios la hizo, ¿qué mal hay en que yo la reverencie, en que yo la adore?...

—Desvergonzado, no siga... Me está usted perturbando en mi devoción... Reserve su desatino y sofóquelo... Si usted quiere condenarse, yo no me condenaré por sus arrebatos...

—No nos condenaremos. Usted se salva y a mí me salvará de mis tormentos temporales, peores que los eternos. Sea usted benigna, Donata, y no vea en mí un tipo vicioso, ni un incrédulo enemigo de Dios, ni menos un masón corrupto. Yo me convierto a la fe, y por usted, que es toda pureza y amor, quiero ser su discípulo y su amante... Con pureza y arrobamientos. A las personas eclesiásticas entrega usted su alma. No me lo niegue: conozco la inmensa unción de su espíritu fogoso y pío. Pues aquí me tiene decidido a ser también religioso. ¿Quiere usted ver en mí el aspecto grave, el limpio rostro de las personas consagradas a la divinidad? Pues el aspecto, y la limpieza y la divina compostura verá pronto en este neófito. Abrazaré el estado canónico, y para que acompañen las apariencias a la vocación, mañana mismo, si usted lo manda, me afeitaré el bigote, este signo infamante del hombre libre, siervo de una sociedad profana, por no decir atea...»

Torció su cabeza la *Dolorosa* más a lo vivo, sin llegar a mirarle, y muy quedamente le dijo: «No me tiente, Segismundo, que si sus errores y las malas compañías le han hecho disoluto, el Diablo le ha hecho simpático. Apague el fuego de sus palabras, y si el de su corazón es como dice, y son sinceros sus propósitos de entrar en religión, ya hablaremos...

—¿Pero duda...? ¿Cuándo llegó a sus oídos la expresión de un amor como el mío? Sométame a cuantas pruebas quiera; impóngame penitencias; oblígueme a mortificaciones crueles, que yo he de cumplirlas, así me valgan y me conforten las potencias celestiales y los santos del día...

—Los santos de hoy —dijo Donata sin ladear la cabeza—, son San Leandro, arzobispo, San Rodrigo, San Salomón, y Santa Eufrasia; los de mañana, Santa Matilde, reina, y la Traslación de Santa Florentina. Encomiéndese a ellos, y cálmese y espere.» Y a los nuevos parrafillos eróticos que el pícaro silbó en su oído como satánica serpiente, contestó con susurro estas discretas palabras: «Cálmese y espere. Tenga fe y paciencia... No soy persona blanda, ni tampoco puerco-espín erizado de púas. Si tanto me estima, obedézcame... Vea usted: ya encienden las luces del altar; ya se va llenando de gente la iglesia. Váyase de aquí, que pronto vendrá Domiciana, y como me vea y le vea tan cerca de mí, no será floja reprimenda la que me endilgue... Domiciana es mujer de tanta austeridad, que no nos permite hablar con ningún hombre, como no sea en las casas de gente piadosa y honesta a carta cabal. Con el ejemplo nos predica, porque ya sabrá usted que no hay otra que más aferrada viva en la abstención de todo melindre... Rechaza la dulzura, busca el padecer, reniega de los hombres... y ha sabido conservarse virgen.

—No lo sabía —replicó el pícaro—; pero sostendré que es la misma pureza si usted me lo manda. No me coge de nuevas la noticia de su virginidad, que ya me había llegado al alma el olor de sus virtudes...

—Obedézcame, Segismundo: por Dios se lo ruego.

—Obedezco, y aquí dejo mi corazón, Donata... No quiero que por mí tire de disciplinas la santa maestra virginal, a quien deseo ver pronto en los altares... Adiós, alma y vida mía en lo temporal y en lo eterno. Me humillo, me encomiendo al Santo Patriarca, y desaparezco por el foro, anunciando a usted que esta noche, cuando se retire a su casa, calle de Silva, me encontrará. Adiós.»

Arrodillose, y encorvado devotamente rezongó, dándose golpes en la caja torácica. Luego hizo mutis despacio con quiebro, genuflexión y agua bendita en la misma puerta... En la calle vio gentes que miraban a la casa mortuoria, adorantes del hecho trágico representado en la fúnebre quietud de un cuerpo que nadie podía ver desde fuera. El pueblo hace sus honras frente a una pared callada, o ante el fulgor de luces que alumbran el camino de la Eternidad, para que no tropiecen los que a ella se dirigen.

En el portal le salió al encuentro su amigo Roque Barcia, y a él se agregó para entrar y subir como por su casa. En la escalera vio a dos o tres señores vestidos con anticuadas levitas, encasquetado el sombrero de copa (de la moda del año 40), ceñidos de bandas, con el deslucido adorno de un mandil que del pecho hasta más abajo de la cintura les colgaba... En la antesala encontró a Luis Blanc, el cual se lamentaba de que no asistiesen a velar o siquiera visitar al ilustre difunto los personajes de primera fila, pertenecientes a la Orden. «Ya ves: no ha venido ni vendrá don Juan Prim, que tiene el *grado 33* en el *Oriente de Escocia*; ni Sagasta, que ahora quiere ver olvidada su historia masónica.»

En el salón contempló el cuerpo del Infante en cama imperial de la Sacramental de San Isidro, vestido de vicealmirante. En la cabecera se veía el escudo con las armas Reales, y debajo de este un paño bordado con signos diversos, descollando en el adorno el número *33* en letras de oro. El cadáver estaba colocado en la línea de Oriente a Occidente, y en los cuatro ángulos de la cama hacían guardia otros tantos individuos con bandas y mandil, empuñando la espada. Parecían estatuas, o más bien maniquíes, vestidos de levitones demasiado anchos, o de casaquines que reventaban de estrechos. En los relucientes aceros advirtió Segismundo todas las variedades arqueológicas. Alguno era ondeado, como el que le ponen al Arcángel vencedor de Satanás, y otros procedían sin duda de las panoplias de Zorobabel, o de Ciro Rey de Persia.

Observado todo esto, se fijó el picaresco joven en las desnudas paredes del salón y en la pobreza de su mueblaje. Cuadros había dos: el uno de cacerías flamencas, grandón, ennegrecido, lucha de perros y venados; otro, un retrato de personaje del siglo XVIII, con peluquín, casacón galonado de plata, y venera de Santiago. Una consola vulgar recientemente barnizada para disimular su vejez plebeya, y algunos sillones de tapicería, de una modernidad de baratillo, hacían juego con la alfombra deslucida y de retazos, sin ningún parentesco con las de Santa Bárbara. Todo cuanto allí se veía daba testimonio de la honrada escasez en que había vivido el infortunado príncipe, que no quiso doblegarse ante su Real parentela. Digno era de respeto, de tanto respeto como lástima, y su cadáver merecía del pueblo y de los grandes más altos honores.

Pasó Segismundo a otras salas y gabinetes: en uno de estos halló individuos de filiación ministerial en la política militante. Alguno se aventuró a sostener que no había derecho para sacar a relucir la guardarropía masónica en aquel acto. «Por estas tontunas —dijo Ricardo Muñiz, poniendo cátedra de discreción—, se han alejado de la casa mortuoria las *entidades políticas* de más viso. Por no *hacer el oso* se abstiene la Marina, que hoy se llama *Almirantazgo*, y esto es lo más grave, pues don Enrique de Borbón era, si no me equivoco, vicealmirante. La clase aristocrática, que habría sido el mejor ornamento de las honras fúnebres, también *brilla por su ausencia*, y henos aquí deseando tributar nuestros homenajes a este gran patriota de sangre Real, y temerosos de caer *en el ridículo.*»

En otro grupo halló Segismundo al joven Halconero, y juntos se internaron de sala en sala, huroneando en la fría y desamparada mansión. En una estancia de las más recónditas, próxima a la cocina, vieron al *Carbonerín* y a Romualdo Cantera *(el cojo de las Peñuelas)*, con uniforme de milicianos; a otros dos de la misma vitola, y a tres de los de levitón, mandil y banda de colorines. Habían mandato traer vino y cerveza del café de Santo Domingo, y estaban *refrescando*, o haciendo *salvas*, según el vocabulario masónico. Excitado por la bebida, *Carbonerín* despotricó agriamente contra los del *triángulo*, que con sus artilugios habían hecho del funeral del Infante patriota una mala comedia para niños y criadas de servir. Si él y sus colegas de la Milicia se hubieran encargado de organizar la manifestación de luto, *formando* en el entierro, el día siguiente sería sonado en Madrid... Confirmó y acentuó estas opiniones Cantera, diciendo: «Dennos el cadáver, y yo aseguro que las honras no acabarán en el camposanto. ¿Qué mejor responso para este señor que un toque de *Libertad*, y *Abajo el Gobierno*?» Los del mandil respondían, con cierta gravedad sacerdotal, que el acto debía tener carácter religioso, y ellos a este criterio elevado se ajustaban, entendiendo que lo litúrgico no quitaba lo revolucionario, antes bien, cada uno de los ritos masónicos simbolizaba la destrucción del templo de la farsa para construir el de la verdad.

No interesaban a los dos amigos estas vanas altercaciones, y desfilaron llevándose a Cantera, cuyo pie de palo batía marcha con duro compás al través de pasillos y salas de la triste casona. En la capilla ardiente se toparon de nuevo con Roque Barcia, que en actitud un tanto aflictiva expresaba su duelo, mezclando a las audacias democráticas alguna simpleza sentenciosa de corte bíblico. Su cuerpo mezquino y su cara irregular, más ancha de un lado que del; otro, perdiéronse en el gentío, y asimismo se perdió Cantera, fundiéndose en un grupo de milicianos. Libres ya Segismundo y Vicente, tomaron aire escaleras abajo, y se fueron a la calle, ávidos de franquía para correr a sus anchas. Halconero quería cenar; Segismundo también necesitaba un buen reparo del organismo; pero no desistía de acechar el paso de Donata cuando se recogiese a su vivienda. De una breve discusión brotó esta luz: ojear durante un cuarto de hora en la calle de Silva, y si la res no parecía, irse a cenar al café de la Luna... La suerte favoreció a los galanes, porque a los diez minutos de medir la calle, vieron que la incierta luz de un farol sacaba de la oscuridad el bulto negro de la linda *ecuménica*.

Al instante se le pusieron los dos al costado, y Segismundo, con elocuencia descocada y mística, repitió sus endechas amorosas, pidiendo compasión a la santa mujer. Cumpliría esta las obras de misericordia *dando posada al peregrino*, admitiendo aquella noche en su domicilio venerable al dolorido galán y catecúmeno. De tal desvergüenza protestó airada la bella santurrona, persignándose y rompiendo en estos anatemas: «Quite allá, insolente, deslenguado, y no me provoque a maldecirle y aborrecerle.

—Perdone, hermana y redentora... Si aspiro a recogerme donde usted se recoge —dijo el pícaro con sutil argucia—, no es por mala idea, ni por acicate de concupiscencia; es por un intenso anhelo de que mi espíritu more junto al espíritu de usted y con él se compenetre, unidos en la oración y escondidos en un mismo cenáculo. Si he faltado, sea mi señora indulgente, y ofrézcame que me concederá otra noche el favor que le pido.

—Otra noche tampoco podrá ser... ¿Cómo va a poder ser eso que pide? —replicó ella en lenguaje de persona sensata, que mide y pesa los obstáculos materiales más que los espirituales. Y volviéndose hacia Vicente, prosiguió así—: Convénzale usted, señor de Halconero; usted que parece más razonable que su amigo. Yo les agradeceré que se retiren y me dejen entrar en mi casa sin más paradas ni conversaciones. Aunque parece que no hay testigos, puede haberlos... En ninguna parte está la inocencia libre de sospechas.»

Para sosegarla afirmó el tuno que los ojos inquisitoriales de Domiciana no llegarían a la escondida calle donde a la sazón se hallaban los tres. A lo que respondió Donata que la maestra, como virgen y exenta de pecados, poseía un saber prodigioso y cierta divina inspiración que le permitía ver lo distante, y penetrar en el porvenir oscuro. «Esta noche —añadió— nos ha causado un miedo espantoso con su flujo de adivinación. Al través de las paredes de la casa del infelicísimo don Enrique, ha visto los horribles actos sacrílegos de los masones, y ha oído sus blasfemias, burlas y rugidos infernales. Luego nos ha dicho que en este año se han de ver los efectos de la grande ira del Altísimo por los ultrajes que se le hacen en esta Nación perdida y en otras.

Dice que si hoy la piedra lanzada por el pueblo no ha matado a Prim, piedras o balas volarán que lo maten, pues ya está llamado a dar cuenta estrecha de sus acciones malas... Afirma también, como si lo viera, que en este año maldito ha de correr mucha, pero mucha sangre de cristianos, justo castigo de esa pestilencia que llaman el Pensamiento Libre.

—Nosotros —dijo Halconero— nos inclinamos ante las profecías de la venerable dama huesuda y zanquilarga, y pedimos a Dios que esa sangre de cristianos que ha de derramarse no sea la nuestra. Y ahora, Segismundo, acompañemos respetuosamente a esta señora hasta la puerta de su casa, y vámonos a cenar, que estamos desfallecidos.»

Así lo hicieron, y Segismundo extremó sus amorosos aspavientos en la puerta, que muy a pesar suyo no podía franquear.

«Donata, como buen creyente —murmuró apretándole la mano—, yo siempre espero... La fe y la esperanza están en mí. Solo me falta la caridad que veo en usted sin poder alcanzarla.

—Si es usted razonable, Segismundo —dijo la negra dama *Dolorosa*, abandonando sus dedos inertes en la cálida mano del joven—, seguiré estimándole; no le diré que ponga punto en la esperanza. Adiós; una cosa les recomiendo al despedirles: que no vayan mañana al entierro de ese príncipe masón. Habrá palos, correrá la sangre de culpables y de inocentes... Domiciana lo ha dicho... Sangre inocente es la que lava... Adiós, pollos alocados, adiós.»

Y con un saludito de su mano bella se metió en un portal lóbrego, muy cercano a la iglesia del Cristo de la Salud.

XII

«Esta pájara —decía Segismundo, calle arriba— hace siempre su nido en casas de clérigos. Hay que asaltar el nidal, o sacarla de él con arte mañoso, y luego dejarla libre para que busque otro sagrado refugio, que hallará al primer vuelo.»

En el café se encontraron a Felipe Ducazcal, que también allí cenaba con algunos amigos militantes en el famoso bando de la *Porra*. Y el capitán de esta, coincidiendo con la *ecuménica*, vaticinó que en el entierro menudearían los palos, por causa del metimiento de los masones en acto tan serio. «Si queréis libraros de un porrazo —agregó con su habitual petulancia—, *veníos a la Porra.*» Luego llevó su tributo al inagotable caudal de comentarios sobre la tragedia del día 12.

Como dijera uno de los presentes que ninguna persona de la familia del Infante se hallaba en Madrid, Felipe afirmó que el hijo mayor, llamado también Enrique, subteniente de Húsares, no había salido de la Corte. En la mañana del domingo tuvo sospechas de que su padre se batía con Montpensier, y salió a caballo acompañado de su primo, el hijo de Güell y Renté, dirigiéndose a los Carabancheles. En el camino encontraron al de Orleans que volvía de la tragedia, con su séquito de médicos y padrinos... Siguieron los dos jóvenes, y antes de llegar a donde querían, alguien les enteró del funesto desenlace. Ciego de ira, volvió grupas el que ya era huérfano, con la temeraria idea de alcanzar a Montpensier, retarle a un juicio de Dios, repentino, sin trámites ni etiquetas ociosas, y arriesgar su vida juvenil en el empeño de vengar a su padre... Amigos y deudos le atajaron en esta generosa insensatez, y cuando su coraje se deshizo en un dolor sin consuelo, le llevaron a la casa de su tío el duque de Sesa.

Muy al tanto de la vida y andanzas de don Enrique estaba el fantástico Ducazcal, o lo decía y aseguraba, declarándose íntimo del desgraciado Borbón. Todo lo sabía, y con desenfado airoso hacía las veces de Historia palpitante. «No están en lo cierto los que asignan a mi amigo cincuenta años de edad; solo tenía cuarenta y siete, pues nació en abril del año 23... Sus hijos menores don Francisco y don Alberto se hallan en París, en el *Liceo Napoleón,* que antaño se llamó de *Enrique IV.* La niña, doña María del Olvido, que solo cuenta diez años, allá está también, en uno de los mejores colegios de señoritas. Y en París viven, al cuidado de los hijos, los criados fieles del Infante, Camilo Carsy y Eugenia Saint-Blancat... A los dos les he conocido y tratado bastante aquí. Son excelentes, y de inquebrantable adhesión a la familia... Don Enrique vino a Madrid con ánimo de cerrar el paso a la candidatura Montpensier. El mismo me ha referido lo que le dijo doña Isabel al despedirle... Porque habéis de saber que la reina le quiso siempre... ¡Ay, qué cosas os contaría si tuviéramos tiempo por delante! Yo lo sé todo... Las desavenencias en la familia, las amarguras y reconcomios de este caballero vienen de que debió casarse con Isabel... Pero entre la Cristina, Luis Felipe de Francia y el *Espadón* de acá, deshicieron la obra santa del amor para urdir la de la maldita razón de estado...»

Interrumpió Segismundo a Felipe con estas cortantes razones: «Todo eso que nos cuentas es información de segunda mano, pues no fuiste tan amigo del Borbón como dices, ni poseíste su confianza. No eres más que portavoz del Capellán de las Descalzas, señor Pulido y Espinosa, el cual me ha contado también a mí lo que acabamos de oírte. No te des tono, haciéndote pasar por fuente histórica. Tú y yo no somos más que los primeros bebedores de las aguas de la verdad.

—Pues me has descubierto, querido Segismundo —replicó Ducazcal con llaneza y frescura—, declino mi originalidad... Es muy desairado contar de referencia. Sin pensarlo se hace uno el *propio cosechero* de las noticias de importancia. En fin, lo dicho dicho, bajo la fe y autoridad del Capellán señor Pulido. Por él sabrás tú, como yo, que uno de los mejores amigos del Infante ha sido Espartero.

—Y que don Enrique conservaba cartas del ex-Regente, llenas de respeto y cariño. Una de ellas, escrita el 48 en Londres, es digna de pasar a la Historia. Ambos se hallaban desterrados en distintos países. El moderantismo furioso mangoneaba en España...

—Y en su carta al Infante, Espartero le decía...

—Le decía... Ya no me acuerdo... El señor Pulido retiene en su memoria las ideas, mas no los conceptos...

—¡Lástima que esa carta se pierda!

—Se perderá. La muerte del hombre —dijo Segismundo con triste sagacidad—, suele apagar todas las luces que iluminaron su vida.»

Por fortuna, no se apagó aquella luz, y el narrador puede alumbrar con ella el cuerpo exánime del príncipe sin ventura. La carta de Espartero dice así: «Serenísimo Señor: Cuando el infortunio que a tantos españoles agobia alcanza también a Vuestra Alteza, considero un deber manifestar el profundo sentimiento de que me hallo poseído al ver arrojado a un país extranjero al príncipe adherido a la causa del pueblo... Consagrado yo al servicio de la Patria, he cuidado poco de los bienes de la fortuna. No me es dado por lo mismo el hacer ofrecimientos espléndidos. Pero si lo que yo poseo puede contribuir a suavizar la suerte de Vuestra Alteza, disponga de ello con tanta franqueza como yo empleo de sinceridad en ofrecérselo... Ver a Vuestra Alteza restituido a la Patria con la consideración debida a su alto rango, es el deseo ardiente del más atento y respetuoso servidor de Vuestra Alteza, cuyas manos besa. El Capitán general, Baldomero Espartero.»

Lo demás que hablaron Segismundo y Halconero en la ociosa compañía de los *cachiporros*, perdiose en el vago aire de las tertulias cafeteras. Al siguiente día, lunes 14 de marzo, encontramos a nuestro amigo Vicente en la casa del Infante, esperando la salida del entierro. Sobre el ataúd cerrado se había puesto un crucifijo de bronce, el sombrero y la espada de vicealmirante; los emblemas masónicos habían desaparecido. En marcha se puso la fúnebre procesión... El día era ventoso y claro. En la calle no faltaba gentío popular; coches de lujo había muy pocos; personajes de viso, tan solo el duque de Sesa, el hijo de Güell y el Capellán de las Descalzas, que presidían. Uniformes de Marina no se veían por ninguna parte; altos funcionarios tampoco. Algunos respetables sujetos de la Masonería salieron con bandas y mandiles; pero pronto hubieron de quitárselos y esconderlos, obedientes a un mugido del pueblo acentuado por las mujeres. Contó Segismundo que una desaforada hembra de Lavapiés había gritado: *Que se metan el faldón de la camisa.*

Por entre ringleras de curiosos iba la negra carroza, paseando su desairado acompañamiento, que era en verdad bien pobre para difunto de estirpe tan alta. Lo que llamamos *mundo oficial* se había quedado en sus cómodas oficinas, la Grandeza en sus palacios, los caballeros de la Armada en el pontón anclado en calles que llamamos Ministerio de Marina, el Ejército en Buenavista, la Milicia Nacional en sus ociosidades bullangueras, las Autoridades embozadas en sí mismas, y los ricos, que colectivamente designamos con el nombre de *alta banca*, retraídos en el sagrado de su cuenta y razón. El pueblo solo asistía, melancólico, desorientado y sin arranque, en masas no muy nutridas, pues no se le había preparado para el acto. La sociedad revolucionaria que en aquel año imperaba, se mantuvo perpleja y muda, asustada de los arrumacos masónicos. Era tarda en formar criterio; su cerebro hallábase atarugado con las mareantes disputas por los candidatos al trono, y con el más enconado litigio de la forma de Gobierno. El mundo aquel de la

Interinidad había caído en honda modorra, congestionado por sus pasiones furibundas. No hacía más que rumiar sus ideas, como un buey soñoliento.

Vicente y sus amigotes iban contando las personas conocidas asistentes al entierro: Montero Telinge con sus barbas de Isaías, García López con su atildada frialdad, Díaz Quintero, Sánchez Borguella, Barcia, Blanc, Bernardo García y otros muchos de significación radical. Los de la cuerda templada se podían contar por los dedos de ambas manos... En la Puerta del Sol hubo un poco de atasco y barullo. El coche fúnebre se paró junto al pilón, y en la muchedumbre que en dos filas se apiñaba se iniciaron carreras con tumulto y chillidos. Por fortuna se calmó pronto el oleaje. Del grupo bullicioso en que Halconero iba, se separaron, por oscilación mecánica de la multitud, Segismundo, Ducazcal y otros jóvenes, quedando solos el hijo de Lucila y Enrique Bravo.

En la corta parada, Bravito sacudió el brazo de Vicente, dirigiendo la atención de éste hacia unas mujeres que formaban en la primera tanda de apretados mirones. «Allí tienes —le dijo—, a la Eloísa, con Paca *la Africana* y otras tales. Míralas: nos han visto y se ríen. La Eloisilla rompe filas para venir a hablarte... ¡Pobrecilla! La tienes muy olvidada.» En efecto: a Vicente se acercó una linda joven de esbelta figura y agraciado rostro, y sin melindre se le colgó del brazo, soltándole estas acaloradas expresiones: «¡Bandido, ladrón; tres siglos, tres meses sin ir a verme! Desde el día de los Inocentes no he visto a mi *Vicentíbiris*. ¡Faltón, perdulario, *ingratíbiris*!» Su lenguaje era como el de los pájaros, su acento sentido y risueño: a un tiempo le reconvenía y le acariciaba.

Halconero estrechó con afecto la mano blanca, y por un instante admiró el bello rostro de exquisito corte y finura, los ojos azules, la expresión inocente de la pobre mujercita en quien se juntaban las apariencias angelicales con la moral más desconcertada. Eloísa siguió así: «No te suelto si no me juras por tu salvación que irás a verme. ¿Te espero, *granujíbiris*? ¡Tres meses sin acordarte de tu *silfidíbiris*, tan*chalá* por ti!» Afable y cariñoso le contestó Vicente que sí, que a verla iría prontito, y diciéndolo pensaba en las cosas que le habían pasado en aquel lapso de tres meses: el conocimiento con Fernanda, su admiración de la hermosa mujer trágica, su pasión repentina, las ansias de aquellos lúgubres días de enero, la muerte, en fin, del *Lucero de la* *tarde...* No hubo tiempo para más, porque el carro fúnebre siguió, avivando la marcha, en dirección de la calle de Carretas. Halconero se despidió de la grácil y tierna Eloísa; despidiose también Bravito de *la Africana* y de las otras, echándoles familiares saludos, a que todas contestaron con gestos y sonrisas de picante franqueza.

Dejándose llevar en la pausada corriente del entierro, el hijo de Lucila no podía echar de su mente a la sentimental diablesa, parecida externamente a los ángeles, y dio en traer a la memoria el cómo y cuándo de su conocimiento. Fue por Todos los Santos. Bravo había sido el introductor. Sobrevino del primer encuentro un ardiente apego por una parte y otra. Halconero se dejaba colar por simpatía y también por estímulo cerebral, procedente de sus amores literarios... Realizaba la *Vida de Bohemia* y otras vidas de cortesanas remojadas en el Jordán de la poesía... La pasión de ella era más intensa, más arraigada en el corazón. Deciale a Vicente que le *amaba con locura*, y este pudo creerlo en algunos instantes... Al fin, tras devaneos y embriagueces que no duraron más de cincuenta días, el galán vio a Fernanda y contrajo la grande y definitiva dolencia de amor, con fiebre y delirio. Las relaciones corporales con Eloísa quedaron desde aquel punto cortadas bruscamente y disueltas en el olvido.

Reapareció de improviso la graciosa *silfidíbiris* en el fondo de un cuadro fúnebre, y la visión despertó en el guapo mozo memorias que no eran desagradables... Eloísa encarnaba en su persona la más absurda paradoja que pudiera imaginarse, pues su depravación pública no se acomodaba con la fineza ideal de su ser físico. Inmóvil y callada, era un perfecto tipo de distinción aristocrática; la palabra y el gesto descomponían el artificio, y ya no era más que un ser desgraciado, errante en el laberinto de las liviandades del hombre. Con estos pensamientos enlazó el joven otros pertinentes al vacío sentimental de su alma. Acordose de la señora y niñas que en la calle había visto el día anterior... En falta estaba con Gracia lo mismo que con Demetria, y más aún con el amadísimo don Santiago, padre del*Lucero de la tarde*. Hizo, pues, ante su conciencia juramento de pagar sin perder día la deuda de urbanidad.

En la calle de Toledo, donde el duelo se despedía, redújose bastante el acompañamiento. Halconero y Enrique siguieron en simón hasta el camposanto, y reunidos allí con los amigos dispersos, entraron tras el cadáver hasta el lugar del sepelio. Dominaba en la concurrencia la humanidad de chaqueta o blusa, y el recinto lúgubre y los fríos patios, embaldosados de rotas lápidas mortuorias, se animaban con tanto ruido de pisadas enérgicas y de vivo lenguaje... Antes de encasillar el cuerpo de don Enrique de Borbón en un nicho de la horrible estantería sacramental, le rezó un responso el señor Pulido, rodeado de los parientes y allegados del muerto. El susurro de las preces dio al acto severa solemnidad... Gemían los goznes del negro portalón de Ultratumba...

Fuera del cementerio, mientras las cabezas del duelo requerían sus coches para volverse a Madrid, el pueblo se derramaba por los cerros próximos a la ermita del Santo, juntándose con innumerables gentes que subían de la pradera. Y si en las exequias del príncipe de Borbón faltó la militar pompa y enmudecieron cañones y fusiles, en cambio estalló ruidosa tempestad popular con truenos y relámpagos oratorios. Aquí y allí lanzaron sus anatemas improvisados tribunos, y de la turbamulta se destacó al fin uno que impuso atención y silencio, soltando a los aires su voz bien timbrada y sus detonantes razones. Era Luis Blanc, joven que por su apellido parecía revolucionario francés, y lo era español de los más desahogados y atrevidos. Pequeño de cuerpo, de rostro agradable y sugestivo, completaba su persona con una palabra audaz que se disparaba sin saber a dónde iba.

Empinándose sobre las ruinas de una tapia, empezó diciendo que hablaba por obedecer al pueblo soberano... Hablaba para manifestar ante el pueblo que su presencia en aquel sitio no significaba que acompañase a un Borbón a su morada postrera; significaba el respeto a un español muerto por la mano de un francés... Don Enrique había perecido de un modo misterioso, cuando ya estaba secretamente elegido presidente de la República... Griterío aterrador y palmoteo acogieron estas palabras: el aire quemaba, la tierra se estremecía con el ardiente resuello popular. Calmó Luis Blanc los atroces vientos recomendando que se disolviese la reunión con el mayor orden. El pueblo no es enemigo del orden, y lo reclama y practica en el ejercicio de las sacrosantas libertades. «Orden, señores, para que no digan... para que no vengan diciendo que somos la demagogia, que somos el libertinaje...»

A pesar de la sensata indicación del orador, el pueblo no se retiraba con la debida compostura, ni cesó el relampagueo de protestas y tronicio de aislados discursos. Del tronco de un árbol caído hizo púlpito un imberbe mozo, y emprendió con voz fogosa y ademanes epilépticos el panegírico de la Santa Masonería. Alelados le oían hombres y mujeres, y él se arrancó con este atrevido pensamiento: «Pío IX se tiene aún por francmasón, aunque hace tiempo se le borró de los cuadros jerárquicos de la Orden, por considerar al Rey de Roma incompatible con la fraternidad humana. ¿De qué os asombráis? ¿Por qué abrís con estupor de ignorancia vuestras bocas? Meditad en lo que digo, y la razón entrará en vuestros oscuros entendimientos. No me miréis con ojos atónitos. Sobre las aguas turbias de la ignorancia flota la verdad... Si buscáis a Dios en el fanatismo sacerdotal, nunca le encontraréis... Buscadle en las almas sencillas de los que sufren, de los que lloran... Vuelvo a deciros que Pío IX es francmasón. ¿Y por qué no ha de ser francmasón el llamado Papa, habiéndolo sido nuestro padre Adán, Moisés y el mismo Jesucristo, Hijo de Dios, que extrajo de los libros masónicos todo lo bueno que encontramos en los Evangelios?...»

XIII

«*15 de marzo.* Obediente a su madre Lucila, obediente a su conciencia y a un vago deseo de embellecer la vida, llamó Vicente Halconero a la puerta de la casa en que moraban los Iberos y Calpenas (calle del Barquillo). Eran las cuatro de la tarde. Los señores habían ido de paseo. Volvió el caballerito por la noche, después de comer, y a todos encontró, y de todos fue recibido con alegría cordial. Abrazado tiernamente por Gracia, estuvo a punto de llorar viendo la aflicción de la pobre madre. Demetria le habló de Lucila, encomiando con ardor su belleza, su dulce trato, y reconociéndose igual a ella en el gusto de las artes del campo y en la chifladura de sacar pollos. Ibero y don Fernando, tocando la tecla política, pidieron a Vicente noticias del mundo plebeyo, federal y masónico que frecuentaba, dándole a entender delicadamente que en tal sociedad no hallaría nunca su ambiente propio un espíritu cultivado.

Después de picar en diferentes asuntos, los dos caballeros se fueron a la tertulia de Beramendi. Entraron otras personas, que luego se darán a conocer, y Vicente pudo platicar aparte con las niñas Pilar y Juanita. Ambas le cautivaron por su exquisita educación, en que se armonizaban la gravedad y la soltura. Sin ser beldad estupenda, Pilar lo parecía por la esbeltez de su talle y la admirable composición de su rostro, en el cual, con facciones vulgares, se producía un hechicero conjunto. La blancura de su tez y el opulento cabello castaño eran los toques definitivos de su linda persona. Más pequeña de talla y menos viva que su hermana era Juanita, que aún no llevaba al ras del suelo la falda de su vestido. En los ojos de ambas veía el buen Halconero un fugaz destello del mirar de Fernanda; llegó a creer que el alma de la trágica damisela jugaba al escondite con el alma de sus primas, así cuando estas reían como cuando se ponían serias.

Al poco rato de vago charlar con el nuevo amigo de la casa, reveló Pilar su genio sutil y vivaracho... Mejor que describiendo y perfilando sus caracteres, el narrador dará existencia real a las niñas de Calpena, dejándolas que hablen y se presenten a sí mismas. «Oiga usted, Halconero —decía Pilarita—: ya sabemos que se pasa usted la vida tragando libros franceses, o libros ingleses y alemanes traducidos al francés. Dice mi padre, y no se ofenda, que tanta lectura extranjera podía indigestársele a usted. Nosotras, como nos hemos criado en Burdeos, hablamos el francés lo mismo que el español. Y tan lo hablamos, que mi hermana, como usted habrá notado, arrastra un poquito las erres... Pues mi padre, que es el hombre más español que se conoce... Entre paréntesis, sepa usted que le gustan muchísimo los Toros y no pierde corrida... pues mi padre, como le digo, nos ha quitado aquí todos los libros franceses que traíamos, dejándonos tan solo dos o tres... y nos ha obligado a leer el *Romancero* dos veces, tres veces el *Quijote*, y de lo moderno nos tiene a ración diaria de las *Leyendas* de Zorrilla y de las *Doloras* de Campoamor... Veo que usted se ríe... Sin duda, nos tomará por unas brutas... Ea, no se nos vaya a enfadar por eso... Y si se enfada, ¡qué hemos de hacerle!... Ya sé que usted se surte de ilustración en la librería de Durán. Lo que le digo es que hace días fuimos allá nosotras a comprar las *Novelas Ejemplares* de Cervantes... y no las había... Sí, las había; pero no más que en una edición grandota, que cuesta cuarenta duros.»

Risueño y encantado, les contestó Vicente que el españolismo literario de sus nuevas amiguitas significaba una hermosa revelación. Ya comprendía que él, por tan aficionado a lo extranjero, era el verdadero *bárbaro*, y que de ellas tomaría lecciones: sería su discípulo...

«Oiga, Vicente, oiga... —dijo la menor—. Ya sabemos que es usted aficionado a la Mitología. Nosotras tenemos un libro chiquitín francés de *esas cosas*... Con algunas láminas... Yo soy muy mitológica, y me entretengo con las mentiras de aquellos dioses pícaros, y de aquellos héroes... ¡Ay, qué líos arman!... Yo digo que son hombres poéticos... Lo que más me llama la atención es que Neptuno, con su corte de ninfas, pudiera vivir dentro del mar... La verdad... ¡qué lindas son las Musas... y el tal Cupido, qué mono!»

Vicente se declaró también mitológico, y diciendo a sus amiguitas que el libro de ellas era un manual insignificante, ofrecioles el suyo, y cumplió a la noche siguiente regalándoles su grandiosa obra de *Mitología Griega*. Después de hojearla, viendo las admirables estampas, Pilar pasó por lentas gradaciones a otro punto. Habló de su prima Fernanda, y con expansiva crueldad puso sus delicados dedos en la llaga que aún sangraba y dolía. No pudo Halconero evadir la triste conversación, y con austero laconismo y sinceridad hizo a las niñas un resumen de su breve y tiernísima historia, desde que conoció al *Lucero de la tarde* hasta que lo dejó encerrado en el nicho de San Justo. Juana oyó el relato mirando al historiador con asustados ojos, y Pilarita derramó no pocas lágrimas. Al punto dijo: «Yo quise a Fernanda después de la tragedia tanto o más que antes la quería... Pero no hablemos de esto ahora, que ya mi tía Gracia nos está mirando... Tú, Juana, discurre algo que nos haga reír... y usted, Vicente, cuéntenos otras cositas de su vida que no sean dolorosas.»

Y en la tercera visita, ya establecida una discreta confianza, Pilar dijo al caballero: «Esta noche, señor don Vicentito, tengo que pedir a usted un favor.

—Concedido antes de saber lo que es.

—No se comprometa tan pronto. Tenga cuidado, que si le cojo la palabra, no va a tener más remedio que cumplir... El favor será para mí de gran precio; pero si usted se pone tontito y no quiere concederlo, tendré paciencia, y por ello no hemos de enfadarnos... Con que no suelte prenda y pregúnteme qué favor es... Pues es... Ya está rabiando porque se lo diga... Bueno: rabie una chispita más... No, no quiero que se caliente esos cascos tan llenos de ilustración... Allá voy... Sé que usted ha escrito un *Diario*... Lo empezó el 1.º de enero, y en él ha ido apuntando todas sus impresiones, todos sus secretos... Sé que a nadie ha dejado ver el librito de esas memorias... Pero alguien que le quiere a usted mucho lo ha visto, y a mí me han entrado ganas de verlo también... Soy muy impertinente, ¿verdad? ¡Ay, pobre Vicentito! ya le cayó que hacer.»

Sorprendido y desconcertado, respondió Halconero que su *Diario* no era más que un juguete de estudiante... No quería que nadie lo viese... Lo había escrito sin reparar en las incorrecciones, amontonando idea tras idea, dejando correr lo absurdo entre lo razonable... A esto dijo Pilarita: «*Ahora lo comprendo todo.* Usted no quiere enseñarme su libro, porque en las últimas fechas ha puesto algo que va con nosotras... por ejemplo: Hoy, día tantos, he visto en la calle a esas desaboridas señoritas de Calpena, y...

—Sí, sí —replicó Vicente—; pensaba poner eso y algo más: que las niñas de Calpena me resultaban atrozmente antipáticas... Pero me ha faltado tiempo... Todo se andará; y ahora, pues empeñé mi palabra, le traeré a usted lo que desea para que se ría de los disparates que pensé y escribí... Solo pongo una condición. Que usted me devuelva el *Diario* después de leerlo, o que lo queme, o que lo guarde, sin enseñarlo a persona viva.»

Aceptada por Pilarita la triple condición, Halconero le llevó a la noche siguiente el arca de sus secretos, con lo que bien pudo decir que le había entregado su alma.

En los comienzos de su intimidad con los Iberos y Calpenas, no iba Vicente todas las noches a la casa de la calle del Barquillo. Pensaba, con buen juicio, que no era delicada la puntualidad. Mas transcurrida una semana, suprimió por consejo de su madre los discretos paréntesis, y quedó *abonado* a la tertulia y al dulce platicar con las donosas niñas. De ello se holgaba enormemente Lucila; que así se iba desprendiendo el chico de las groseras amistades, para entrar de lleno en el mundo y sociedad que le correspondían. Y él apreciaba ya las ventajas del cambio, dándose cuenta de una feliz transfusión de sus ideas. El vacío sentimental se le disminuía gradualmente, y su alma descansaba de los tormentos del pensar solitario, devorándose a sí mismo. Cesó además en la febril lectura, que ya tragado había bastante alimento en letras de molde, y se sentía mejor nutrido con la fácil asimilación de las letras vivas, hechos y personas.

Y no se concretaba el joven al cuchicheo galante con Pilar y Juanita, y otras agradables damiselas, las de Trapinedo, las de Lantigua, las de Monteorgaz; sino que se metía en el ruedo político formado por el coronel y don Fernando con diferentes señores de grave continente y charla sesuda. En la mayoría de estos advirtió Halconero la tendencia alfonsina. Sin rechazarla como solución que impusiera la dura necesidad, Calpena reservaba su preferencia para un príncipe de la casa de Saboya, si teníamos la suerte de vencer las dificultades de España y escrúpulos de Italia.

A la semana de trato, alguna tarde paseaba Halconero con Demetria y sus hijas, haciéndose el encontradizo en la Castellana o en el Retiro. Y antes de estos gratos encuentros, don Fernando le hizo el honor un día de pasear con él en el Prado y llevarle después al Congreso, a ver de cerca la comedia política, que ya era familiar y soporífera, ya de intensa vibración dramática. Por cierto que el señor de Calpena le cautivaba por la delicadeza y distinción de su trato. Era sin duda la persona de más noble prestancia que Vicente había visto en su vida. Por algunos días rondó su mente la idea de asemejarse al modelo con una discreta imitación; pero luego hubo de caer en la cuenta de que para realzar la nobleza ingénita de su ser, le bastaría la proximidad al maestro sin necesidad de copiarle servilmente.

En una de sus visitas al Congreso, tuvo el hijo de Lucila la suerte de presenciar la famosa sesión que en la historia parlamentaria quedó con el nombre de San José, porque, empezada en la tarde del 18 de marzo, no acabó hasta la madrugada del 19. Don Fernando, que con él estuvo en la tribuna, se cansó del largo debatir, y se retiró a las nueve de la noche con la presunción de que Prim perdería la batalla. Ibero volvió después de comer, y lo mismo hizo Halconero... Vivamente se interesaba don Santiago por el jefe del Gobierno, con quien había reanudado antiguas amistades, y eran de esas que toman su fuerza del compañerismo militar, en juveniles andanzas de guerra con gloria y peligros. Tenía Ibero a Prim por su segundo ídolo, pues como primero figuraba siempre en su alma el duque de la Victoria, y al llegar aquella comprometida ocasión en que peligraba la supremacía política del hombre de los Castillejos, no tenía sosiego hasta ver qué daba de sí el fiero empuje de las revoltosas mesnadas con quienes tenía que habérselas el bueno de don Juan.

Mientras Halconero permanecía en la tribuna aguantando el nublado de discursos, don Santiago andaba de fisgoneo en el Salón de Conferencias y pasillos, asomándose a ratos a las mamparas, de donde apreciar podía el giro del combate... Véanse ahora las causas, véanse las ambiciones que movían todo aquel cisco. Estaba el Gobierno a la cuarta pregunta. ¿Cómo tapar los agujeros abiertos en el Tesoro por las recientes sublevaciones carlista y federal? ¿Cómo acudir con hombres y dinero a la urgente obligación de atajar a los insurrectos cubanos? No hubo más remedio que sacar el dinero de debajo de las piedras, y las únicas piedras que guardaban a la sazón el dinero buscado por España eran un grupo de negociantes, que usureaban con el rótulo de *Banco de París*. No tenía Prim otro santo a quien encomendarse, y aceptó su auxilio, no porque fuera bueno, sino porque era el único que en aquel temporal de descrédito se le ofrecía.

En estos apuros del Gobierno y en lo que este hacía para dominarlos por el momento, vieron los unionistas la mejor coyuntura para dar el encontronazo a sus aliados los progresistas y demócratas. Juntos habían hecho la revolución; en dulce contubernio habían gobernado desde septiembre del 68; llevaba Prim mucho tiempo con la mano potente en la caña del timón. En su belicosa actitud, los unionistas y conservadores vieron el cielo abierto con el apoyo que les daban los federales echando del lado conservador la cuantía y el peso de sus votos. Porque los federales de aquel tiempo, como todo partido español avanzado, padecían ya el mal de miopía, o sea el ver de cerca mejor que de lejos. Jamás apoyaban a sus afines; en estos veían el enemigo próximo, y cerraban contra él, descuidados del enemigo lejano, que era en verdad el más temible... Pues, señor, de cualquier modo que se sumaran por una parte y otra los votos probables, resultaba derrotado el Gobierno.

Halconero presenciaba desde la tribuna el tiroteo parlamentario. Oyó un grande y magistral discurso de Cánovas, otro muy sustancioso y ático de don Manuel Silvela; oyó a Figuerola, a Santa Cruz, a Ulloa. Dándose unos a otros la denominación de *elocuentísimos*, y arrojándose el incienso de traidora cortesía, se destrozaban cruelmente, y el Gobierno llevaba la peor

parte... No tenía hueso sano, y el banco azul despedía olores de matadero...
Pero poco antes de las dos de la madrugada se levantó Prim en la cabecera
del banco, y entre despojos lució su faz verdosa y sonó su palabra guerrera y
cortante. Habló poco tiempo con frase dura, con lógica de hierro... Presentó
la cuestión en su aspecto político y financiero, en su aspecto moral, todo
ello con rápida flexibilidad oratoria; y al final, sacando y poniendo sobre el
pupitre, no ya los argumentos, sino otras varoniles razones vigorosas, vino a
decir poco más o menos: «Nunca pensé que los que fueron nuestros amigos
y colaboradores vinieran a darme esta batalla... Ya sabéis las dificultades
que he tenido que vencer, los cargos que se me han hecho, las conside-
raciones que he debido guardar a todos... los consejos, las súplicas... Si
queréis guerra, no me queda que hacer más que decir también: *Guerra...*»
Y terminó esgrimiendo la espada de los Castillejos, convertida en esta frase
refulgente:*¡Radicales, a defenderse! ¡El que me quiera, que me siga!*

A votar, a votar... Ganó el Gobierno por 123 votos contra 117... ¡Seis votos
de diferencia!... ¿De quiénes eran aquellos seis votos?

XIV

«Verás lo que ha pasado —dijo el coronel Ibero a su amigo Vicente, cuando
embozados en sus pañosas salían del Congreso entre dos y tres de la
madrugada del 19 de marzo—. Como he pasado la noche entre bastidores,
he visto el manejo de la maquinaria. ¿Por qué sortilegio diabólico se cambió
la suerte, y los 123 votos que las oposiciones creían suyos pasaron a ser del
Gobierno? Vas a saberlo. Hay en las Cortes una fraccioncita de cinco, seis
o siete individuos que se han puesto el rótulo de *independientes*... Ya sabes
cómo califica el marqués de Albaida a los independientes, descomponiendo
la palabra... Pues estos caballeros que tal nombre se dan, son familiarmente
conocidos con el apodo de *los Perlinos*, porque en ciertos días se reúnen
a comer en el café de la Perla. Son, en puridad, pretendientes disgustados:
uno lo está con Sagasta porque le negó no sé qué favor, otro con Rivero
porque no le despachó tal o cual expediente. Lo cierto es que se han
juramentado para constituirse en grupo atrabiliario, o en puerco-espines
políticos *que no se casan con nadie.*

Refirió Halconero que en la tribuna de los periodistas, a donde se pasó para estar con Segismundo, oyeron, a eso de la una, voces tremendas que muy cerca sonaban. Preguntado el hujier, este les dijo: «Son los señores *perlinos*, que están en la Sección Sexta.»

«Sabrás ahora quién daba esos gritos —prosiguió Ibero—. En el Salón de Sesiones, los amigos del general y los secretarios de la Mesa contaban y recontaban los diputados adictos y no adictos para poder anticipar el resultado de la votación. La cuenta no salía... Faltaban votos... En esto dijeron a Prim que los *independientes* estaban reunidos en una sala de arriba, y que se abstendrían o votarían en contra... Montó en cólera don Juan, y llamando a su amigo el doctor Mata, que, según parece, tiene algún ascendiente sobre los puerco-espines, le dijo: «Perico, vete a la Sección Sexta y no bajes sin traerte a esos majaderos *a paso de carga*, y si se resisten, subiré yo por ellos.» Los gritos que oíste los dio Mata poniéndolos de vuelta y media por no querer votar con la mayoría, como era su deber. Ello fue que todos menos uno entraron por el aro... Me río yo de ciertas independencias cuando hay un pastor que sabe conducir las manadas de hombres... A la voz de *Radicales, a defenderse*, balaron todos el voto, y se salvó la situación... Se salvó la Patria.»

Añadió el coronel que Prim era la clave de la libertad y del porvenir de España, y que si aquel hombre faltase, volveríamos tarde o temprano al reino de las camarillas, bajando de tumbo en tumbo hasta ponernos otra vez debajo de las tocas de Sor Patrocinio y del solideo del padre Claret. Lo que parece vencido y muerto no lo está, y a cada momento sentimos el resuello del fantasmón que quiere volver a darnos guerra y a metérsenos en casa... De este asunto pasó el coronel a otro que particularmente le interesaba, y era que Prim quería traerle de nuevo al servicio activo. Base principal de su política era tener a su lado a todos los hombres de probada lealtad y firmeza... Locuaz estaba don Santiago aquella noche. No bastándole el corto trayecto del Congreso a su casa para desahogar su mente congestionada, se pasearon un rato entre la plaza del Rey y la entrada al Ministerio de la Guerra por el Barquillo, dándose el uno al otro sus opiniones sobre el grande hombre que regía las Españas. Después de apurar los conceptos encomiásticos, Halconero puso una sombra en la espléndida figura del presidente del Consejo, y fue de este modo:

«Grande admiración debemos a Prim por su energía, por su buen tino como pastor de pueblos y por su habilidad o astucia política; que en él se manifiestan reunidos el león y el zorro. En alto grado posee el valor, la inteligencia; pero los sentimientos de moralidad... De esa moralidad que debemos llamar pública, no están en él muy claros... El hombre se va con Maquiavelo, sin comprender que el maquiavelismo no encaja en el genio, en los humores, como dice Mariana, del pueblo español. La idea de vender a los Estados Unidos la Isla de Cuba es un alarde de positivismo llevado a las últimas consecuencias, y ese positivismo será siempre mirado como una ignominia en esta nación romántica, que ha sabido conquistar colonias y perderlas; pero venderlas no, mi querido don Santiago.

—También oí yo esa monserga de la venta de Cuba —dijo Ibero en tono displicente—; pero no lo he creído. Recordarás que hace pocas noches, en casa, hablamos de esto a Marcelo Azcárraga, jefe de la Sección de Campaña en el Ministerio. De él y de Sánchez Bregua se dice que son los brazos de Prim... Pues Marcelo, al oírlo, rezongó malhumorado: "No debe hablarse de semejante asunto sin conocerlo a fondo".

—Bien comprende usted, mi coronel, que don Marcelo no ha de decir cosa alguna que sea depresiva para su jefe. El mal humor de ese señor y el de otros adláteres de Prim demuestran que lo de la venta es verdad. ¿Y cree usted que se vende un pedazo de España con sus habitantes, como se vendería una dehesa con sus rebaños? Los millones que cogiera España por ese negocio se le desvanecerían como el humo.

—En eso estamos conformes... Y de veras te digo que cuando oigo hablar de vender un lote del solar español, me corre un cierto escalofrío por el espinazo, y se me salen a la boca las expresiones de ira que son verbo patriótico para nosotros los aragoneses... Yo, no obstante lo que se dice, pienso que Prim no es hombre que se ponga, como quien dice, enfrente de la vergüenza nacional. Yo te prometo que he de enterarme de lo que haya... pues sin duda algo se ha tratado que pudo motivar esos desatinos. Las ideas más altas pueden, hijo mío, convertirse de honradas en afrentosas al pasar de la mente de un grande hombre al magín desconcertado del vulgo... Y ya sabes, tú lo has dicho: en ciertos terrenos, toda España es plebe.» Con esta sensata resolución de buscar elementos de juicio, aconsejada por la lógica y la hora (las tres y media de la madrugada), se despidieron, y cada cual se fue a buscar su descanso.

En lucha interna vivía por aquellos días el coronel Ibero, solicitado por Prim para volver al servicio de la patria, y requerido por su propio espíritu a la quietud y al cuidado de sus haciendas. Gracia, que al oír las primeras indicaciones de don Marcelo, mandatario de Prim, había sentido repugnancia de ver a su amado esposo en los trajines militares, se dejó al fin picar de la ambición. El ascenso brigadier no se haría esperar; y luego... Mariscal de Campo y teniente general como tenerlo en la mano... El principal motivo de que don Santiago quisiera terminar sus días en la vida privada, era el aplanamiento en que le habían dejado la desaparición de su primogénito y la muerte de Fernanda. Acerca de esto, Demetria y su esposo don Fernando opinaban que la actividad marcial sería para las heridas del alma mejor medicina que el vivir sedentario...

En estas dudas, inclinándose a ratos de una parte, a ratos de otra, Ibero iba muy a menudo a Buenavista donde disfrutaba el privilegio de la franca entrada en el despacho del general. Pensando en sus cosas y en los graves aprietos que enzarzados unos en otros le salían al Gobierno, se fue al Ministerio una mañana, en los postreros días de marzo. Llegó al portal por los desmontes de la calle de Alcalá, dejó a la derecha la escalera grande, y por una puerta humilde, a mano izquierda, llegó a la escalera de servicio privado, por donde a sus habitaciones particulares subía el ministro y presidente del Consejo. Todos los ordenanzas le conocían. Bastó un simple anuncio para que se le franqueara el paso a la estancia en que Prim despachaba los asuntos corrientes.

«No podías llegar más a tiempo, Santiago —dijo el héroe de los Castillejos, señalándole el asiento frontero al suyo en la mesa de despacho—. Hace un momento decía yo al amigo Azcárraga y a Sánchez Bregua: "Hoy que necesitamos a Ibero, verán ustedes cómo viene. Tengo yo una suerte loca para las evocaciones. Me siento magnético... Cuando deseo ver a un amigo, el amigo viene; cuando deseo perder de vista a otro, ese otro se muere, o se lo llevan los demonios". Siéntate, y fuma un cigarro.»

La estancia era grande y señoril, sillería y paredes vestidas de seda carmesí rameada de blanco. Fuera de la escocia y techo, en que subsistían pinturas del género tonto-pompeyano, un tono de noble elegancia imperaba en la sala-despacho del ministro. Aristócrata por naturaleza, ya que no por nacimiento, Prim amaba los esplendores suntuarios, y quería convertir el palacio de la Guerra en morada de príncipes.

A la derecha del general se sentaba Sánchez Bregua, Mariscal de Campo y Subsecretario; a la izquierda el coronel Azcárraga, jefe de la Sección de Campaña. Los tres vestían de paisano. El Subsecretario, terminada la firma, recogía y apilaba los papeles, después de quitar a cada uno los polvos secantes, devolviendo estos al arenillero.

El presidente del Consejo siguió así: «Como los pasillos de tu propia casa conoces tú, querido Santiago, los caminos de Estella a Vitoria, de Estella a La Guardia...» Afirmó Ibero que todo aquel terreno se lo sabía de memoria, y por él andaría con los ojos cerrados. Tratábase de adoptar con tiempo las medidas necesarias para cerrar el paso a una partida carlista que, según confidencias recientes, se formaba en las Amézcoas para recorrer y alborotar los pueblos ribereños del Ega... Asesoró Santiago, diciendo que con un par de columnas en Santa Cruz de Campezu y otra en Gauna o Maeztu, bien organizadas y al mando de oficiales conocedores del país, bastaría para destruir cuantas partidas de carcas o de bandoleros salieran de las guaridas altas de Urbasa y Andía. «No se olvide, mi general, de tener bien guarnecidas las posiciones de Peñacerrada y Pipaón, para cortar, en caso preciso, el paso al merodeo en la Ribera alavesa, que ha sido siempre la querencia de esos malditos.»

Según indicó Azcárraga, para llevar una columna a Santa Cruz de Campezu tendría que sacarla de Vitoria o de Logroño. Con la organización de las fuerzas que había que mandar a Cuba, forzosamente quedarían muy mermadas las guarniciones de las plazas del Norte...

«Y las del Sur —dijo Prim con acento amargo—. Tenemos menos ejército del que pide nuestra guerra interior. Tanto hemos dicho *¡libertad, libertad!* que ahora hemos de gritar *¡soldados, soldados!*... O en otros términos, necesitamos *libertad armada*.» De estos breves conceptos se derivó un diálogo vivo de apreciaciones y recuerdos. El uno relató episodios de Navarra, el otro de Cataluña o del Maestrazgo, y cada cual puso un renglón en la vaga y amena historia de España. Y partiendo de aquella documentación fragmentaria, don Juan Prim cogió de la mesa una goma de borrar y un pedazo de lacre, como don Quijote cogió las bellotas en el convite de los cabreros, y jugando distraídamente con aquellos objetos, sin que esto significara más que un ritmo maquinal o compás de la palabra, dio a la suya rienda suelta, no para celebrar, como el otro, la *edad y siglos dichosos*, sino para lamentarse de los afanados y difíciles que le habían tocado en suerte. Y ello fue en el estilo llano y descosido que usan los héroes en esta edad de hierro y papel, como por la muestra se verá:

«Prefiero, amigos, el tiempo de guerra declarada, con las viseras altas y las caras al Sol, a esta paz guerrera en que nos sentimos cercados de enemigos, sin saber por dónde han de atacarnos, ni con qué semblantes vienen, ni qué arreos traen; paz que no es paz, sino un estado rabioso en el país y en los que lo gobiernan, pues todos rabiamos, todos maldecimos nuestra ineptitud para buscar y encontrar términos de inteligencia... Habrán ustedes visto, como yo, que España padece desde el año anterior una calentura muy alta, que más se enciende cuanto más agua fría tratamos de echar sobre ella con nuestra paciencia y nuestra moderación. No hay templanza que baste; no hay razón con fuerza suficiente para llevar la tranquilidad a este manicomio... Yo creo que pocos han de igualarme en energía y coraje cuando la ocasión lo pida; pero también digo que en paciencia doy quince y raya a los santos del calendario, y haré gala de esta virtud cuando todos se hayan disparado en la insensatez... Pero tengo en mis manos el porvenir de la Nación, y la Nación ha de decirme algún día: "Juan Prim, no más paciencia, hijo".

»Bien a la vista está que nuestro país ha venido a ser una caldera puesta al fuego. El agua hierve, hierve... Hace días, Figueras me dijo que prefiere la república más loca a la monarquía mas cuerda y liberal. Yo creo que no dice lo que siente, o que libre de responsabilidad, se entretiene en tratar los problemas de hoy con las ideas del siglo *veintitrés*... España sigue hirviendo. Los federales quieren que yo me ponga un gorro colorado, y salga por ahí con unas tijeras descosiendo el mapa de España, y haciendo cantones como los de Suiza. Yo digo que la Suiza que conocemos no se hizo con tijeras, sino con hilo y aguja. Primero existían los cantones; después vino la nación confederada... ¡Federalismo! ¡Ah! yo admiro a mi paisano Pi y Margall. Es gran filósofo y hombre de perfecta rectitud y pureza. Pero entiendo que la pureza pura y la recta rectitud no hacen los pueblos, ni los sacan de los atolladeros hondos en que se atascan por obra y gracia de la historia de cada día. La historia no es filósofa cuando está pasando, sino después que ha pasado, cuando vienen los sabios a ponerle perendengues... Los pueblos no entienden la filosofía cuando están descalabrados, febriles y muertos de hambre. El único filósofo que puede crear obras duraderas es el Tiempo, y nosotros, plantados en un *hoy* apremiante, tenemos la misión de resolver el problema de un solo día... Este día puede ser de veinte, de cincuenta, de cien años...

»El agua española hierve; pero se dan casos en que puedo meter los dedos en ella sin quemarme. Hay entre los políticos actuales alguno o algunos que me dicen: "Prim, no se devane los sesos buscando rey, y pues usted conduce el carro, llévelo por el camino llano y hágase Rey de derecho; que de hecho ya lo es...". Oigo estas cosas, y... Como digo... No me quemo, antes bien enfrío el agua al meter en ella mis dedos... ¿Qué quieren?, ¿que haga yo el Iturbide, o el tiranuelo de otra república americana? No he nacido para eso... El rey que a España traigamos será de sangre Real, será rama de una gloriosa dinastía, y personificará la fusión perfecta del principio monárquico y del principio democrático... No será rey ningún figurón de quien el pueblo español pueda decir: *te he conocido ciruelo*...

»Las cabezas están en ebullición: pondría mil ejemplos; pero quiero fijarme en el más expresivo, en la cabeza de Paúl y Angulo, que ha llegado al mayor desvarío y exaltación, por no saber encerrar las ideas dentro de los límites que marca la razón. ¡Oh! la razón de Paúl es un cohete continuo que va por los aires estallando sin cesar, y derramando chispas cuando sube, lo mismo que cuando baja... El pobre Paúl es un caso digno de estudio. En ocasiones me ha parecido un niño, en ocasiones un desalmado. De todo tiene un poco... Yo le quiero; no puedo olvidar que me ayudó y sirvió, mostrando un corazón más grande que la copa de un pino... Después ha enloquecido, como si las ideas se le volvieran infecciosas, envenenándole el cuerpo y el alma. Tales han sido sus exigencias, tan desconsiderados sus ataques a mi persona, que he tenido que mandarle a paseo... Y de paseo está. Fugitivo después de la sublevación federal, vivió en Lisboa, luego en Londres... ¿Y saben ustedes lo que se le ha ocurrido para matar sus ocios en el destierro? No lo creerán si no lo afirmo con toda seriedad, si no les aseguro que tengo pruebas irrebatibles del mayor desatino que ha podido caber en cabeza humana... Oigan esto, que es lo más célebre...

»De Londres vino Paúl a París, donde organizó una peregrinación a Roma. ¡Y qué peregrinación tan pía! Era una partida de aventureros italianos y españoles, de demagogos franceses, lo más perdido de cada casa. El objeto de la peregrinación era disolver a latigazos o a puntapiés el Concilio Ecuménico... Arrojando de San Pedro a los obispos, y... No sé lo que haría con el Papa... ¿Hase visto demencia igual?... *(Risas de los tres oyentes.)* Pues ya tenía unos noventa peregrinos, todos ellos de lo más bragado que existe en el mundo, cuando hubo de abandonar su empresa, porque Mazzini, a quien dio conocimiento de ella, le escribió diciéndole que no intentara locura tan descomunal... Quien ha visto la carta me ha contado el hecho, y el consejo de mi amigo Mazzini... Pues al tono de ese cerebro delirante están hoy muchos cerebros españoles. Cada uno chilla y desentona por su lado. Díganme ustedes qué director de orquesta podría concertar estas músicas, y sacar un sonido agradable de esta desafinación sin fin.» *(Asombro, risas y comentarios donosos de los oyentes. El héroe les convidó a almorzar.)*

XV

En el curso de abril, entre Semana de Pasión y Pascua florida, floreció la amistad de Halconero con Pilarita Calpena, hasta llegar al noviazgo consentido por los padres, o sea los amores en su expresión más correcta y fría, como un negociado más de la oficina social. Con agrado, ya que no con ardor, fue entrando Vicente en este género de relaciones, sometidas a un estrecho formulismo y a melindrosas etiquetas. A los pocos días de verse en aquella blanda esclavitud, que pictóricamente se expresaría con los tonos rosado y gris perla, pudo el galán penetrar en el alma de la señorita; creyó ver en ella un fondo moral de gran solidez, y al propio tiempo cierta malicia inocente, no incompatible sin duda con el fondo moral, pero que desconcertaba la pareja.

Pilar había tenido ya dos novios o pretendientes, relaciones fugaces, domésticas y de escasa formalidad; pero que fueron parte a que la damisela se adestrara en las artes del diálogo amoroso para novios honestos, en el cambio de insípidas esquelas, y más que nada, en las perfidias coquetiles, que, aun en estado embrionario, esconden algo de veneno. De estos amores zangolotinos no quedó otra huella que las artimañas de Pilar, sus desconfianzas, sus exigencias, celos a cada instante y por liviana causa, afán de interrogar, de inquirir, el romper hoy para reanudar mañana, y otros menudos y enfadosos alfilerazos. No era así Fernanda, mujer de extraordinaria grandeza, que daba o negaba su corazón todo entero, y cuando le deparaba su destino agravios que reprimir, entuertos de amor que enderezar, no tomaba sus armas de los acericos, sino de las panoplias...

Frente a la fuerza quisquillosa y femenil de Pilarita, tenía fuerza mucho más eficaz Halconero, su saber literario, el espíritu universal archivado en su propio espíritu, un mundo grande dentro de otro pequeño; y aunque el conocimiento que de esto resultaba no era directo, valía como tal en aquel caso. Pasiones, batallas de amor, almas y personas de uno y otro sexo, procederes que no por imaginarios dejaban de ser profundamente humanos; todo esto, y la forma exquisita y los retóricos ejemplos, llevaba el buen Halconero dentro de su alma, y con semejante arsenal se aprestó a regalar su propio ser con ideales paseos por diferentes espacios del amor. ¿Era venganza? ¿era compensación? De todo había un poco.

Encendido el cerebro por la llama literaria, Halconero reanudó sus gratas expansiones con la desenvuelta Eloísa, y lo hizo sin escrúpulo de conciencia, sin creerse traidor a su cándido noviazgo, ni en deuda de fidelidad con la inocente doncella. Si alguna turbación sintió en los comienzos de su enredo con la bella *hetaira*, luego invocó augustos nombres: ¡*Libertad!* ¡*Juventud!*... Y dichas estas palabras, agregando otras, *Arte*, *Poesía*, declaró ante su conciencia el derecho del hombre libre a la independencia de amor. Esta independencia se conquista con el cultivo del espíritu. Dueño era de hacer su gusto el que había estado en comunicación con todos los grandes maestros de la literatura, desde Virgilio hasta Cervantes, y desde Cervantes hasta Balzac.

Así pasaron días. Pilarita, que poseía geniales dotes de observación y perspicacia, sospechó, por no decir adivinó, las distracciones de Vicente, y le atosigaba con interrogaciones y quejas reiteradas. «¿De dónde vienes?... ¡Vaya unas horas de venir!... ¿Y a dónde irás luego?... ¿En qué estás pensando ahora?... A ti te pasa algo; tienes el pensamiento a cien leguas de aquí... ¿Contestas o no a lo que te pregunto?... Pues así no se puede seguir... ¿A qué hora te espero mañana?» Otro día, para dar picante variedad a su impertinencia, empleaba Pilar la pregunta capciosa: «¿Saliste de casa esta mañana?» Contestaba Halconero que no. Y ella, revistiendo su cara de artificiosa sequedad, y clavando en él los ojos, decía: «Mentira. A las once y cuarto pasaste por la calle de la Montera, frente a la tienda de Scropp...» Vicente se sentía cogido. Alguien, tal vez ella misma, le habría visto... Parábase un poco; revolvía su mente buscando disculpas, explicaciones, y al fin encontraba un lindo artificio con que salir del paso.

Aliviábase al fin la señorita de su rigor inquisitivo, oyendo de boca de él dulces conceptos de madrigal. Pero al día siguiente volvían a las andadas. *¿Quare causa?* En el salón de sus amigas las de Monteorgaz oyó Pilarita reticencias que dejaban malparada la honradez amorosa de Halconero, o bien se le decía claramente que era muy favorecido del bello sexo... Mercedes Lantigua, inocente o maliciosa, le aseguró que Vicente tenía la mala costumbre de retirarse a su casa a las tantas de la noche...

Sobrevino de estas hablillas una grave alteración de la modosa paz del noviazgo. Tardes enteras pasaron ella y él en dimes y diretes, y cándidas ironías. Pilarita le recriminaba; él se defendía con arte y gracejo... Por fin, una prima noche estalló en forma destemplada la ruptura. La niña de Calpena se presentó con faz luctuosa... Había llorado, y sobre la huella de las lágrimas traía como lindo afeite un toque de afectación. Engrosó su linda voz cuanto podía para decir: «Lo *sé todo...* Ya no valen disculpas ni enredos... *Hemos concluido...* Fíjate bien, *concluido para siempre...* ¿Qué vas a decirme? Vale más que te calles. Ni tú ni yo debemos alborotarnos... No. Esto se ha de resolver con frialdad. Los dos nos hemos equivocado... Ni yo soy para ti lo que creíste, ni tú para mí...»

Apareció una premiosa lagrimilla, que Pilar hubo de borrar pasándose la mano por los ojos con gracioso ademán gatesco, y luego repitió y agravó sus recriminaciones con acento un tantico teatral; que algo le valían los ejemplos de las comedias y dramas que había visto representar. Véase el latiguillo: «*Lo sé todo*... Ea; basta de fingimientos. Estás en relaciones con una señora casada.» Tronó Vicente contra tan absurda suposición. Contestó ella que no suponía, sino que afirmaba de ciencia cierta. Personas de todo respeto le habían revelado la *terrible verdad*. «Y antes de que me la revelaran, tuve indicios... ¡ay, Vicente! indicios de esos que no dejan duda... Hace dos días... A ver cómo explicas esto... hace dos días traías en el cuello de tu levita... Mejor dicho, entre el cuello y el hombro... un cabello rubio. Sobre el paño negro se destacaba como un hilo de oro... Yo, naturalmente, no te dije nada... No era decoroso, no era propio de mí preguntarte: "¿De quién es ese cabello, Vicente?"... Me callé... Tragando amarguras estuve aquella tarde y toda la noche... En fin, no hay más que hablar... Acabemos, acabemos de una vez... Equivocados tú y yo... Adiós... Ya sabes... Nos devolveremos las cartas... Adiós... Retírate tranquilamente, como si nada ocurriese... y que te vaya bien con tu señora casada... Adiós, digo... No más, no más.»

Todas las protestas y negativas que puso Halconero en su defensa fueron inútiles, porque la niña, firme en su idea y propósito de rompimiento, como actriz concienzuda que sostiene su papel con artístico tesón, no se daba a partido, ni escuchaba razones, ni se apeaba de aquel inflexible tópico de la señora casada y del pelito de oro. Cerrado el camino a la conciliación, el buen Halconero, ya rendido al cansancio de aquellas enfadosas peleas, ya con miras de castigo y ejemplaridad como único medio de domar a la fierecilla, aceptó el desenlace, tomando un airecillo de resignación decorosa. Retirose al Aventino de su casa con romana gravedad; y en dos días, que para entrambos resultaron nebulosos, la costurerilla, que hacía el servicio de comunicación epistolar, fue y vino con paquetitos que despedían olor de flores ajadas y de ilusiones muertas.

Y ahora interviene la Historia, que nunca olvida sus viejas mañas de amalgamar los grandes hechos de público interés con los casos triviales, que componen el tejido de la vida común. Para que veáis cómo la severa Clío no se desdeña de ser traída y llevada por criaturas insignificantes que mariposean en los espacios del amor, sabed por ella que, efectuado el toma y daca de cartitas, la niña de Calpena cayó en vaga tristeza, que a la tristeza siguió un desconsuelo intensísimo, y que a los tres días del regaño, ya le faltaba poco para rasgar sus vestiduras y entregarse a la desesperación.

En noche horrible de insomnio y pesadillas, Pilarita delataba la grave turbación de su alma con febriles monólogos: «No sé qué me haría para castigarme por mi simpleza, por mi falta de seso y de tacto... ¿En qué estabas pensando, Pilar, cuando le pusiste en el disparadero de despedirse y decir *no vuelvo más*? ¡Pobre chico!... Vaya, que estuve impertinente y soberbia... Lo que digo: estuve muy cargante... ¡Y ahora!... Pues nada, que lo ha tomado en serio, y ya no vuelve... ¡Dios mío! ¿Pero he sido yo quien le ha dado libertad, o es él quien se la toma para matarme de pena?... Estuve tontísima al decirle aquello de la *señora casada*. ¿Pero lo inventaste tú, Pilar, o fue artimaña de las de Lantigua? Ellas, por envidia, me lo dijeron, como sospecha no más, y yo... Bueno: pues admitiendo que sea verdad, y que lo del cabello de oro no fuera casual, ahora resulta que yo, ciega y embrutecida, en vez de atraerle a mí, le solté, para que a sus anchas se divierta con la *señora casada*... Estas son cosas de los hombres; cosas de las casadas casquivanas, que les trastornan a ellos, sin conseguir que ellos las quieran... ¡Pues me he lucido, como hay Dios! Da una estas pifias, y a muerte se condena por orgullo, por aquello de mostrar carácter y decirle al hombre: "Sobre tu voluntad estará siempre la mía...". Pero ya me vuelvo atrás... Yo te quiero, Vicente; yo te quiero a ti, y a ningún hombre podré querer aunque mil años viva... Pues si es así, acábese pronto esta ansiedad mía. Tú deseas volver; pero por puntillo de amor propio no darás el primer paso. Yo, que con mis tonterías he traído esta *terrible situación*, daré el primer paso... Tomo por la calle de en medio, y te escribiré mañana... ¡Pero que te escribiré, vaya, y de pensarlo y resolverlo ya me pongo más contenta que unas pascuas! ¡Ay, qué peso se me quita solo con el propósito firme de escribir a Vicente!... Vicente, te escribo... Vicente, te pido perdón. Por Dios, no salgas ahora dándote tono... Ven a casa... Acuérdate de Fernanda... Fernanda se me aparece en sueños, y me dice que tú me quieres como la quisiste a ella...»

Pero sucedió que a la claridad del día cambiaron las ideas de Pilar, y le entró el miedo a infringir las sosas etiquetas del noviazgo. No debía ella tomar la iniciativa para la reconciliación; podía, sí, emplear un ardid mañoso para echarle el lazo. Su hermana Juanita, con quien consultó el tremendo caso, opinaba lo mismo. Tempranito se encerró Pilar en su cuarto, y atormentó el tintero y la pluma buscando la fórmula *digna* de escribir al galancete; mas como ninguna le saliera conforme a su gusto, muchos plieguecillos rompió apenas rasgueados por la pluma. Luego fue a misa con su madre y hermana, y pidió a la Virgen del Carmen que la iluminase para poder salir del atranco. Al volver a casa, metiose de nuevo en el trajín de buscar la fórmula. Y entonces se vio, como socarronamente dice la Historia, que hay una Providencia, o una Virgen del Carmen, para las niñas buenas, aunque sean frívolas y quisquillosas.

Pues aconteció que hallándose Pilarita suspensa, como Cervantes al escribir su prólogo, *con el papel delante, la pluma en la oreja, el codo en el bufete y la mano en la mejilla, pensando lo que escribiría*, entró a deshora en el cuartito de la doncella su tío don Santiago, que venía del Ministerio de la Guerra... Aquel mismo día, muy temprano, llegó de Toledo, y por la tarde tenía que salir para La Guardia, de donde le llamaban los menesteres de su hacienda... Nada sabía de la ruptura de los novios, ni le importaría gran cosa si la supiera... Disponiendo de poco tiempo entre la llegada y la partida, fió a su sobrina un delicado encargo.

«Toma este papel —le dijo, entregándole un plieguecillo doblado en cuatro—, y dáselo a Vicente en cuanto llegue... Cuidado; no lo pierdas, que ello es cosa de importancia, copia fiel de la nota que dio Prim a ese *Mister Sickles*, embajador de los Estados Unidos... ya le conoces; el que arrastra una pierna de palo... En este documento resplandece la luz, que nos saca de una gran confusión; y como Vicente y yo hemos andado medio locos con la falsa noticia de la *Venta de la Isla de Cuba*, pon en sus manos el desengaño para que se tranquilice, y vea en don Juan Prim, no un vendedor de islas, sino el más alto y sagaz de los patriotas.»

En el alma de Pilar estalló la franca alegría, y cogiendo el pedazo de Historia que el tío puso en su mano, lo colmó de besos. La Virgen del Carmen disfrazada de Clío había venido a verla, penetraba en su camarín, y bondadosa le decía: «Ahí tienes, niña del alma, la solución que me pediste; te doy la fórmula para escribir a ese alocado Vicentito...» Con acción rápida tomó la pluma, y no tuvo que pensar mucho para escoger el tono y estilo que emplear debía... El tono había de ser severo, como de persona ofendida y completamente inflada de dignidad. Ved ahora la carta:

«*Señor don Vicente Halconero*. Muy señor mío: Muy a pesar mío dirijo a usted esta carta...» Suspendió la escritura, diciéndose: «Dos veces he puesto *mío*, que es la palabra cariñosa... Pero no importa... En lo demás, me pondré muy fiera... ¡Que rabie, que rabie!... Sigue, Pilarica... «He tenido que violentarme para obedecer a mi tío Santiago, que me ordena remitir a usted este documento... Yo no quería... porque entre usted y yo *hay un abismo*...» Retiró la pluma pensando que lo del abismo sería demasiado fuerte; pero luego siguió, atenuando la frase...: «*un abismo abierto por la fatalidad*... Me limito, pues, a cumplir el encargo de mi señor tío, y nada más tiene que comunicarle su segura servidora q. b. S. M. *Pilar de Calpena*.»

Notó al instante que algo más debía decirle, y trazó con firme mano la postdata: «Ya comprenderá usted que a mí me importa tres pitos que vendan o compren la Isla de Cuba, pues ni en esa isla ni en la de San Balandrán se me ha perdido nada... Lo que me faltó decirle es que no me escriba usted a mí, sino a mi tío, para que este vea que he cumplido su encargo. Pero como mi tío sale esta tarde para La Guardia y no volverá hasta la semana que viene, puede dirigirme a mí la carta con solo cuatro letras que digan: "*Recibí, etc...*". Y no se moleste en poner otras cosas, porque cerraré los ojos y romperé la carta sin leerla.»

XVI

Al tener que referir el cómo y cuándo recibió Halconero la carta, y dónde fue a leerla con el curioso manuscrito que contenía, la Historia, más pudibunda y remilgada en aquel caso que en otro alguno, se tapó la cara y disfrazó su voz para que no se la tuviese por persona de baja ralea. A su parecer, era grande ignominia que aquel documento, digno de ser guardado en el relicario de Simancas, pasase a lugares profanos que envilecen todo lo que en ellos entra... La narradora de los grandes hechos humanos no tuvo reparo en decir que la costurerilla encontró a don Vicente saliendo de su casa; que le entregó la carta en la misma puerta, y que el galán, guardándola cariñosamente en el bolsillo del pecho, se lanzó al laberinto de calles y callejuelas;

pero, dicho esto, se negó rotundamente a puntualizar y describir el sitio adonde fue a parar con su cuerpo el hijo de Lucila.

Digna de respeto es la gazmoñería de la sabia Matrona. Por conducto más abajo se sabe que Halconero dio fondo en un gabinete exornado de frescachonas láminas al cromo, de panderetas y pasajes taurinos, y que a su vera se puso una linda muchacha rubia, la cual con gozosos modales y tiernas voces celebraba su presencia... Sábese también que por el camino, desde la calle de Segovia a la mansión X, la curiosidad y el amor le impulsaron a romper el sobre de la carta. Lo abultado de esta le había puesto en gran inquietud. Enterose rápidamente del contenido, y con propósito de leer despacio al volver a su casa, metió la esquela y papel adjunto en el bolsillo interno de su levita... Lo que ocurrió en la entrevista con la ninfa de cabellos de oro, no se narra. La Historia está presente, y vuelta de cara a la pared para no ver nada, recomienda con bronca voz la total omisión de lo que allí se ve y se oye. Al terrible veto escapa alguna frase aguda, que sale volando como ágil mariposa o pajarita: «Por mi salud, que estoy contenta. Y tú, ¿qué tienes? ¿Por qué está mi nene tan *pensatibiribiris*?...»

Luego, la blanca mano sobadora, estrujando el pecho, promovió bajo el paño un áspero ruido de papel. El que usan en los Ministerios, de consistencia pergaminosa, se delata al menor roce y canta las rigideces burocráticas. «¿Qué es esto?» La respuesta fue seca: «Esto no es nada que a ti te interese. Haz el favor de...» Pasó un cuarto de hora, algo más quizás. El tiempo duerme a veces, y no sabe darse cuenta de sí mismo. Con osada rapacidad, la mano blanca sustrajo del bolsillo los papeles rumorosos, y de un brinco saltó la ninfa al otro extremo de la habitación. Reía como loca empuñando su presa, con la insolente amenaza de no dejársela quitar... Estalló de súbito una repugnante porfía entre hombre y mujer. Con no poco trabajo, valiéndose de la fuerza, de la autoridad varonil, y viéndose obligado a golpear a la linda mujer en diferentes partes de su cuerpo y rostro, pudo Halconero recobrar lo suyo. Los chillidos de ella y sus bárbaras expresiones alborotaron la casa. Acudieron a la trapatiesta dos mujeres y un hombre, que ayudaron a contener el salvaje furor felino de la chica de cabellos de oro. Estos quedaron en un bello desorden. Diríase que despeinó a la ninfa la mano de un dios iracundo. De su pecho, ahogado por el esfuerzo muscular, brotaron voces de amante duelo, amostazadas con groseras locuciones que ensuciaban los oídos. Acudieron las mujeres a sujetar a la fiera, que en el espasmo de su ira arrojaba sobre el caballero cuantos proyectiles a mano encontraba: una bota, un candelero, un corsé... Y el hombre echó sus brazos al galán, diciéndole con acento de amistad conciliadora: «Basta, Vicente... ¿Qué ha sido?... Sosiégate... A esta gente hay que tratarla de cierto modo. No vale incomodarse... Es de mal gusto llegar a la riña material...»

La Historia, que no contenta con taparse la cara se había hecho invisible dentro de una espesa nube, sugirió a los amigos la resolución de marcharse con viento fresco. Era esta la táctica mejor para dar fin a la batalla. Cogieron a toda prisa la puerta, y escaleras abajo, Vicente, que apenas hablar podía por causa del sofoco, balbució estas palabras: «En el momento de llegarte a mí para sujetarme, no te conocí, Segismundo...

—No me conociste porque me he quitado el bigote; estoy transfigurado, y parezco un respetable clérigo.»

Comprendió Halconero el por qué de la metamorfosis; mas no quiso entretenerse por el momento en asunto tan baladí. Diole cuenta de lo que había motivado su enojo con la Eloísa, y añadió: «Hemos de leer juntos un papel político de importancia. ¿A dónde nos vamos?» Propuso Segismundo que se fueran a un café, y Halconero indicó que no iría donde encontraran tertulia de amigos, pues debían leer a solas, lejos de toda indiscreción y fisgoneo de curiosos. A esto dijo el otro que no le proponía llevarle a su casa, pues ya no la tenía, y el albergue en que moraba míseramente estaba muy lejos. Ya en la calle, Segismundo puso en su rostro la mixtura de aflicción y dignidad que usar solía en sus apelaciones a la bondadosa largueza del amigo: «Ateniéndome a la significación, no casual, sino providencial, de nuestro encuentro, te digo, Vicente de mi alma, que eres el hombre designado por Dios, o por los Hados, como quieras, para proporcionarme doscientos reales que me hacen mucha falta... Déjame que te explique...»

Sin esperar las explicaciones, el liberal amigo, que en cien apreturas le había echado una mano, ofreció remediarle aquel mismo día. «No puedes figurarte, querido Vicente —dijo Segismundo en tono patético—, a qué extremos llega mi desamparo. Mi padre me ha echado de casa; mi madre dice que no quiere verme ni en pintura, y el tío Beramendi, que siempre fue mi paño de lágrimas, también se me ha puesto de uñas. Yo reconozco que he sido un tronera, que he despilfarrado el dinero mío y el ajeno, que mis travesuras han llegado a la frontera del delito... Efectos de la edad, de la sangre joven, enardecida por el estudio de la Historia contemporánea... No te asombres: los que conocemos la efervescencia revolucionaria y psico-lógica de los tiempos modernos, padecemos la dolencia del olvido moral... Las ambiciones del *hijo del siglo*, como nos llama Roque Barcia, tienden al quebranto de toda ley... Discurriendo así, mi angustia y desesperación me determinaron a pedir un socorro a la Josefona, mujer de buenos sentimientos y de corazón hasta cierto punto magnánimo, a pesar de su vil oficio, del cual dijo Cervantes que es de los más necesarios en la república... Y estando yo convenciendo a la Josefona de que bien podía prestarme sin menoscabo de su erario los doscientos reales, oímos el bullicio de tu altercado con la Eloísa, y al encarar contigo vi claro, como la luz del día, que la Providencia que yo buscaba en aquella casa no era la Josefona, sino tú.»

Contestole Vicente risueño y afable que él actuaría de Providencia siempre que el amigo le prometiera lealmente variar de conducta y ponerse a tono con su familia y la sociedad.

«Eso haré —replicó el otro casi compungido—; pero entre tanto, como mi tocayo el de *La vida es sueño*, he de recitar el *apurar cielos pretendo*... Sin casa ni hogar, vivo del amparo que me ha dado Romualdo Cantera en un cuartucho de la casa en que tiene su barbería... La comida es por mi cuenta, y de servírmela en el pesebre se encarga una feroz harpía a quien tengo por aborto del Infierno, *vulgo* de la Fábrica de Tabacos. Con todo, allí vivo tranquilo y casi contento. El contacto del pueblo me tonifica, me inspira ideas grandiosas, a veces épicas... Yo digo que frente al pueblo libre me educo en la oratoria tribunicia, como Demóstenes robustecía su voz hablando frente a las olas del mar embravecido.»

Del brazo atravesaron la Puerta del Sol, sin saber qué dirección tomarían para llegar a un lugar reservado. Decidiéndose a subir hacia Santa Cruz, Halconero quiso saber en que ocasión se había rapado su amigo el bigote, y Segismundo le dio franca explicación del caso. «Esa perra *ecuménica* pare-ciome rendida la víspera de Dolores... Contaba yo con que me franqueara su nido al día siguiente, y me decidí a limpiarme de pelos la cara para ser más de su gusto... Pero la indina me salió con el pío-pío de que hasta despúes de Semana Santa no podía ser, y no en su casa, sino en otra de una fiel amiga suya temerosa de Dios...

»No tuve más remedio que apencar con el aplazamiento, y llegado el día de Pascua me encontré compuesto y sin novia, mejor dicho, descompuesto, o dígase afeitado... Luego vino mi degradante pobreza, y encontrándome tan raso de bolsillo como de cara, no me atreví a presentarme a la Donata, pues no tenía ni para pagar un coche, ni para convidarla tan siquiera a leche merengada, o a café con media... Un caballero tronado es hombre al agua. Escribí a mi santurrona diciéndole que me había torcido un pie, y al siguiente día se me apareció en la calle con la estantigua de Domiciana. Una y otra me agraciaron con un mirar benévolo, y yo me hice el cojo y pasé de largo con el aire más compungido que pude poner en mí. No desisto, Vicente; sé que mañana irán a San Sebastián. *Cuarenta Horas* y *Noventa del Alumbrado*... A la salida irá cada pájara a su nido... Yo sé dónde podré coger a la mía, que ya no duerme en la calle de Silva, sino en la de Embajadores, junto a San Cayetano.»

Completando los informes biográficos que Vicente deseaba, Segismundo acabó de pintarse a sí mismo con estos graciosos trazos: «En mi pobre domicilio estudio, leo cuanto puedo, que para eso me he llevado allí parte de mis libros. Y al propio tiempo me divierto y juego a las máscaras algunos días. En el Rastro me he comprado un bonete seboso y una sotana raída. Cuando el pueblo de aquellos barrios se agita y sale vociferando, con el refuerzo de la turba chillona de las cigarreras, me calo mi bonete, endilgo la funda negra, y con esto y mi cara de cura, salgo a mi balcón y les echo cada discurso que tiembla Dios. Ya clamen contra las Quintas, ya contra otra cosa, yo despotrico en mi púlpito, y les vuelvo locos con aquellas palabras de Lamennais: «Soldado, ¿a dónde vas? A la conquista de mis derechos», y otras majaderías por el estilo. Yo cito a Platón, a Descartes, a Roque Barcia, y les atribuyo cuantos disparates se me ocurren. Soy dichoso. Me aplauden a rabiar. Al final les doy mi bendición, saludo y me meto para adentro.»

En esto llegaron a la Plaza mayor, y Vicente propuso entrar en el café del Gallo, donde no encontrarían gente curiosa y patriotera que les estorbase. Pero Segismundo, temeroso de no hallar en aquel apartado sitio el deseado aislamiento, guió hacia otro lugar, bajando la Escalerilla y siguiendo por Cuchilleros hasta Puerta Cerrada. Metiéronse en la taberna de *Lucas*, que tenía un departamento interior para borrachos distinguidos, y allí se instalaron en banquetas, uno a cada lado de la mesa mojada de vino. La luz era escasa; pero se podía leer sin dificultad. Sacó Vicente el papel, arrugado en la lucha con Eloísa, y se dispuso a leerlo. «Al final —dijo— hay una nota de letra de don Santiago, en que me recomienda la mayor discreción. Entérate, Vicente: ni en todo ni en parte debe pasar esto al dominio público, pues es por hoy cosa reservada.

¿Tiene alguna cabecera o título?

—Dice así: «Bases propuestas por el general Prim para conceder a la Isla de Cuba la autonomía, o la completa emancipación.»

En el momento en que Halconero esto leía, la Historia, que con los dos amigos había entrado invisible en la tasca indecente, se dejó ver... quiero decir, que espiritualmente hubo de presidir la reunión, y entre los dos jóvenes tomó asiento, sin mostrar repugnancia del ambiente plebeyo y vinoso. En la mesa puso la gentil Matrona sus codos augustos, y con ambas manos sostuvo su rostro clásico, modelado por los padres de la estatuaria. Atentos los ojos y el oído a la lectura, que era recreo inocentísimo de dos almas españolas, no vio profanación en los lectores ni en el sucio lugar que les albergaba; antes bien, dio con su presencia grave solemnidad a lo que se leía. Su laureada frente no se humilló en aquel cuadro de apariencias groseras; los bordes de su clámide recamada de elegantes grecas, resbalaban de su cuerpo soberano y caían en el suelo entre polvo, heces de vino y salivazos, sin que estas confundidas suciedades en manera alguna los manchasen.

Por abreviar, resumió Vicente en pocas palabras las cláusulas primeras: «Empieza diciendo que los insurrectos depondrán las armas, y que hecho esto, el Gobierno español concederá una generosa y amplia amnistía... Enseguida procederá Cuba a la elección de sus diputados a Cortes: sin este requisito no se podrá legislar sobre aquella provincia con arreglo a la Constitución del Estado... Cuando los diputados cubanos libremente elegidos se encuentren en la Península, el Gobierno español presentará a las Cortes un Proyecto de ley concediendo a la Isla de Cuba amplias libertades, llegando, si necesario fuese, *a la autonomía bajo el protectorado de España, y aun a la completa independencia, si fuese indispensable para la felicidad de ambos pueblos...* El procedimiento que habría de seguirse y las compensaciones que España habría de reclamar se acomodarían a la extensión y alcance que la Nación diese a sus concesiones...»

—No está eso bien claro —dijo Segismundo—. ¿Quieres que yo lo lea y le saque la miga?

—Espérate un poco, que o mucho me engaño, o la miga está en los siete artículos que siguen. Los leeré despacio, atendiendo a la idea más que a la forma, y viendo si una y otra están en perfecta concordancia. (Vicente lee con lentitud reflexiva.)

«Para llegar a la emancipación, juzgaría el Gobierno indispensable:

1.º Que así se acordara por los habitantes de la Isla, y por medio de un plebiscito.

2.º Que la Isla emancipada se obligase a garantir la seguridad individual, y las propiedades y derechos de los españoles avecindados o residentes en Cuba.

3.º Que por cierto número de años, diez por ejemplo, se concedieran ventajas al comercio español, quedando este, al terminar aquel plazo, en las condiciones de la nación más favorecida.

4.º Que se daría indemnización a España por el valor de todas las propiedades inmuebles, fortalezas, establecimientos militares o civiles, caminos, puertos, faros y demás obras públicas; en una palabra, de todos los bienes inmuebles que la nación española posee en la Isla.

5.º Que esta tomaría a su cargo una parte de la Deuda pública de España. Para deslindar bien la carga que la Isla aceptaría por este concepto y por el del párrafo anterior, se computarían los valores en *doscientos cincuenta millones de pesos en metálico*, y España no recibiría nada de su importe, limitándose a que la Isla pagase los intereses de la parte de Deuda española que al tipo corriente, en una fecha convenida, fuese el equivalente de la indicada suma en metálico.

6.º El cumplimiento de este contrato exigiría forzosamente la intervención de una Potencia que lo garantizase; y en este concepto, España aceptaría gustosa la de los Estados Unidos de América. Esta garantía, en cuanto al pago de la suma convenida, consistiría en que los acreedores de España, a quienes cupiese tal ventaja por sorteo, tendrían derecho a canjear sus títulos por otros de la Nación garantizadora. Si no lo hiciesen, esta pagaría los intereses por semestres en Madrid o en París, a voluntad del Gobierno español.

7.º El tratado que estipulase tales condiciones se habría de someter al Poder legislativo de los Estados Unidos, así como a las Cortes Constituyentes, sin cuyo requisito no tendría valor alguno, ni crearía ninguna clase de compromiso.

Tales son las indicaciones que hoy pudieran hacerse; pero deberán ser puramente confidenciales, dando solo lectura de ellas con toda reserva, sin entregar copia.»

XVII

La última palabra de la lectura abrió el espacio de un silencio en cuyo seno se agitaban los pareceres, temerosos de manifestarse. Quiso Vicente que su ingenioso amigo echara su opinión por delante, y viendo que no alzaba los ojos de la redonda tabla tabernaria, cual si en ella hubiera signos y garabatos que prendían su meditación, le dijo: «Bueno, Segismundo: ¿qué...?» Como ni con este puntazo volviera el otro de sus reflexiones, le sacudió de un hombro, pidiéndole juicio sincero sobre el pensamiento y planes de Prim.

«No es fácil opinar tan pronto de cosa tan grave —replicó Segismundo sobándose la frente—... Aquí me tienes más que perplejo... En estos instantes he volado con una mirada de mi espíritu hacia el porvenir, y del porvenir vuelvo diciéndote... Espérate otro poco. Aún no es completo mi juicio... Esto debiera someterse al criterio de nuestro amigo *Confusio*, que si sabe rectificar la historia pasada, es maestro también en adelantarse a la futura.

—Yo pienso —afirmó Vicente con juicio a medio formar—, que si esto no es la venta descarada y burda de que tanto se habló, es un traspaso revestido de formas bellas, sugestivas y aun graciosas. Si la intención es discutible, debemos celebrar sin reservas la obra de arte.

—El arte es todo, mi querido Vicente. En la política, como en la vida, como en la misma religión, los grandes éxitos no son más que triunfos artísticos. ¿Quién duda que fueron artistas Moisés y el propio Jesucristo, y que en los tiempos cercanos al nuestro, Cromwell, Washington y Napoleón han sido ante todo admirables histriones?... Pero dejando a un lado el Arte, o sea la sublime pantomima que engendra las transformaciones políticas, yo, a medida que te hablo, voy completando mi juicio y acabo por decirte que... Déjame tomarlo de otro modo. Si lo que acabas de leer se hiciera público, todos los juiciosos, todos los sensatos, todos los *sesudos omes* de nuestro país dirían a voz en grito: "Eso es una atrocidad, una vergüenza con tapa-rrabo, una ignominia sobredorada"... y clamarían invocando la dignidad de una patria que nos quieren presentar con tricornio y chafarote para espan-tarse a sí misma... Pues yo, que más que hombre juicioso soy hombre sin juicio; yo, perdido, calavera, manirroto y dejado de la mano de Dios, te digo que en el pensamiento de Prim descubro una previsión profética, un mirar de águila que percibe lo distante mejor que lo próximo; veo el ensueño de fundar una nueva España más grande y potente, formada de pueblos ibéricos que se aglomeren y unifiquen, no con atadijos administrativos, sino con ligamento moral, filológico y étnico... ¿Me entiendes o no? ¿Crees que desvarío? Aunque estamos en una taberna, no he probado el vino; menos el aguardiente... ¡Pum, pum!... ¡Mozo...!»

Golpeaba la mesa llamando al tabernero o a su acólito, y este se apareció preguntando qué se ofrecía. Pidieron algo de beber, y en el punto en que el chico entraba con botellas y vasos, la Historia, oídos los pareceres de sus alumnos, aprovechó el ver a medio abrir la puerta para escabullirse sin que nadie advirtiera su salida. Los amigos bebieron, aplicándose Segismundo al aguardiente de *caña*, que le inspiraba sutiles pensamientos. Halco-nero lo tomó también, pero en pequeña porción, atenuada por la mezcla con gaseosa. Era el hijo de Lucila mal amigo de Baco: la bebida fuerte le repugnaba, y jamás conoció los desórdenes de la embriaguez. En cambio, Segismundo, lanzado a la vida libre sin poner freno a sus apetitos, se había connaturalizado con el alcohol, y bebiéndolo en cierta medida conservaba su serenidad, atizando y dando mayor brillo a las luces de su mente. Aquella tarde, a punto que el crepúsculo ponía entre dos luces a los descuidados amigos, Segismundo bebió con tino, y su ingenio paradójico y su fácil verbo se manifestaron gallardamente. Acariciando el vaso y consumiendo a sorbos la dulce y capitosa *caña*, decía:

«Este licor de América trae a mi pensamiento la idea de la *comunidad pan-hispánica*, que apoya uno de sus brazos en el viejo solar de Europa, para extender sin esfuerzo el otro por el continente americano... "Libertad, fraternidad" dice la universal lengua soberana, Constitución íntima de estos gloriosísimos reinos; y por lo que toca al amigo Prim, opino que ha querido dar un salto en los tiempos, y se caerá al suelo sin que su idea por hoy tenga realidad... Y ahora, trayendo la cuestión del lado sublime al lado picaresco, te diré, ¡oh Vicentito! que será lástima el fracaso de nuestro general, porque si ese plan fuese un hecho, yo propondría que se modificara en aquella parte que trata de la indemnización y de que solo se han de pagar los vagos intereses. Lo bonito será que nos traigan acá los *doscientos cincuenta millones de pesos*, para distribuirlos y aplicarlos conforme a las negras necesidades de estos empobrecidos pueblos. Muy desgraciado había de ser yo si no me tocaran algunas hebras de este vellocino...»

Tanto lo que Segismundo expresaba seriamente como lo que en picaresco decía, era muy grato a Vicente, que tenía singular predilección por aquel desordenado amigo. Las ideas de este sobre el *pan-hispanismo* como síntesis palingenésica le admiraban y seducían, pues él también acarició alguna vez en su cerebro aquella magna hermandad de los continentes, concibiéndola y desechándola como un rosado ensueño, y en el inofensivo picor de la gaseosa, se alumbró con las divinas luces que despedía de su mente el gracioso perdis... La conversación derivó por escalones hacia las sosas aventuras del propio Vicente, y este dijo que la carta de su novia, incluyendo la nota de Prim, era un disimulado artificio para llamarle y dar por terminados los *moños*. La niña le amaba, y él también a ella, con pasión discreta de las que terminan en matrimonio. Su madre Lucila le incitaba a la reconciliación, buscando para ello un pretexto, un punto de apoyo.

«Sí, sí: haz pronto las paces... Cásate... ponte la marca de los privilegiados de la vida. Posees bienes de fortuna; no tienes que aguzar el entendimiento para proporcionarte el cocido de mañana. Todo te lo dan hecho: la comida, la casa, la mujer... A cambio de esto, carecerás de libertad, de aquella libertad preciosa que arraiga en el pensamiento y florece en los hechos políticos... Sí, Vicente, joven sensato: quiéraslo o no, tú serás alfonsino, trabajarás por la Restauración... Puede que seas marqués, y ministro de un Borbón futuro...»

Halconero reía, tomando a chacota los presagios de su amigo. Y este, apurando la *caña*, atizaba el fuego de su locuacidad. «Yo no soy sensato, y me quedo en la pobreza y en la insensatez; yo me tengo por hijo de una edad revuelta, y en este año 70, que es para mí la plenitud de los tiempos locos, me declaro ciudadano de la sinrazón, y no haré nada que sea razonable, según vuestra idea de la razón... Ya se verá lo que sale de esto. Lo que yo te aseguro es que antes de haber mundo hubo caos, un delicioso embarazo cósmico, y que viniendo a la edad histórica, la civilización y cultura han nacido del vientre abultado de una sociedad gestativa... En aquel barrio pobre me instalé, y en él vivo gozoso... Y aunque pudiera titularme *marqués de la Cascarria*, me limitaré a llamarme *capellán honorario de Su Majestad la Plebe*... Podré ser ministro de un Gabinete o *Gabinetito con alcoba*. Desde mi púlpito predicaré la piadosa destrucción. Nada me importa el decir de la gente de allá. He abandonado Atenas para establecerme en Corinto, y allí puedo disfrutar mejor que en otra parte la única riqueza que me ha dejado la sociedad, el Sol, el benéfico agente de toda vida. Con mi Sol y mi plebe me basta; no quiero nada más... Y para concluir, amadísimo Vicente, hombre nacido de pie y destinado a gozar de todo privilegio, no olvides que me has prometido un suministro de doscientos reales, que te devolveré el día en que se vuelvan gatos los leones de la Cibeles... No lo dejes para mañana, que en ese río del *mañana*, según un viejo refrán, se ahogan las buenas intenciones.»

Con estas y otras donosas extravagancias, que Vicente oyó como chisporroteo del recalentado magín de su amigo, terminó la tarde. Fue Halconero a su casa, a corta distancia de la taberna, y al poco rato puso en manos de Segismundo la cantidad que este necesitaba para sus urgencias de amor y el pago de su pitanza. Separáronse, prometiendo Vicente visitar al pobre misántropo en su retiro de Corinto... Volvió a su casa Halconero, y aquella misma noche o al siguiente día (sobre esto no hay seguridad) dedicó un mediano rato a contestar a su novia. La carta era del tenor siguiente:

«Señorita: Conforme a lo que me indica en su esquela, doy recibo de la nota que incluye, para que su señor tío don Santiago tenga seguridad de la exactitud con que usted cumple sus encargos. Y tranquilizada usted sobre este punto, me permito decirle que el abismo abierto entre usted y yo es grandísimo y pavoroso. No me toca ninguna responsabilidad en la apertura o excavación del susodicho abismo, obra exclusiva de usted y de sus imaginarios agravios. No soy, pues, quien debe cegar esa cavidad, sino usted, Pilar, y para ello es menester que tenga el valor de reconocer en mí al caballero que amó a usted creyéndola dotada de tanta discreción como sensibilidad, y de un genio apacible, digno complemento de su gentileza y hermosura. Es cuanto tiene que decirle por hoy su atento servidor q. s. p. b. *Vicente Halconero*.

»Como usted *postdatea*, no quiero ser menos. Reciba usted, por mi conducto, finas expresiones y recuerdos de esta *señora casada*, con quien me divierto y me divertiré hasta que logre olvidar a la que no hace mucho reinaba en mi corazón y era señora de mi pensamiento... En mis soledades no olvido a las amigas de usted, que tan bien la ayudaron a cavar el dichoso abismo. Deles memorias, y añada que me alegraré mucho de que se queden para vestir imágenes. A usted no le deseo lo mismo, aunque bien merece tener ese fin desgraciado; no se lo deseo, porque aún espero la enmienda de la interesante señorita, que ahoga las bondades de su corazón con suspicacias y reparillos sacados de su cabeza... un poquitín destornillada.

»Aunque usted me manda que no escriba palabra alguna dirigida a la que fue mi novia, y me amenaza con romper mi carta sin leerla, yo desobedezco, y escribiré cuanto me dé la gana. Quiero hacerla rabiar. Rabie usted Pilarita y conserve su furia hasta el Día del Juicio por la tarde... Allí, en el Valle de Josafat nos encontraremos.»

Aunque esta carta llevaba entre líneas las paces, y paces cantó parabólicamente en su respuesta Pilarita, llamándole pillastre, libertino, granuja, epítetos que en mil casos no son más que la proyección burlesca del cariño, la reconciliación se hizo esperar, y fue Vicente el que la llevó con pies de plomo, buscando así la eficacia de la lección que dar quiso a su novia. Y aunque esta, corregida de su ligereza, trataba de apresurar el día feliz, aún fue menester que la costurerilla rompiese un par de zapatos llevando y trayendo conceptos sutiles, escrúpulos y reservas no menos prolijas que las de una negociación diplomática. Halconero se proponía rendirla y someterla de una vez para siempre, que así creía, como si dijéramos, reacuñar en nuevo troquel a su esposa futura.

Y tanto se alargó la lección, que hasta bien entrado mayo no fue un hecho la paz, ajustada por fin en forma tal, que ambos la tuvieron por duradera. Vicente, justo será decirlo, no queriendo ser corrector incorregible, se puso también en paz con su conciencia, cortando de raíz sus livianos amores con la rubia Eloísa. Al llegar, pues, los floridos días de San Isidro, halláronse los novios en pleno éxtasis de amor sin nubes, de candorosa égloga y de idílico arrullo. Sus conversaciones, apartadas de los oídos profanos, imitaban el canto pre-matrimonial de las enamoradas avecillas. Oigase el gracioso pío-pío: «¿Verdad, Vicente, que nosotros somos felices y que la infelicidad de España nos importa un bledo? ¿Verdad que este afán de buscar Rey y no encontrarlo, nos tiene sin cuidado? Porque nosotros ya hemos salido de la maldita interinidad; nosotros ya tenemos Rey. Mi Rey eres tú, y yo tu reina...

—Así es; y lo mismo nos importa un Rey *de extranjis* que la traída de la República. La República no ha de causarnos la menor molestia; haremos nuestro nido en un árbol grande y alto, a donde no lleguen los alaridos de la muchedumbre soberana.

—Yo te digo, Vicente mío, que la vida humana es muy bonita, y que hicimos muy bien en nacer y venir a este mundo, porque este mundo, digan lo que quieran los predicadores, es precioso, y en él está todo dispuesto para nuestra felicidad. ¿No lo crees tú así? No tenemos para qué pensar en la muerte. Entiéndanse con ella los viejos. Nosotros hacemos bien en ser jóvenes, y como jóvenes pensamos en Dios, sin meternos en las tristezas de la religión... Nosotros no tenemos pecados... Me parece que tú y yo somos ángeles... No te rías... Yo pienso que en el cielo se casan los ángeles.

—No nos cuidemos, vida mía, de si hay en el cielo una Vicaría para los ángeles que quieran vivir honradamente en sus casitas. Sin duda habrá por arriba ángelas hacendosas que anhelan casa y marido, y ángeles que aspiren a ser cabezas de angelicales familias.»

Y otro día, la enamorada dijo esto a su enamorado: «Vicentillo, quiero revelarte un secreto... Dame tu palabra de no contárselo a nadie, ni a tu mamá... Lo he sabido casualmente por unas palabras que oí a mi tío Santiago hablando con mi tía Gracia... No es que yo me pusiera a escuchar... Eso no lo haré nunca. Fue que hablaron ellos sin verme, cuando yo estaba en el gabinete de mamá, detrás de aquel biombo, ¿sabes? buscando un pedazo de satén que guardé hace días en el arca que fue de doña María Tirgo... Te lo digo a ti solo... Verás: tú has oído que mi tío sale mañana para La Guardia y Samaniego con objeto de ver los trigos y preparar la siega de las cebadas... Dicen que la cosecha será tremenda... Pues mi tío no va a La Guardia... Todo es mentirijilla y disimulo. A donde va es a Logroño, y lleva una carta que Prim escribe a Espartero ofreciéndole la corona... Vicente, tan verdad es esto como el Sol que nos alumbra... Y como Espartero, naturalmente, aceptará otra esta vez la corona que le ofrecen Prim, Serrano y Sagasta, en triunfo le traerán a Madrid, y... Aquí viene lo que no es más que figuración y corazonada mía. Espartero quiere mucho a mi padre, que fue su mejor auxiliar cuando preparaban el Convenio de Vergara... Pues Espartero Rey será padrino de nuestra boda, Vicente... ¡Anda, no esperabas esta, pillo!... ¡El Rey nuestro padrino!... ¿La noticia no vale que me digas alguna cosa bonita?

—No es noticia; es corazonada. Y el corazón no acierta siempre, Pilarica. Por lo demás, nuestra felicidad será la misma apadrinados por Baldomero I, o por cualquier hijo de vecino.»

Aconteció que a los pocos días volvió el coronel a Madrid, y toda la transcendencia del mensaje que había llevado a Logroño quedó en agua de cerrajas. Espartero rechazaba discreta y juiciosamente la corona. No se dio por defraudada Pilarita, y del auroral optimismo en que vivía sacó este plácido razonamiento: «A decir verdad, Vicentillo, maldita la falta que nos hace que nos apadrine un Rey. Yo pensé en Espartero, por aquello de darnos tono y de que rabiaran mis amigas; pero como de todos modos han de tragar mucha quina, bien vamos así... Para el otoño han fijado nuestra boda tu mamá y la mía. Tú has dicho que debemos poner alas al verano. Por mí, que vuele todo lo que quiera. Te advierto que mi padre quiere llevarnos este año a Arcachón; pero mamá no está por eso, y prefiere a Royan. Conque ya lo sabes. Si vas este año a París... y cuidado con París, caballerito, que es ciudad donde los hombres pierden el tino, y por eso la llaman *Babel* o *Babilonia*... ya lo sabes... A la ida o a la vuelta nos harás la visita, y ella no ha de ser corta... ¿Quedamos en eso?

Y ya entrado junio, con su blando calor y alegría, Pilar pasó una tarde tediosa esperando a Vicente, que por primera vez después de la reconciliación faltaba a la hora de costumbre. «¡Ay, qué susto me has dado! —le dijo Pilarita viéndole entrar casi de noche—. No te riño... Lo de reñir por las tardanzas está mandado retirar, ya lo sé... Pero he pasado una tarde horrible. Creí que estabas malo.» Dio Halconero la explicación justa. Había ido al Congreso con Enrique Bravo y otros dos amigos... Les llevó a la tribuna el interés que despertaba el voto particular de Rojo Arias, y la votación que habría de recaer sobre él.

—¿Y qué es eso, y con qué se come?

—Pues nada... El Congreso acuerda que para elegir Rey será preciso reunir 171 votos, la mitad más uno de los diputados que han jurado el cargo...

—¿Y eso va con nosotros, Vicente? ¿Qué nos importa que sean ciento o ciento y pico?... Mi padre ha dicho que lo que es Montpensier, por más dinero que gaste en la compra de periódicos y diputados, no sacará más de veinte o veinticinco votos... ¡Ah! ¿no sabes lo que me dijo ayer tu padrastro don Ángel? ¡Qué risa! Pues quiso atraerme al *montpensierismo*. Me ofreció, puesta la mano sobre el corazón, que si don Antonio es Rey, me nombrarán dama de honor de la reina Luisa Fernanda. ¡Lo que pude reírme, Dios mío! ¿Qué falta me hace a mí ser dama de honor, que es como entrar en servidumbre?... Pues oye lo más gracioso... También me dijo que a ti, a los dos, nos darán un título de nobleza: seremos *Marqueses de la Villa del Prado*... Anda, hijo, date tono. Fruta por fruta, un *Marqués de la Uva de Albillo* no será menos que un *Rey de las Naranjas*.»

XVIII

Celebrando la ocurrencia, afirmó Vicente que el acuerdo votado aquella tarde por las Cortes dificultaría la elección de Rey, pues no habría candidato que reuniese 171 votos... Con esto salía ganando la República.

«Pues que venga de una vez —dijo Pilar gozosa, extendiendo su optimismo a la forma de gobierno—. ¿Y qué nos va a pasar si suben los republicanos? Porque guillotinas no han de traer... Todas las fierezas de esos buenos señores quedarán reducidas a quitar las quintas, a rebajar las contribuciones, y a suprimir unos cuantos clérigos de los muchos que hay.»

Terció en la conversación el coronel Ibero, asegurando que don Juan no se acoquinaba por la dificultad de los 171 votos; que tendríamos Rey; que ya se habían echado los anzuelos para pescar uno de familia Real de muchas campanillas, y que... por el momento no podía decir más... Entendieron los oyentes que algún secreto poseía, guardado en el arca de su discreción... Hablando de Prim y de sus dotes de gobernante, recordó Vicente el bosquejo de la emancipación de Cuba, y quiso saber si los Estados Unidos entraban por el aro. Según afirmó el coronel, enterado por buen conducto, los *yanquis* estimaron aceptable la proposición y excesiva la cantidad. Entrarían tal vez, si España se contentaba con la mitad, *ciento veinticinco millones de pesos...* Pero aunque se llegase a un acuerdo en la cuestión metálica, el trato aquel tropezaría con enormes dificultades por los escrúpulos caballerescos del patriotismo español.

Contó Ibero que el general había dado conocimiento de su atrevido plan al Consejo Supremo de Guerra. Los primates que componían aquel alto Cuerpo se indignaron viendo reducidos a una cuestión de ochavos los sacros fueros de Marte y el glorioso atavismo. Todo les pareció mal, y sin dar informe por escrito, pusieron en el cielo sus clamores. Prim ignoraba la opinión del venerable coro de ancianos de la Milicia, y a este propósito refirió el coronel un pequeño pasaje histórico por él presenciado. Estaba el general en su aposento familiar, vistiéndose para salir a la calle. Presentes se hallaban Sánchez Bregua, el ayuda de cámara, el ayudante Moya y Santiago Ibero. El general, parado ante el espejo, en la operación de anudarse la corbata, preguntó al Subsecretario si algo sabía del efecto causado en los del Consejo por la nota que sometió a su examen. Sánchez Bregua, recelando que el general desataría su coraje al saber la opinión de los veteranos, furiosamente contraria al proyecto, atenuó cuanto pudo la verdad de su respuesta. Ya Prim se lo tenía tragado: conocía la honda inercia de la rutina histórica y la rigidez de las corporaciones seniles, buenas para contener, ineficaces para el impulso... Sin apartar la mirada de su propia imagen en el espejo, ni desentenderse del lazo de su corbata y de la compostura de su efigie, pronunció fríamente estas palabras: «Ya lo llorarán... ya lo llorarán.»

Comentaron Ibero y la joven pareja el dicho del general. Ninguno de los tres tenía bastante clara la percepción adivinatoria para saber si los españoles futuros derramarían lágrimas sobre la inmovilidad de los hieráticos consejeros. Tan solo Vicente, recordando al iluminado y erudito Segismundo, sabio, calavera y un poco borrachín, tuvo una rápida visión de la edad futura, visión de sangre, llanto y desconsuelo; pero creyéndola hechura del pesimismo que todos los españoles del siglo XIX llevamos dentro, no se determinó a manifestarla.

El tiempo corría, precipitando a los madrileños hacia la desbandada veraniega. En todas las casas ricas se limpiaba el polvo a las maletas, y las señoras cuidaban de los complicados equipos que habían de lucir en las casas de baños y en las playas del Norte. Lucila confirmó a Vicente la promesa del viajecito a París, y para que el joven tuviera freno y compañía en la grandiosa y divertida ciudad, determinó ir con él. Demetria y su familia partirían para Royan, con escala de pocos días en Vitoria. Gracia y su marido, y el hijo cadete, que tomaría vacaciones muy pronto, seguirían la misma ruta, después de pasar un par de semanas en Samaniego y Paganos, inspeccionando la recolección. Todos aguardaban gozosos el día en que tocaran a emigrar, y Pilarita singularmente piaba y trinaba, como avecilla que se dispone a levantar el vuelo hacia los climas dulces, y hacia los aleros y los árboles donde se han de colgar los nuevos nidos.

«¿Por qué está tan alegre mi Pilarica? —le dijo su novio una tarde, viéndola batir palmas y gorjear una canción de moda.

—Pero ¿no sabes la noticia?... Nos vamos la semana que viene... Es casi seguro que iremos también a París. Allí nos veremos; allí nos pasearemos, *olivarej arriba*, *olivarej abajo*, como dijo Cúchares... Y puede que nos lleguemos a ver un poquito de Alemania... ¿Sabes ya que nos traen un Rey alemán? Lo ha dicho el tío Santiago; el nombre es algo así como *Ole-Ole*...

—El príncipe Leopoldo de *Hohenzollern*... Parece que acepta... Al fin hay un caballero que no se asusta de regir estos alborotados reinos. Salazar y Mazarredo ha traído el notición de la conformidad del príncipe y del consentimiento del Rey Guillermo de Prusia.

—Pues esto del Rey prusiano me gusta mucho... Las modas no vendrán ahora de París, sino de Berlín, y ya no beberemos vino, sino cerveza. Tenemos que aprender algo de alemán, que es una lengua muy parecida a la que hablan los pájaros. En fin, Vicente: como no pienso más que en nuestra felicidad, todo me alegra. Y te digo también que si en vez de traernos Rey alemán nos lo trajeran turco, me alegraría lo mismo.

—Yo no... porque, según he oído, Napoleón está que trina... La noticia ha caído aquí como una bomba. Prim está en Daimiel, cazando con Milans del Bosch y otros amigos. Vendrá esta noche. Mañana sabremos si ese Hohenzollern cuaja o no cuaja.

—El nombre de *Ole-Ole* me hace mucha gracia. Invita a las cañas de manzanilla y al baile flamenco... Yo me río y me divierto con estas cosas, porque, la verdad, no me dan frío ni calor: sobre esto que llamáis política y sucesos públicos, mi alma vuela como una mariposita. Todo lo ve y lo mira; pero no se posa más que en lo suyo, y lo suyo es un caballerete muy simpático y muy pillo, que se llama don *Ole-Ole* Halconero...»

Cada hora traía nuevas impresiones. La candidatura del Hohenzollern le había sabido a Napoleón a cuerno quemado. Su Embajador, Mr. De Mercier, llegó a decir: «Antes que ese prusiano, Montpensier.» Y mientras el Gobierno español convocaba las Cortes para decirles:*Eureka, ya tenemos Rey*, las cancillerías de Francia y Prusia se alborotaban como gallineros visitados por el zorro. «Oye, Vicente —decía Pilarica a su novio—. ¿Con que se ha roto o está para romperse el *equilibrio*? Explícame eso...» «No se romperá nada —repuso Halconero—, porque el príncipe Leopoldo ha renunciado a la mano de doña Leonor. No es mala gresca la que han armado con la tal candidatura. España no puede desmentir su abolengo histórico. Es la dama guerrera que preside los torneos del mundo. Una mirada suya, cayendo como centella donde menos se pensaba, ha estado a punto de incendiar los campos europeos.

—Pues mi padre sostiene que el gallinero sigue alborotado, y que en él anda un zorro muy listo que llaman Bismarck... Pero, sea lo que quiera, podremos irnos a Francia tranquilamente.»

Salió la familia Calpena, y en Vitoria supo don Fernando que Napoleón, impertinente y picajoso, había exigido al Rey Guillermo tales garantías para evitar la reproducción del conflicto, que el Soberano de Prusia hubo de mandarle a paseo en la persona del Embajador Mr. Benedetti. Partieron los Iberos para La Guardia, y en el camino se les dijo que Francia, o más claro, el Imperio, ávido de laureles militares con que galvanizar su dominio, había declarado la guerra a Prusia... Salieron Halconero y su madre, dejando en Madrid la desagradable impresión de que un guiño de España buscando

Rey había encendido la guerra europea. En el descanso de Bayona oyeron la trepidación del suelo francés, y a los dos días, apenas llegados a París, presenciaron la furiosa exaltación de las turbas gritando: «A Berlín, a Berlín.»

Asustada Lucila de aquel estruendo, propuso a su hijo volverse a España; pero Vicente no se avino a dejar la plataforma de donde tan bien se veía la descomunal tragedia que se anunciaba. Contagiado de la opinión corriente en Madrid y en toda España, creía que el poder militar de Francia era incontrastable; que el Sol de la leyenda napoleónica no se había eclipsado, y como un lorito repetía la jactanciosa frase de Girardin:*Echaremos a los prusianos a culatazos al otro lado del Rhin*. Persistía en el noble mancebo el ardiente amor a Francia, por las afinidades de raza y por la exaltación de los amores literarios. Francia era Voltaire y Rousseau, Victor Hugo, Musset, Balzac... Y aun los alemanes Goethe y Heine se afrancesaban, transmigrando del hermético idioma teutónico al transparente lenguaje de las modernas Galias.

París ardía en entusiasmo y en fiebre guerrera. En los bulevares, el paso de los batallones encaminados a la guerra promovía delirios de patriotismo loco. En toda Francia los ferrocarriles conducían tropas hacia el Este; por las estaciones pasaban trenes y más trenes con la velocidad del rayo. El Gobierno francés, temiendo las indiscreciones del telégrafo, prohibió bajo penas severísimas las noticias de movilización... A pesar de estas precauciones, que pusieron en pugna el arte de la guerra con los adelantos científicos, las noticias volaban sin saberse de dónde salían. Prusia había lanzado a las orillas del Rhin medio millón de hombres... El Rey Guillermo tenía su cuartel general en Francfort... Dos formidables cuerpos de ejército, mandados por el príncipe real de Prusia y por el príncipe Federico Carlos, ocupaban Maguncia y Coblenza... Todas las naciones se armaban hasta los dientes. Italia y Bélgica eran verdaderos campamentos; Austria llamaba sus reservas; Inglaterra mandaba al Báltico sus escuadras... Francia retiraba de Civittavecchia las tropas que allí tenía para defender de los garibaldinos los Estados del Papa...

Halconero escribía desde París a su prometida, residente en Royan: «Estoy en el mejor sitio para ver la tragedia más grande y sangrienta que ha presenciado el siglo desde Waterloo. No temas por mi madre y por mí. Aquí no corremos peligro alguno. París es la torre desde donde podremos ver sin riesgo la reforma del mapa de Europa. La tragedia será hermosa y terrible. Nunca pensé que me fuera dado ver de cerca un hecho de los que han de ser punto culminante en la Historia de la Humanidad. ¡Qué pequeños nos sentimos ante la Historia vista en la realidad! Pero aún nos parecen más enanos los que han de leerla después de bordada en el cañamazo de la letra de molde... Vida mía, hoy no te escribo más... Voy al café *Cardinal* a saber noticias. Parece que algo se sabe ya de un primer encuentro, favorable a las armas de la divina Francia.»

En aquellos angustiosos días, París necesitaba una victoria... París no podía vivir sin victoria, y esta le fue transmitida desde Saarbruck como un calmante telegráfico. Roto el fuego, los batallones franceses habían cortado del árbol germánico los primeros laureles. El telegrama llevó a París trompetazos de fanfarronería, y una nota sentimental: *La jornada había sido brillante... El fusil de aguja había hecho maravillas... El príncipe Imperial se mostró sereno en medio del fuego.*

Enloqueció París con esta inyección de ideal napoleónico; pero poco hubo de durarle el efecto del estimulante. Lo de Saarbruck fue el 2 de agosto, y el 4, la acción de Wissemburgo, empezó a deshojar la flor de las ilusiones, iniciando la serie de descalabros con que Francia pagó su imprevisión y el descuido de sus organismos militares... Dejando ahora lo público por lo privado, se dirá que Halconero se encontró en París con su amigo Antonio Orense. A menudo se reunían en el café de Madrid o en el *Cardinal* para remembrar a España, y condolerse de sus querellas y desdichas. Con otros jóvenes emigrados hizo amistad Vicente, distinguiendo a un catalán llamado Garrigó, que había corrido la suerte de Suñer y Capdevila en la sublevación federal del 69. A principios de agosto, después de la desastrosa acción de Worth, se organizó en París un cuerpo de voluntarios, en el cual se alistaron jóvenes emigrados de distintas naciones. Uno de estos fue Garrigó, que con generoso ardimiento quería dar su sangre por la hospitalaria y gloriosa Francia.

El día en que partió para la frontera la legión de voluntarios, fueron Halconero y Orense a la estación de Estrasburgo a despedir al bravo Garrigó. Tan apretado era el gentío, que difícilmente pudieron abrirse paso hasta el andén. Entre el humano revoltijo formado por los legionarios y los que iban a despedirles, vio Halconero una cara de hombre que le produjo repentina emoción. No pudo contenerse... A codazos y empujones se abrió paso; llegó hasta el tal, que era joven, de figura gallarda y varonil belleza... y agarrándole el brazo, no se entretuvo en preguntarle quién era ni en presentarse con las formas usuales, sino que con airosa familiaridad le dijo: «Usted es Santiago Ibero.

—Sí, señor: yo soy...

—¿Y usted va también...?

—Voy... Sí, señor... Perdóneme... No tengo el gusto de conocerle.

—No es ocasión de pedirle que aguce un poco la memoria. Hace algunos años, no sé cuántos, nos conocimos en Madrid, en la casa de mi tío Leoncio. Yo era un chiquillo. Paseamos juntos una tarde, hablando de...

—Ya me acuerdo.

—Por la noche estuvo usted en mi casa, calle de Segovia...

—Sí, sí: la noche que el señor de Tarfe me disfrazó de fogonero para escapar de Madrid... Y usted me ha conocido...

—Más que por mis recuerdos, por el parecido de usted con su hermana Fernanda, de triste memoria...

—¡Ah!... ¡mi hermana Fernanda...!

Dijo esto con inflexión de duelo, mientras Vicente, ahogado por la pena, hubo de contener con esfuerzo viril las lágrimas que le salían a los ojos... Este diálogo nervioso, rapidísimo, no pudo prolongarse en ocasión tan importuna. El oleaje humano separó a los que ya parecían amigos. Por un esfuerzo de ambos volvieron a juntarse... Vio Halconero a una mujer hermosa que cogida al brazo de Santiago se despedía de otras mujeres... El hijo de Lucila, movido de intensa efusión, se dirigió a ella con fraternal confianza: «Usted es Teresa. La conozco sin haberla visto nunca. ¿Pero... usted también a la guerra?

—Sí, señor. Ya que no he podido disuadirle de esta calaverada heroica, me voy con él... No quiero que esté solo.»

No había tiempo para más explicaciones. Santiago abrazó a Vicente, diciéndole: «Adiós... Adiós. ¿Nos volveremos a ver en París? ¡Quién sabe si nos veremos en España! Adiós.»

Y Teresa, en los apretujones para subir al tren, pudo decir: «Le conocemos a usted, caballero don Vicente. En París sabemos todo. Tenemos en Madrid nuestro pequeño espionaje... Adiós... Una palabra no más. Si volvemos vivos de esta calaverada, llámela usted aventura, Santiago se reconciliará con sus padres... Yo se lo aconsejo...»

Y lo demás fue dicho por Santiago, ya en el estribo, después de subir Teresa: «Diga usted a mi madre y a mi padre que Teresa y yo iremos a visitarles en La...»

Ahogaron su voz los vivas y aclamaciones patrióticas. Halconero gritó: «En La Guardia...» Y Santiago y Teresa afirmaban con cabezadas.

Partió el tren, que al matadero llevaba tanta juventud, alucinada por un ensueño de gloria.

XIX

En el curso de agosto vio Halconero el vertiginoso giro del desastre; vio la incapacidad militar de Napoleón; el engaño de Francia, conducida torpemente a una colosal guerra, sin organización, sin criterio estratégico y táctico, sin estudio, sin planes ni concierto; vio claramente que el ministro de la Guerra, Leboeuf, era una hinchada nulidad; que los generales se hacían un lío al primer paso; que la oficialidad llevaba planos de la topografía de Alemania, y desconocía la de su propio país; que los batallones iban con cifra menor que la del contingente oficial; que el aprovisionamiento era una vana palabra; que las tropas tenían que entrar en fuego fiándolo todo a un heroísmo temerario y a los arranques epilépticos del valor personal. Francia, vendida por sus ineptos conductores, sucumbía con hermosa desesperación.

Al descalabro de Worth siguieron Mars-la-Tour, Gravelotte, la salida de Metz, y por fin Sedan (1.º de septiembre), con la resquebradura y desplome del fantasmón imperial. Y cuando París furioso, desengañado de la falsa ilusión guerrera y asqueado del organismo político que había perdido a Francia, proclamó el 4 de septiembre la República; cuando el pueblo derramó su ira por plazas y bulevares, y tras de las pisadas de la Emperatriz fugitiva, recogió del arroyo la corona imperial para refundirla en mural corona, emblema de la Soberanía de la Nación, Lucila, temblando de miedo, dijo a Vicente: «Hijo del alma, vámonos sin perder día. Has visto ya bastante Historia viva, de esa que pone los pelos de punta... ¡Sabe Dios lo que va a pasar aquí! Yo te aseguro que las palabras *República y republicanos* me dan escalofríos y temblor de piernas. Antes no era yo así; me gustaba lo que llaman *Soberanía del pueblo*. Pero ahora... *hogaño*, como dice mi padre, y yo lo decía también cuando era moza... *hogaño*, el bienestar me ha hecho bastante *moderada*... Vámonos, hijo. ¡Ay, París, qué feo estás! ¿Quién te conoce? ¡Oh, España mía, único país del mundo que sabe ser a un tiempo desgraciado y alegre!»

No pudo Halconero desoír el toque de retirada. En un día compró los regalos destinados a la novia, y partieron para Burdeos. Iba Lucila contenta, y su hijo triste, viendo cómo se le ajaba y desvanecía la ilusión de Francia. Hasta la literatura, desmereciendo a sus ojos, se rebajaba de su esplendor augusto. Voltaire y Rousseau, Víctor Hugo y Balzac se le representaban menos grandes de lo que fueron antes del desastre. Este sentimiento de chafadura del ideal fue por fortuna poco duradero, y tuvo su corrección en el propio espíritu del joven. De la gloriosa Nación maltrecha resurgió pronto con mayor pujanza lo que debía tener perdurable vida...

En Burdeos enteráronse hijo y madre de la concisa carta que el desdichado Emperador dirigió al Rey Guillermo declarándose prisionero: *Señor y hermano: No habiendo podido morir en medio de mis tropas, solo me resta entregar mi espada a Vuestra Majestad. Napoleón.*

Con esta dolorida estrofa terminó uno de los actos de la tragedia. Pero esta no había concluido, y sus pavorosas convulsiones siguieron aterrando al mundo entero en lo restante del año 70 y en buena parte del 71.

Se comprenderá que el descanso de Halconero y su madre en Burdeos fue muy breve, y que el primer vaporcito que salió para Royan les llevó a esta risueña villa, situada en la desembocadura de la Gironda. Gran día de regocijo y plácemes. Las dos familias (Iberos y Calpenas) gozaban de excelente salud, sin otra contrariedad que el dolor por las desdichas de Francia. Pilarita no había podido echar de su mente la idea de que su prometido corría enormes riesgos en París, y hasta que le vio llegar vivo y sano no se recobró de su pavura. En sus insomnios creía que los hulanos cogían a Vicente y le llevaban preso a Berlín; mal dormida y soñando, veía que los descamisados del 4 de septiembre le conducían a la guillotina y le cortaban la cabeza, ¡ay! Halconero y su madre se instalaron en el Hotel de la *Croix Blanche*, y los Iberos y Calpenas vivían en una linda casa con jardín, propiedad de don

Fernando. Todo el día pasaban juntos, y la feliz pareja irradiaba su contento sobre los demás. Mas era raro el día en que las malas noticias no arrojaban una sombra de tristeza sobre la triple familia. Hoy era la batalla de Artenay; mañana, la toma de Soissons; por fin, que los prusianos iban ya sobre París... Y una mañana, cuando Vicente fue a la casa de su amada, de donde habían de salir todos para una excursión a *Vieux Soulac*, pueblecito tragado por las arenas, Pilarita le sorprendió con un notición que de tan gordo parecía mentira.

«¿No sabes, Vicentillo, lo que pasa? Te quedarás atónito y estupefacto cuando yo te lo diga... Espera un poco, que ahora voy a decírtelo... Pues los garibaldinos han entrado en Roma... Como Francia tuvo que retirar sus tropas dejando indefenso al Papa, ¿qué han hecho los italianos? Pues asaltar la *ciudad eterna* por una puerta que se llama... *Pía*... Nada, hijo, que a Pío IX le han birlado sus Estados, y Roma será la capital de Italia. ¿Qué te parece? ¿Ves qué cosa tan atroz?

—Ya estaba previsto. El Papa quedará de Rey espiritual de los católicos, que es destino de gran provecho... Dejemos correr la comedia del mundo hacia el reparto equitativo de papeles. Cada cual al suyo.

—¿De modo que tú no te asustas, ni siquiera te indignas? Pues mi tía Gracia dice que esto es un robo, una usurpación, y que si todas las naciones no acuerdan devolver al Santo padre su reino, lo que debe hacer Pío IX es abandonar a esa Roma ingrata, y venirse a España con toda su Corte Pontificia. Aquí se le recibiría como si bajara del Cielo, por ser este el país más católico del mundo... A mi tía Demetria no le da tan fuerte, y asegura que bien se está San Pedro en Roma. Por mi parte, te diré que, si me apuran, todo lo que no sea casarme contigo me importa un rábano, y que allá se las haya Pío IX con Víctor Manuel... Pero eso no quita que nos alegremos de que el Papa se establezca en Madrid... Dará gusto ver tantos cardenales vestidos de colorado y centenares de obispos, algunos con barbas... y figúrate el sinfín de frailes y monjas de todos colores que veremos por las calles... Confiésame que será muy bonito... Si nos traen Rey, tendremos dos Cortes; y como para el Papa habrá de ser el Palacio Real, al Rey le meteremos en la Casa Panadería o en la Platería de Martínez.»

Pasados algunos días en gratas excursiones por las amenas orillas de la Gironda, llegó la ocasión del regreso a España. Partieron con pena, dejando a Francia tan agobiada de acerbas desdichas, y a medida que avanzaban hacia el Pirineo, les daba en el rostro el aliento de las calamidades españolas.

En aquella encrucijada internacional, donde se abren los portillos de Francia y España, los viajeros no lograron seguir juntos. Lucila, invitada por los Iberos, pasó la frontera para detenerse en la Rioja alavesa, gozando de una temporadilla geórgica en tierras de sus amigos. Vicente quedó con los Calpenas en Biarritz por unos días. Era tan considerable allí la colonia de españoles de viso, que no se daba un paso sin meterse en saludos y en chácharas interminables. Manolo Tarfe, Guillermo de Aransis, la Villares de Tajo, desfilaron esparciendo a un lado y otro sus ditirambos sobre la guerra franco-prusiana y sobre el oscuro porvenir de nuestra política.

Nada de esto desagradó a Vicente. Lo que le sacó de quicio fue ver al mal caballero don Juan de Urríes y a su esposa doña Mariana de Pedroche, marquesa de Aldemur. Con ellos iba Carolina de Lecuona, formando una trinidad harto antipática. Esquivó Halconero la presentación, desairando a su amigo Tarfe, con quien a la sazón estaba, y prefirió la sociedad de un improvisado figurón, funcionario del Gobierno civil, don Telesforo del Portillo, que en su anterior vida policíaca fue vulgarmente conocido con el mote de *Sebo*. Este *hombre del siglo* y su esposa, una tal Fabiana Jaime, que había sido sastra de curas, presumían de elegancia. La sociedad estaba sin duda *trigonométricamente trastrocada*, como decía Raimundo Bueno de Guzmán. Los aristócratas se aburguesaban, y la señora de *Sebo* ponía en su sombrero los plumachos que eran signo de distinción social.

Septiembre era en años normales el mes del desfile de españoles a Francia. Los comerciantes iban a sus compras de otoño; las señoras a su acopio de perifollos de invierno, y a tomar nota de los nuevos modelos de vestir. Fabiana Jaime hacía también su escapadita, *a por* un abrigo de última novedad. París era la meta de las ambiciones indumentales. Pero en aquel año trágico la corriente se invertía, y el Ferrocarril del Norte más traía que llevaba españoles. Los unos huían de la guerra; los otros eran emigrados de las sublevaciones federal y carlista del 69, a quienes la amnistía concedida por el Gobierno español abría las puertas de la patria.

Con esta avalancha tropezó Vicente en su regreso, y aconteció que el plan de las tres familias para seguir juntas hasta Madrid, no pudo realizarse por imprevisión, o descuidos de tiempo, harto comunes en la estrategia de los viajes. Ello fue que Vicente llegó al encuentro de Lucila más tarde de lo presupuesto, y ambos se quedaron rezagados en Miranda. Hijo y madre cogieron el expreso, metiéndose en un coche ya ocupado por tres personas, y no fue poca suerte encontrar aquel acomodo, pues todos los trenes ascendentes iban atestados de viajeros.

Las tres personas que en el departamento venían instaladas desde Irún, eran Portillo y su mujer, y un caballero alto, picado de viruelas, inquieto y hablador. Antes de fijar la atención en aquel hombre extraño, dígase que los señores de Portillo (alias *Sebo*) venían inconsolables por no haber podido llegarse a París. Billete gratis tenían hasta la frontera, y en el *Midi* les agraciaban con mitad de precio. Después seguían en *Orleans* con billete de segunda, y así podían, con arte económico, visitar la capital de Francia. Dos otoños seguidos habían efectuado su excursión, alojándose en casa de *Madame Noel*, donde amos, criados y huéspedes hablaban español. Hacía Fabiana sus pequeñas compras de trapos, con añadidura de sombrilla, *fichú*, cintajos y otras menudencias, todo baratito, pues sabía entenderse con marchantes de poco pelo; luego lo pasaba todo de contrabando por la aduana de Irún, valiéndose de mil tapadijos y de su conocimiento con vistas y carabineros, y al llegar a Madrid, en el círculo de sus variadas amistades se daba un horroroso pisto. Pero la maldita guerra, promovida por las intrigas *de ese Bismar*, había cortado en flor dichas tan inocentes.

Trotando el tren hacia Pancorbo, el señor parlanchín, que ocupaba un asiento junto a la ventanilla del Oeste, prosiguió su conversación con Portillo, sentado en mitad del diván frontero de espaldas a la máquina. A juzgar por lo que dijo el desconocido, *Sebo* se había burlado de los derechos individuales, llamándolos *inaguantables*, y recordando que a Sagasta le pesaban *como losa de plomo*. Desatose el otro en invectivas contra Sagasta, llamándole farsante y traidor a la Libertad... No intervino Halconero en la conversación, aunque a ello le incitaba el taravilla de ronca voz con su mirada insistente, como si le pusiera por fiador de lo que decía o le pidiese su testimonio. Hallábanse en lados distintos y en ventanillas diagonalmente contrapuestas.

En tanto, las dos señoras, sentadas una junto a otra en el diván zaguero, de cara a la máquina, no podían vencer el prurito netamente español de la familiaridad, y picotearon contándose sus viajatas. Fabiana, cuarentona de lucidas carnes, tomó un tonillo finústico, y sin dejar de la mano el saquito en que llevaba su dinero y algunas alhajas, ponderó a Biarritz por su elegancia y la mucha gente *de la grandeza* que allí veraneaba. «En Francia —decía— todo es amabilidad. En tiendas, cafés y *restauranes* la miran *a una* para adivinarle lo que quiere y servirla al instante. *Eso da gusto...* Cierto que cobran bien; pero paga *una* de buena gana la finura, acordándose de que en España no tenemos buena educación.»

El hablador del otro lado despotricaba con fuertes voces y ademanes violentos, alargando los brazos casi hasta tocar con sus dedos el rostro fiero y bigotudo de *Sebo*, que defendió a Sagasta, su jefe en otros días, empleando los argumentos más comunes con frase arrastrada y pedestre. El discutidor viajero soltó esta rociada: «Vivimos en una sociedad infame donde los unos son egoístas hasta el crimen; los otros, ignorantes o pusilánimes hasta la estupidez... No tendremos verdad y justicia hasta que las clases trabajadoras despierten de su letargo... Esto lo digo yo, yo, que inicié la Revolución de septiembre, y después arrastré al partido federal a la lucha violenta... No hay otro medio para facilitar al pueblo el camino de la verdadera revolución. Vengo del destierro; vuelvo a mi patria con el fin de agitar las masas... Yo no me canso; lucharé hasta morir, porque es mi temperamento luchar por el pueblo y para el pueblo... Ese caballerito que está sentado frente a mí, me conoce, y puede decir si soy hombre que lleva en sus venas horchata de chufas, o sangre caliente y rica.»

Sebo y las señoras miraron a Vicente. Este habló así, dirigiéndose al exaltado sujeto: «Desde que entramos aquí le conocí a usted, señor Paúl y Angulo; pero como no había tenido el gusto de tratarle más que una vez, y eso brevemente... No sé si se acuerda... una noche en casa de don Fernando Garrido, creí que no se acordaría de mí, y no me determiné a saludarle.»

Viéndose presentado al público, el hablador se aprestó a sermonear de nuevo. Lucila le miraba espantada. Nunca había visto aquel rostro cribado por la viruela, y encendido del ardor de la sangre... Los cristales azules de las gafas hacían veces de ojos, simulando los de un ser fantástico, de esos que representan el papel aterrador en los cuentos de niños. El marcado ceceo andaluz y las patillas negras completaban el cariz temerón y provocativo del viajero, que sin que nadie le excitara rompió en estas exaltadas manifestaciones:

«Yo soy todo corazón, ya lo sabe ese joven; yo llevo la honradez en mi alma y el anatema en mi boca; yo digo a España la verdad, y al pueblo señalo el camino para que llegue a la conquista de sus derechos... Los que me escuchan no me negarán que el orden existente es un conjunto repugnante de leyes injustas, de códigos infames, de gobiernos cínicos, de costumbres vergonzosas. Y yo digo a los virtuosos y desgraciados trabajadores: «Nada tenéis que esperar de los ricos, de los instruidos, de los poderosos de la tierra.»

Algo pensó contestar *Sebo*: su descomunal bigote se agitó debajo de la nariz minúscula; los vocablos querían salir, y el bigote no los dejaba, o las ideas se recogían en el pensamiento, persuadidas de que las cerdas del mostacho bastarían a confundir al brutal preopinante. Halconero, sin ganas de discusión en tal sitio y delante de señoras que deseaban reposo, dijo que la sociedad no era perfecta ni mucho menos; pero más imperfecta sería por los medios violentos del amigo Paúl. España acababa de hacer una revolución de tres al cuarto, y anhelaba constituirse en un régimen práctico, ecléctico, que le permitiese vivir... No aspiraba por de pronto más que a un vivir de reparación y descanso, con media cabeza en el almohadón del régimen pasado, y la otra media en el de las ideas novísimas...

«¡Ah, según eso —exclamó Paúl soltando la carcajada—, usted es de los del balancín! Bonita generación de muchachos tenemos... Nada, que estamos a lo práctico. ¿Le ha dado a usted Prim un destinillo? Bien, hijo: por ese camino se va a la gloria. No ha cambiado usted poco desde que le vi en casa de Fernando Garrido... Claro: en casa de aquel amigo no hacía usted nada. Allí no daban credenciales.»

La grosería impertinente del andaluz no podía ser tolerada. «Señor Paúl —le dijo Vicente con serena dignidad—, no he dado motivo a que usted me hable de ese modo. Si usted desconoce que estamos en una sociedad de personas bien educadas, le dejaremos que hable solo, y sus palabras serán para nosotros como un ruido más de las ruedas del tren.

—¡Ja, ja...! ¡Señoritos a mí! Dígame, pollo: ¿cuándo traen ustedes al bebé... Al inocente Alfonsito? ¿Ya están de acuerdo con *Pringue*?

—Señor Paúl, lo único que puedo y debo decir por ahora, es que usted no debe molestar a estas señoras. Si no lo entiende así, será preciso decírselo de otro modo.»

Lucila, viendo cómo se alborotaba su hijo, trató de calmarle con amonestaciones cariñosas, dichas a media voz. Pronunció *Sebo* frases conciliadoras. Vicente se movía en su asiento, cual si este fuera todo espinas. Paúl rezongaba en el opuesto ángulo, mascullando crudas ironías, y en esto se detuvo el tren en la estación de Burgos; abriose la portezuela, y entró un clérigo con maletín y una manta liada, dio las buenas noches y tomó asiento junto a Paúl. Cuando el tren proseguía su marcha, sacó de una de las maletas un gorro negro, y encasquetándoselo, se dispuso a envolver el traqueteo del viaje en un dulce sueño.

XX

Halconero se puso en pie y cubrió la luz mustia que alumbraba el departamento. En tono familiar, desvanecido ya o disimulado su enojo, dijo: «Caballeros, llegó la hora del silencio. Las señoras quieren descansar.» Refunfuñó Paúl, estirando su gorra hasta taparse los ojos; los demás callaron, y *Sebo* se atusó los espesos bigotes, tomando un aire ceremonioso ante la majestad del sueño.

Cambió Halconero de sitio con su madre, para que esta tuviese mayor lugar de descanso. Fabiana Jaime quedó entre Vicente y el clérigo, que era joven, bien parecido y de lucida estatura. Aunque este personaje viene a empalmar en la presente historia como un bulto durmiente, justo es que el narrador le consagre alguna referencia, diciendo que al tomar el tren en Burgos traía en el cuerpo cinco horas de coche desde Salas de los Infantes, y que la noche anterior no había dormido, por causas que se ignoran... Se consigna el hecho para que nadie extrañe que al caer en las blanduras del vagón quedara dormido como un tronco.

Nada digno de mención ocurrió hasta la hora de Ávila, donde daban a los viajeros diez minutos para desayunarse. Del coche descrito solo Paúl salió, y al volver carraspeando y renegando del frío, de Ávila y de Santa Teresa, despedía un tufo aguardentoso que tumbaba... Siguieron... Amaneció... En Villalba ya venían todos despiertos, con caras descoloridas y tristes del madrugón y del mal dormir; las señoras, arreglándose un poquito para la llegada; los caballeros, requiriendo los bultos y rehaciendo los líos de mantas...

Apenas penetraron en el vagón las primeras luces del día, el truculento Paúl tomó pie de unas palabras de *Sebo*, tocantes a la lentitud del tren y al mal servicio, para perorar en esta forma: «Aunque ese caballerito se incomode... y yo lo siento, porque le estimo, le considero... No puedo menos de afirmar que nuestro zarandeado país no saldrá de su miseria y de su ignorancia mientras no acabemos con la taifa de *gateras* que se han hecho pastores del rebaño español... Los que me oyen que sean empleados, rásquense... Ya sé que pico... y pico, porque digo las verdades.

—No sentimos picor, señor Paúl —dijo Halconero—, porque usted, con su violencia extremada, quita fuerza a sus diatribas. Hable usted de otro modo, y...»

Paúl interrumpió con esta cortante afirmación: «La vergüenza política no puede tener otro lenguaje que el mío. Yo sostengo todo lo que digo.

—Yo también... Y si no quiere usted llamar a esto vergüenza política, llámelo vergüenza privada, personal.»

Estas palabras y el reír descompuesto de Paúl agriaron de nuevo la conversación. Todos, menos el cura, que impasible y atento permanecía, dijeron algo para calmar los ánimos, y Lucila, encarándose con el andaluz, le soltó estas puntadas: «Caballero, deje usted en paz a los que vamos tranquilamente en este cajón del ferrocarril, sin otra idea que llegar vivos y sanos a nuestras casas, y póngase a predicar a los palos del telégrafo... Vea cómo van pasando uno tras otro... quiero decir, nosotros pasamos, y ellos nos miran quietos y calladitos... Pero si usted les dedica sus parletas, ellos las transmitirán por los alambres a todos los confines del mundo, y eso va usted ganando.»

Ante la bella señora se inclinó Paúl con respeto, y acató su donaire, pues era hombre de principios. «Yo, señora, hablaré con los palos del telégrafo si su hijo de usted me promete contar a las nubes lo que me ha dicho a mí. Cada uno es como es, y yo estoy en el mundo para decir verdades como puños, hasta que me oigan... y me oirán, créalo usted. Tengo la voz muy gruesa, y unos pulmones grandísimos, y un corazón que descompondría la romana si quisieran pesármelo por arrobas.

—Lo que usted tiene —dijo *Sebo* envalentonándose, fiado en la erizada insolencia de sus bigotes—, es mucho tupé, pero muchísimo tupé.

—Pues usted, caballero —replicó Paúl—, lo tiene mayor que el de Sagasta; solo que lo lleva en el labio superior, para infundir más miedo.

—Yo no provoco a nadie... Soy hombre de paz —dijo Portillo recogiendo velas y mordiéndose el mostacho como si quisiera comérselo—. Mi tupé consiste en cumplir con mi deber, sin meterme en dibujos... Soy jefe de Sección en el Gobierno civil...

—Por muchos años —dijo Paúl con mueca que a *Sebo* le pareció infernal—. Por muchos años, no; por muy pocos, señor mío, porque no tardaremos en limpiarle a usted el comedero.»

El cura sonrió, y Fabiana Jaime puso unos morros harto despectivos. Lucila requirió a su hijo para que arreglase maletas y mantas, pues ya se aproximaban a Las Rozas. Paúl, no queriendo terminar el viaje sin deshacerse de las ideas que congestionaban su mente, rompió en estas duras fanfarronadas: «Yo, que inicié la Revolución de septiembre, trato ahora de sacarla del atasco en que la han metido estos traidores. No me paro en barras. Yo grito: "Abajo la Monarquía llamada constitucional con sus *atributos esenciales* y su fausto escandaloso; abajo la Unidad católica con su clero oficial; abajo el Ejército activo con sus quintas y sus ordenanzas peores que la Inquisición; abajo el centralismo administrativo con su presupuesto absurdo y su burocracia insolente... ¡Fuera el Código civil, que sanciona las iniquidades, el despojo y el acaparamiento de la tierra y sus productos! ¡Fuera el Código penal con su garrote vil y su cadena perpetua, negación del derecho a la vida y obstáculo de la ley de perfectibilidad que dignifica a los hombres y a la sociedad!... Romperemos las tres cadenas del pueblo, que son: la Monarquía, la Iglesia privilegiada, el Código civil y penal. ¡Abajo lo existente y su antecedente! ¡Muera la historia!".

—Caballero —dijo Lucila valerosa, creyendo interpretar el sentir de los oyentes—, eso que usted se trae sería obra de romanos para muchos hombres de buena voluntad; para usted solo es obra temeraria, que quedará en pura pamplina. Tal mudanza solo puede hacerla Dios, y Dios no está por eso; al menos, no da señales de querer dar gusto a los revolucionarios rabiosos. Más bien tira del otro lado.

—Señora —respondió Paúl creciéndose al castigo—. Ya que habla usted de Dios, palabra que aún suena bien en boca de señoras, le diré que eso que yo llamo el *Gran Todo*, o con más propiedad *Lo desconocido*, no toca pito en nada de lo que hacemos o dejamos de hacer en nuestro mundo. Solo intervienen *las fuerzas naturales*, y estas, tratándose de política, ¿qué son más que el pueblo, el santo pueblo?»

Tapose el rostro Fabiana ruborizada de tales sacrilegios, y volviéndose luego al cura, que a su lado continuaba silencioso y risueño, le dijo: «Usted, padre, contéstele...»

Y el padre, dando al aire por primera vez en el curso del viaje su voz sonora, dejó a todos turulatos con esta rotunda declaración: «Estoy conforme con todo lo que ha dicho este caballero, con todo absolutamente.» Asombro y escándalo de señores y damas. Paúl, radiante, alargó al clérigo su mano diciéndole: «Choque, choque.»

Como habían pasado de Pozuelo, preparáronse todos para bajar del tren. Paúl guardó su gorra y se puso un sombrero blando de alas anchas. Su figura, sus patillas, su grueso chaquetón y su desgarro andaluz, dábanle las apariencias de un ganadero de toros.

En el andén apretujó la mano del clérigo, y este desapareció entre el gentío, llevándose sus bultos. Los señores de Portillo despidiéronse de Lucila con ofrecimiento de las respectivas casas, y el terrible demagogo cambió con Vicente palabras equívocas: «Hasta la vista, joven alfonsino. No le digo más. Soy Paúl y Angulo.» Y el otro replicó: «Mi nombre es Vicente Halconero. Si me necesita... *Segovia, 3.*» Algo más querían decirse; pero de la multitud salió don Ángel Cordero con los hermanitos de Vicente, y este se entregó a la familia, desentendiéndose del jerezano, que en el mismo instante fue cogido por los brazos de dos amigos, Ramón Cala y Pepe Guisasola.

Al tomar nuevamente posesión de Madrid, la primera visita de Halconero ya se comprende para quién fue; y por cierto que no halló bienandanzas en su presunta familia. El joven Demetrio, alumno en la Academia de Toledo, había pescado en el Tajo calenturas malignas, y allá se fueron Gracia y don Santiago... De mal talante estaba Pilarita, no solo por la dolencia de su primo, sino porque con tal motivo hubo de aplazarse la boda. Para mayor desdicha, avanzado el mes de octubre, la fiebre que el cadete padecía se agravó considerablemente. Demetria fue también a Toledo; las noticias que de allí venían no eran consoladoras. Pilarita encubría su destemplanza con la tristeza común a toda la familia.

«Me da el corazón —dijo a su novio un día, que debió de ser el de Santa Teresa (15 de octubre)—, que no nos casaremos hasta San Eugenio. En nuestra boda comeremos las bellotas del Pardo. A mí me gustan; ¿y a ti? Pues... A propósito de bellotas: ¿estás ya enterado de que al fin encontraron Rey? Sí, hijo; el duque de Aosta, que antes salió fallido y ahora parece que cuaja. Dicen que esta vez va de veras. ¿Conoces a Montemar? Pues ése es el que lleva las negociaciones directamente con Víctor Manuel.» Replicó Vicente que sería venturoso para España traer a reinar al caballeresco y liberal príncipe Amadeo de Saboya.

«Pues venga de una vez y acabemos con la jaqueca de los candidatos —dijo Pilar pensando en su *trousseau*, que era muy bonito, pero que corría el riesgo de anticuarse si no tocaban pronto a casorio—. Yo te aseguro que las marcas de los almohadones, con palomitas entre las letras, son de una novedad estupenda. Lo mismo digo del rebozo de las sábanas... ¿Pero en qué estoy yo pensando?... ¿De qué hablábamos? Perdona, hijo: ya ves cómo está mi pobre cabecita... Decíamos que el duque de Aosta...

—Mi cabeza no anda más concertada que la tuya, vida mía, y cuando hablábamos del nuevo Rey don Amadeo, pensaba yo en las hermosas vistas de nuestra casa en Claudio Coello, con vuelta a la calle de Alcalá. Ayer estuve un rato en el balcón del chaflán contemplando el Retiro. Es una delicia. Se ve parte del estanque... Se oye el rugido del león.

—¡Jesús, qué preciosidad! ¡El rugido del león! —exclamó Pilar, con centelleo de sus lindos ojos—. ¡Oír al león! ¡Qué acierto tuviste en la elección de casa! ¿Y cuándo, Vicentillo...? Ello ha de ser algún día, y vendrá ese don Amadeo, trayendo a España una paz deliciosa... También te digo que mis dos vestidos de sociedad son elegantísimos, y que el blanco de boda me lo pondré un día de estos para que lo veas y te quedes bizco.»

Con estas dulces tonterías iban pasando los tediosos días de espera...
En tanto, Vicente no se había olvidado del pobre Segismundo García, y
en cuanto tuvo una mañana disponible se fue al extremo de Embajadores,
seguro de hallarle en la barbería de Romualdo Cantera. Aún moraba en el
cuchitril que este le cediera meses antes; pero comía fuera de casa. Dio
Vicente algunas vueltas por el barrio, hasta que tuvo la suerte de encontrar
al propio Cantera que de las Peñuelas subía. Aquel buen hombre y bravo
miliciano, alegrándose mucho de verle y de serle útil, se brindó a llevarle a
donde Segismundo mataba su hambre, que era la taberna de *Tachuela*, en
la calle de Toledo, frente a la Fuentecilla. Como vía más expedita cogieron
la Ronda, y a cada paso encontraba Cantera correligionarios y amigos con
quienes, por exigencia de su popularidad, tenía que echar un párrafo.

El Cojo de las Peñuelas, que por tal mote se le nombraba, ejercía cierto
apostolado político en aquellos barrios. A cuantos le paraban en la calle
decía una palabra patriótica, pertinente al suceso del día. «Estén tranquilos...
Ese Rey italiano, ese *Macarroni*, no pisará las calles de Madrid.» Subiendo
por la de Toledo, frente al Matadero, el regatón de su pie de palo hería el
suelo con fuerza, y al duro choque soltaba chispas el pedernal del empe-
drado de cuña. A su encuentro salían matachines y jiferos con los mandiles
manchados de sangre; salían mondongueras hombrunas, vociferantes, y a
todos atendía y arengaba: «No temáis. El patriotismo no se duerme... Estaría
bueno que dejáramos entrar a ese Aosta o *langosta*. Italianos a la ópera...
Españoles a la República.»

En la taberna, que era la mayor y más lujosa del barrio, había poca gente.
El tabernero, Joaquín Balbona, más conocido por *Tachuela*, con su chaleco
de Bayona y sus manguitos de lanilla verde rayada de negro, campaba en el
mostrador forrado de latón, y servía copas a dos paletos. Risueño y cortés,
obsequió a los amigos con un par de *chatos*, y enterado del objeto de la
visita, dejó el despacho, y guiando hacia un cuarto interior, echó dentro
estas voces: «*Mundo*, aquí te busca un caballero.» Pasó Vicente, y Romualdo
quedó en el cuerpo principal del establecimiento, agregándose a un grupo
de parroquianos bulliciosos.

Segismundo celebró con alegría franca la presencia de su amigo, y
después de abrazarle, se dispuso a seguir comiendo. «No te convido —le

dijo—, porque estas miserias no son para ti... Ya ves: dos tajaditas de bacalao y un vaso de vino son hoy mi remedio. Me vengo a comer aquí porque este buen *Tachuela* me sirve por poco dinero, tan poco que no me cobra nada. Ya ves... Pocos hombres he conocido tan magnánimos. A más de gran patriota, es el mejor discípulo de Marco Aurelio, y como este, no quiere acostarse sin poder decir: «hoy he hecho algo en provecho del prójimo.» Con graciosa transición pasó el pícaro a diferente asunto.

«Te has sorprendido de verme otra vez con bigote. Sí, hijo: me quité la cara eclesiástica, que ya para nada me sirve. Conquisté a Donata... Aproveché unos días en que llovió sobre mí algún dinero... ya te diré cómo... La perseguí de iglesia en iglesia, hice el papel de amante desesperado... imité como un perfecto cómico los preliminares del suicidio... Al fin cayó. En una casucha escondida de la calle de Santiago el Verde, vivienda de una mujer amiga suya, especuladora en *caras de Dios*, *cilicios*, *reglas de San Benito* y *muelas de Santa Polonia*, conocí a Donata, quiero decir, que apuré sus congojas de amor... Es mujer arrebatada, y debajo de su misticismo apócrifo esconde un corazón bueno... Torcida vive en una vida irregular y estrambótica, bajo la férula de Domiciana, de quien no puedo decir si es mujer desaforada, o bruja que ha descubierto untos maravillosos para darse olor de santidad. ¡Peste del diablo!... Pues tres días tuve a Donata en mi poder, en silenciosos escondites de dos horas y media cada tarde. Al tercer día estaba dislocada por mí... No exagero... y la conciencia se le removió con el incendio de amor. Por cada ojo echaba un río de lágrimas, y abrazándome a mí con apretón tan fuerte que me trituraba los huesos, me decía: "Yo deseo ser tuya por toda la vida que me queda. Quiero que nos unamos para siempre; pero antes debo limpiarme de mis grandes pecados para darte una esposa enteramente pura. No conozco aquí fraile ni sacerdote con autoridad para perdonarme. Segismundo mío, si tú puedes allegar algún dinero, con eso y con lo poquito que yo poseo de mis ahorros, reuniremos lo preciso para irnos a Roma y echarnos a los pies del padre santo, pidiéndole un perdón general para los dos... perdón que de *fijo* tendríamos, y con él la licencia para casarnos santamente y ser los más felices, los más meritorios siervos de Dios".

»Yo le contesté así, *mutatis mutandis*: "Donata hermosa, mujer escogida, corazón sublime, yo haré cuanto quieras por lograr el bien inefable de la unión contigo. Mi anhelo es que juntos vivamos y muramos. Mas para proporcionarme esa cantidad que dices, necesitaré robarla... No podré proveerme de metálico más que por un hurto, más bien estafa picaresca y sutil. Y como eso sería, bien lo comprendes, añadir un pecado a los muchos y gordos que habremos de llevar a Roma, tú me dirás si aumentando la carga no corremos el riesgo de que se dificulte el lavado de nuestras almas...". Quedó ella perpleja, sumida en meditaciones, y llegado el momento de la separación, me despedí *hasta otro día*; y ello fue la del humo, querido Vicente, porque di por terminada mi aventura, y no volví. Como yo tuve buen cuidado de no darle las señas de mi casa, se acabó todo... Yo no había pretendido más que un triunfo sin consecuencias. Llegué, vencí, y a mi camaranchón a continuar viviendo la Historia de España.»

XXI

Condolido del mal traer de Segismundo y admirado de su ingenio, Halconero volvió en su busca al siguiente día, convidándole a un buen almuerzo en casa de Botín (Cuchilleros). El generoso amigo no se contentaba con matarle el hambre atrasada: era su propósito repararle totalmente, vestirle, devolverle a la familia y a la sociedad, para que tan lucido talento no se anegara en los remolinos de la plebe. No se mostró el perdulario muy conforme con aquel plan. En más estimaba su libertad, según dijo, que todos los bienes del mundo, y más dichoso le hacía el vulgo bajo que los demás vulgos que componen el conglomerado social. Sin hacer caso de estos coqueteos filosóficos, Vicente seguía en sus trece. Por de pronto, y mientras requerían un sastre que vistiera al desnudo, el amigo remedió a este con su ropa decorosamente, cosa bien hacedera, pues ambos tenían la misma talla y anchuras.

Pensaba Halconero solicitar la intervención del marqués de Beramendi para reconciliar al pícaro con sus padres; pero antes de que lo intentara, le disuadió de su buen propósito el propio Segismundo con su desatinada conducta. En los primeros días de noviembre, fue a visitarle en su vivienda de *Corinto*. Allí estaba el hombre afanado entre papeles y libros, que desordenadamente cubrían la mesa y parte del camastro. Sorprendió a Vicente ver a su amigo vestido con los pingajos que llevaba sobre su cuerpo el día del almuerzo en Botín, y antes que le pidiera explicaciones, Segismundo las dio terminantes con estos donosos conceptos:

«Ya, ya... Te asombras de no ver sobre mí las hermosas y casi nuevas prendas de vestir con que me obsequiaste. ¡Ay, querido Vicente! Si otra vez cubren mi esqueleto estos innobles guiñapos, débese, no a mi descuido, sino a mi acrisolada honradez. Sabrás que el *parné* que me diste para mi bolsillo tuve que traspasarlo al de unos feroces logreros, que me facilitaron fondos este verano con el módico rédito de una peseta por duro cada mes... Aquí donde me ves, pobre y casi desnudo, soy esclavo de mi palabra, cumplidor fiel de mis compromisos... Apenas llegó a mi bolsillo tu dinero, no pensé más que en pagar; pero como no me bastaba, ¿qué hice? pues depositar la ropa en los archivos de *Peñaranda*y volver a ponerme la vieja, con la cual, dígolo sin intención de molestarte, me encuentro muy a mis anchas, y en la plenitud de la holgura y comodidad.»

No sabía Vicente si reñir a su amigo o perdonarle, atendiendo al sinfín de desdichas que sobre él se acumulaban. Segismundo se hizo más digno de compasión, prosiguiendo así el relato de sus calamidades: «Pues no bastando lo que por tu ropa me dieron en las mazmorras de *Peñíscola*, me puse al trabajo, que en esta*apartada orilla* no deja de ser productivo. Yo me levanto muy temprano, y después de leer los *Diálogos Socráticos* de Platón, o las *Tusculanas* del amigo Marco Tulio, me pongo a trabajar. Verás en qué. Tengo un parroquiano, sacerdote muy ejemplar, pero más bruto que las bolas del Puente de Segovia, que se gana el cocido predicando en los pueblos de Parla, Fuenlabrada, Griñón y otros de esta ilustrada provincia. Es un zote incapaz de toda sintaxis y de toda literatura. Nos conocimos vagando en Gilimón; tuvo la sinceridad de confesarme sus dificultades para componer los sermones; brindeme yo a socorrerle de gramática y fraseología, y al fin convinimos en que yo le sacaría de apuros por el estipendio de diez reales cada pieza oratoria. El hombre quedó contentísimo, y yo más, pues con esa corta ganancia he podido bandearme en mis borrascas de verano y otoño.»

Diciendo esto, Segismundo revolvió con nerviosa mano los papeles que en la mesa y en la cama tenía, y encontrando algo de lo que ansiaba mostrar a su amigo, le dijo: «Para que veas cómo las gasto en el arte de la sagrada oratoria, emulando a Bossuet, a fray Luis de Granada y demás órganos del

Espíritu santo, aquí tienes los cartapacios de sermones que escribí para ese bienaventurado... Este es el que le hice para la fiesta del Rosario en Torrejón de la Calzada... Leeré yo. Hago el elogio de Santo Domingo de Guzmán, y digo... Escucha: "Contra los infames albigenses luchó Domingo, y salió victorioso. ¿Con qué armas? Con la persuasión, con la oración, con la santa y dulce caridad; *charitas gladium*... Y en memoria de triunfo tan grande, instituyó el *Santo Rosario*, que los píos fieles practican y practicarán hasta el fin de los siglos; *solvet saeclum*...". Y más adelante: "Apareció Domingo en medio de las tinieblas de la herejía, y con encendida antorcha las disipó... Dios bendijo tu santo Instituto, Domingo...". Le trato con esta confianza, *tú por tú*, porque así es costumbre en la literatura sermonaria.»

En esto, la puerta se abrió con estridente ruido, y en su hueco apareció una bestia feroz con trazas de mujer, desgreñada, bigotuda, alta de barriga, baja de pechos y estos colgantes como pellejos puestos a escurrir, los ojos bizcos, la trompa encarnada, la boca torcida y los pies en chanclas astrosas, vestida de sucio y armada de una escoba; bruja, en fin, truculenta, la cual echó de sus fauces estos desaforados gritos: «A ver, *don Chirimundo*, si me deja libre el cubil para tan siquiera un barrido. ¿Qué hace ahí nadando en papelorios, escribano de los demonios?... Salga, que van tres días sin arreglarle el cuarto...» Y esgrimiendo la escoba sobre las cabezas de los dos amigos, exclamó: «¡A ver si va a poder ser!

—Anda, Vicente —dijo Segismundo levantándose—; vámonos, que esta loba viene hoy de malas... ¡Ah, *Señángela*, si fuera yo hombre de trabuco en vez de ser hombre de pluma, ya la había puesto a usted patas arriba!... Hala, Vicente, a la calle, para que mi harpía me limpie el chiquero.» Y como aún tardaran en salir, porque Segismundo se detuvo a recoger papeles, la loba volvió a blandir la escoba, rugiendo con mayor coraje: «¡A ver si va a poder ser!

—Ahí te quedas, morcón infernal —dijo—. Por burla te llaman *Señángela*... Ya nos vamos; no pegues...»

Y como en el angosto pasillo, y bajando por la escalera desvencijada, continuara Segismundo denostando con bromas agrias a la mujerona, salió esta y descargó un escobazo en el barandal de la escalera, repitiendo su aullido: «¡A ver si va a poder ser!

—Ahí donde la ves —dijo Segismundo a su amigo cuando cogían la calle—, es buena y me quiere... Su fealdad puerca sirve para espantar a mis enemigos. Hace días, cuando vinieron a sofocarme los forajidos mensuales, a *peseta por duro*, la *Señángela* salió con su escoba, y uno fue rodando por las escaleras, y al otro le puso un ojo como un tomate. Estos bárbaros contrastes no hallarás fuera de los barrios pobres, donde labra hoy sus madrigueras el genio brutalmente paradójico de la raza. Pasearemos un poco, y para evitar el encuentro de pelmazos y preguntones, vámonos hacia los terraplenes que dominan el Gasómetro, lugar solitario, donde podremos filosofar a nuestras anchas...»

Aunque en aquella dirección no faltaron amigotes de Segismundo que les detenían y molestaban, *Cheparunda* y *el Mosca*, no les fue difícil sacudírselos, y hallaron al fin un grato aislamiento. Dijo Vicente que mientras no saliesen maestros o apóstoles que aleccionaran a la muchedumbre, y en ella infiltraran el sentido práctico, el vecindario del Sur sería un peligro para la paz pública. A esto replicó Segismundo que él, estudiando día y noche el sentir hondo y el vago pensar del pueblo, había sacado esta enseñanza: Como en las grandes crisis políticas de nada sirven las ideas si no vienen vaciadas en pasiones ardientes, la plebe del Sur cumplía muy bien su misión de poner al fuego las ideas para que hirvieran, y con su hervor fuesen cauterio del cuerpo social. La semilla lanzada por filósofos y pensadores no germina sino cuando cae en los cerebros y en las almas de los que más directamente soportan el mal humano, de los mal comidos y semidesnudos, de los que soportan todas las cargas y no gozan de ningún beneficio.

«Es cierto —dijo Vicente—; mas para que de las revoluciones salga vida eficaz, es preciso que se casen y procreen la fuerza pensante y la mecánica o impulsiva. De otro modo, todo es barullo estéril.

—Convenido... pero yo te digo que las fuerzas mecánicas están ya fecundadas por la idea, ¡bendita vesícula!... Y el nuevo ser vendrá. Tú lo has de ver, Vicente... Y ahora gocemos de este delicioso sitio. Sentémonos en este sillar, que nuestra imaginación, ya que no nuestras nalgas, convertirá en diván blandísimo; respiremos este polvo, y contemplemos las pintorescas basuras que por todas partes esmaltan el suelo y los edificios. Esparce tu vista a un lado y otro, y abarcarás un soberbio escenario, digno de sublimes dramas históricos. A la izquierda verás el caserío de las Peñuelas, que si humilde en la realidad, en nuestra retina se vuelve grandioso; a la derecha se destaca la hinchada cúpula de San Francisco, llamado *el Grande*, porque es algo menos que chico. Bajo aquellas bóvedas y techos pasaron a mejor vida multitud de reverendos frailes en el zafarrancho que tuvimos el año 34... Vuelve los ojos a esta otra parte y verás la Fábrica de Tabacos, que alberga la comunidad de cigarreras, alegría del pueblo y espanto de la autoridad. Si miras a lo lejos, verás el lindo telón de la Sierra y las enramadas que bordan las orillas del Manzanares, risueño y pobre.

—No niego que este paisaje tenga cierto encanto —dijo Halconero—. No es bello; es majo. Los guiñapos y el Sol le dan su colorido picante, y debe su majeza al desperdicio de las alegrías de Madrid, que caen todas hacia esta parte.

—Yo te aseguro, Vicente mío, que aquí me acomodo como una joya en su estuche. ¿Consistirá el encanto de estos arrabales en que a ellos vienen, como tú dices, las barreduras de las ideas y de los placeres de Madrid? Sea como quiera, yo amo esta vertiente, y la prefiero a lo de arriba, donde todo es artificio, importación y farándula... Pues reflexiona conmigo, y considera el sinnúmero de vidas españolas que alientan debajo de esos techos, debajo de los tenderetes y cobertizos que vemos desde aquí. Si pudieras examinarlas una a una, como yo, verías que particularmente y en conjunto todas esas almas abominan de los que nos traen ahora un Rey extranjero, un nuevo *Botellas*, aunque no sea bebedor; un *Intruso*, aunque venga por votos de 171 caballeros, si es que al fin tienen pecho para votarlo... Pues yo te digo que nuestra insigne plebe está cargada de razón, porque la razón no es privilegio de los *leídos y escribidos*, sino de los que conservan pura en sus entrañas bárbaras la fundamental idea de Patria y Libertad.

—Sobre esto no discutamos, Segismundo. Tú eres un hábil paradojista; tu ingenio escamotea las verdades.

—Yo estudio aquí la vida española en su estado elemental; yo veo lo que no ven los de arriba, engañados por su ambición, que sin quererlo ni pensarlo es la medula de su pensamiento. Esos... los hombres llamados públicos, los unos calvos y con lentes, los otros barbudos o con bigote y perilla, desconocen la vida elemental de España. El leer sin ton ni son libros o revistas extranjeras; el parlamentar como cotorras, han hecho de ellos hombres artificiales. De buena fe algunos, otros con las picardías que les sugiere su ambición de provechos personales, han llegado a suponerse poseedores de la clave política, y lo que poseen es un bastón como los que llevan los ciegos para guiarse en las tinieblas.

—Metafísico estás... Que me maten si te entiendo.

—Te lo explicaré mejor. Con la mano puesta sobre el corazón del pueblo, yo he meditado en el problema político; ya veo muy claro que la Gloriosa de septiembre fue tan solo el acopio de materiales para la revolución que piden a voces el alma y el cuerpo de nuestra raza. ¡Y ahora, de lo que no es más que preparativo, queremos hacer un estado permanente! ¿Has visto que todo el país se sacude y se agita con una exaltación formidable? Pues esa exaltación, esa fiebre, significan que España se siente dentro del período épico; sus convulsiones son la lucha contra los que quieren ahogar esa situación épica... Dime, ¿las revoluciones de los grandes pueblos, como Inglaterra y Francia, no son epopeyas? ¿Tú, que has leído tanta historia, no lo ves así, o es que a fuerza de leer has llegado a embotar tu entendimiento, y este acaba por ser pura curiosidad que se deleita en la superficie pintoresca de los grandes hechos humanos?»

Vicente le miraba sin chistar, y el pícaro prosiguió así:

«El pueblo español quiere constituirse en estado de epopeya, y no lo dudes, en prólogo épico estamos. Pronto aparecerá lo que faltó en las abortadas revoluciones del 54 y del 68: el elemento trágico. Si quieres ilustrarte sobre la fatal necesidad de la tragedia, lee las páginas inéditas del divino *Confusio*, que supo reconstruir el movimiento sedicioso del 20 al 23, rematándolo con el toque felicísimo de llevar al patíbulo a Fernando VII. Lee en historias verídicas el suplicio de otros tiranos, Carlos I de Inglaterra y Luis XVI de Francia, y verás que, para que tenga su natural desarrollo la epopeya hispana del siglo XIX, hemos de sacrificar altas vidas; que estas vidas han de ser inmoladas para dar cumplimiento al trágico designio de la fatalidad histórica... Y esta nos dice con acento de oráculo infalible: ¡Españoles, matad a Prim!»

XXII

Oída esta barbaridad, se levantó Vicente enojado y nervioso, diciendo: «Basta, Segismundo; hasta aquí llegaron las paradojas, las bromas o epigramas picarescos. Vámonos de aquí.»

Dio algunos pasos, pisando cascos de loza y vidrio, cortezas de naranja y cáscaras de piñones, mezcladas con el polvo y con escoria de fraguas. Tras él fue el amigo parafraseando sus últimas palabras: «Oye, Vicente; aguarda. ¿No somos literarios? ¿No tienes tú, como yo, atiborrado el cerebro de bellezas históricas y poemáticas? ¿No somos estéticos o amantes de lo bello? ¿Pues quién más hermoso que julio César, envolviéndose en la toga, cuando cae traspasado por la espada de Bruto?... Yo, bien lo sabes, soy incapaz de matar un mosquito, y al decir que Prim morirá, no hago más que reproducir el latido trágico de esta epopeya que viene, que avanza... Sus pisadas hacen temblar la tierra... Prim es el tirano; Prim quiere traernos esta pamplina del Rey constitucional, que reina y no gobierna; del Rey pantalla, tras el cual seguirá él gobernando y haciendo su voluntad... Esta traída de un italiano es como petardo puesto en el corazón del pueblo, que no conoce de Italia más que a los infelices saboyanos que vienen acá con arpas y organillos... Fíjate... toda la gente brava de estos barrios está que trina; no hablan más que de traición, de venta de España, y cada techo alberga un ciudadano que si no tiene trabuco, lo compra...

—Eres tú más literario que yo —dijo Vicente, que sin saber por dónde iba, se metió en las Américas—, y tienes la cabeza llena de lugares o temas estéticos, que no podemos aplicar a la vida real.

—Yo fui *libresco*; pero hace tiempo que me volví *humanesco*; he pulsado la vida, y mis libros son el pueblo. ¿Quieres instruirte en mi biblioteca? Pues vente a menudo acá, no de día, sino de noche, que nocturno es el culto de la Demagogia. No verás aquí masones con embeleco sacerdotal, sino hombres bien bragados con trabuco... Estamos en el Rastro: si quieres adquirir trabuco, carabina o pistolones, yo te llevaré a donde te sirvan lo bueno... Para el estudio ven de noche, como te digo. Iremos al templo de *Tachuela*, que ya conoces; subiremos luego hasta el santuario de Antón Martín, donde hay cada misa cantada que tiembla el misterio.»

Replicó Vicente que no gustaba de tales templos. Hablando del pueblo, dijo que reconocía su poder anímico, pero que las multitudes, movidas por la pasión o por la idea pasional, no podían dar de sí nada bueno si no eran regidas por un maestro, por un pastor inteligente... «Esto nos lo dice el sentido común... y la literatura.

—Aquí tenemos gente arisca y resuelta —dijo el pícaro—; corazones que aman la Patria y quieren servirla... pero como cabeza no tenemos más que la de *don José*, a quien los más siguen y obedecen.»

Comprendiendo Vicente que aquel don José, rabadán del rebaño patrioteril, era Paúl y Angulo, refirió a su amigo cómo le había conocido en el tren, y le calificó de tarambana y valentón de boquilla.

«Yo tengo a Paúl por hombre de talento y de corazón —dijo Segismundo—. El odio que ha tomado a Prim, no sé por qué, lo ha convertido en grito de guerra. Discurre bien cuando tiene la cabeza fresca; pero si se excede un poco en *los chatos* que suele tomar, ya le tienes perdido... Yo he visto en él rasgos de bondad admirables; le he visto también pasar de la dulzura de carácter a la grosería más soez. Por una palabra inocente se dispara, y al que le contradice le provoca y le desafía... Es gran tirador: yo recomiendo a sus amigos que no le hagan caso cuando le vean alumbrado por seis o siete copas, porque si van con él al terreno los despacha para el otro mundo en un decir Jesús.

—Rebaja un poco de la ferocidad de don José —dijo Halconero—. Esos valientes, con *chatos* o sin ellos, se acaban cuando les sale un hombre de dignidad que les arrea un par de bofetadas.

—Puede que tengas razón —indicó Segismundo—; pero hasta ahora, que yo sepa, ninguno le ha parado los pies al jerezano. En cambio, le he visto muchas noches en Antón Martín completamente sereno, diciendo la misa demagógica con gran sentido, y afinando bien la puntería... A mí me quiere... tiene debilidad por mí... Se ha empeñado en llevarme a su periódico *El Combate*, que se imprime en la Plaza de los Mostenses: allí tiene la redacción, con un trabuco detrás de cada puerta... Pero no me doy a partido... Aunque don José me ofrece un sueldo, no acabo de convencerme. Temo que ofrezca y no pague... y yo con mis sermones me defiendo y gano cuartos; que mi parroquiano el cura don Trinidad es tan mal gramático como buen pagador.»

Decían esto parados en la esquina de las Amazonas, donde acordaron separarse, el pícaro para ir a su comedero, la taberna de *Tachuela*; el otro en dirección de su casa. «Sí, chico —dijo Halconero—: no vayas al *Combate*, quédate por acá, en la dulce vida libre, escribiendo sermones... y yo te encargo uno dedicado a Santa Catalina, pues para esa fecha se ha fijado mi boda... Aplazada ya dos veces. Y en pago de ese sermón toma cinco duros.»

Cogió Segismundo la moneda de oro, y ademán hizo de besarla guasonamente. «Dios te lo pague y te lo aumente, amigo del alma; y que *Catalina*... Con esta confianza trato yo a todos los santos del Cielo... que *Catalina* te traiga en su día una buena boda, y asegure tu felicidad con masculina sucesión... Adiós, adiós.»

Siguió Vicente por la cabecera del Rastro, sumergido en vagas meditaciones. El pueblo español padecía de una honda enfermedad del juicio: loco estaba el Patriotismo, loca perdida la Libertad, y el año venía con una sarta de locuras trágicas engarzadas una en otra, como cuentas de rosario. Perdido de la cabeza estaba Segismundo, rematados Paúl y los brutos que le seguían.

Pero aún tenía que ver otro ejemplo vivo del desbarajuste mental de la sociedad, y ello fue al pasar por la calle de los Estudios. Absorto quedó ante un caballero y una señora que hacia él venían de bracete. La mujer era Donata; en el galán reconoció al clérigo que había tenido por compañero en el ferrocarril desde Burgos a Madrid... Al apartarse para dejarles la acera, se fijó en el sujeto. No podía dudar; era el mismo: alto, guapo, con traje oscuro de paisano, la cara sin afeitar, no por desaseo, sino por determinación de dejarse la barba. Pasaron... El caballero sacerdote saludó a Vicente con expresivo sombrerazo, y la graciosa beata volvió su rostro hacia la pared, para ocultar el *pavo* que hasta la raíz del pelo le subía...

Detúvose Halconero para verles de espaldas, y advirtió que se entretenían ante las tiendas que en la tal calle exhiben el tráfico de baúles y maletas, y examinaban el género con atención que delataba tendencias emigratorias. «Estos pájaros —pensó Vicente— rompen por todo, y para vivir a sus anchas quieren cambiar de aires...» Lo primero que hizo el joven al llegar a casa fue contar a su madre lo que acababa de ver, y Lucila, soltando la risa, le dijo: «Yo también les he visto esta mañana en una tienda de Santa Cruz. Me quedé pasmada, y él me reconoció, saludándome con una reverencia... Ella se probaba un abrigo, un *sobretodo* para viaje. No sé si al fin compraron, porque yo me marché... Dirás tú que ella y él son un par de sinvergüenzas. Yo me callo... No, callar no... yo te digo que si predicáis y pedís libertad, esta no ha de consistir tan solo en dorar las cadenas. Y otra cosa te digo: «La libertad menos mala es la que no tiene tratos con la hipocresía.»

Almorzaron; llegó a la sobremesa Enrique Bravo, y suscitada conversación sobre el mismo asunto, el amigo dio más informes de la pareja sacrílega, pues al clérigo conocía, y dos días antes habló con él largamente. Llamábase don Andrés de Romeral; era hombre de mérito, pues en su espíritu se juntaban la doctrina severa y la dulce amenidad. Descolló en estudios teológicos, fue brillante alumno del Sacro Monte; después ganó en lucido certamen la Penitenciaría de Burgos. A estas evidentes galas del cacumen añadía Romeral su destreza en tañer la guitarra, su gracia para contar chascarrillos, su don de gentes y el despejo que en el comercio social mostraba. Amores tuvo con Donata, en tiempos no remotos que el narrador no podía precisar; solo sabía que *la ecuménica* le guardaba fidelidad relativa en el sagrario de su corazón.

Los vientos de libertad trastornaron a don Andrés; se sentía varón, y de añadidura guapo, y dotado de espirituales atractivos. Viviendo y pensando, fue a dar en la tecla de hacerse protestante, que era un pastoreo compatible con los melindres de la carne. Hombre de recia voluntad, no se anduvo en chiquitas para su apostasía. Rompió con la Iglesia como quien se despoja de un calzado molesto, y de la noche a la mañana, pisando hablillas y dándosele un ardite de la disciplina, hizo su evolución. «Porque esto, querido Vicente —añadió Bravo—, no es más que la evolución natural de las conciencias, conforme a los grandes principios de septiembre. Romeral, según me ha dicho, se irá uno de estos días a Gibraltar con su coima. Allí se casarán, y luego... América es grande... Las paletadas de la hélice de los vapores, *pim*, *pam*, cantan: «¡Libertad, libertad!»

Horas después, cuando acompañaba Enrique al amigo hasta la casa de su novia, hablaron de otra evolución no menos extraña que la del cura Romeral, solo que era en sentido contrario. A los oídos de Vicente había llegado el rumor de que Bravito evolucionaba resueltamente hacia la Monarquía. Interrogó el amigo al amigo, y este, con gallarda valentía y sinceridad, confesó de plano. Se había visto constreñido a la defección por los aprietos de la vida, que ahogaban las ideas. «Las ideas no dan de comer, ni con ellas se paga la pensión de una madre loca recluida en un manicomio, ni se atiende a un padre paralítico, y a tres hermanos pequeños que necesitan educación... Amén de otras mil urgencias que le agobian a uno... y atrasadas trampas que crecen como la espuma.» Esclareció su informe declarando que al cambio de casaca le había llevado su amigo el gobernador don Juan Moreno Benítez, íntimo de Prim, y uno de los hombres más simpáticos y más caballeros de la situación... Según dijo Vicente, corrían voces de que el corredor o intermediario entre Bravito y Moreno Benítez había sido Ducazcal. Negolo el interfecto, agregando que aunque era amigo de Felipe, ni este medió en el asunto, ni el paso atrás significaba ingreso en la temida y execrable *Porra*. Terminó Enrique su confesión, manifestando, como descargo de conciencia, que la traída de don Amadeo al trono de España, era una solución conciliadora, que satisfacía por el pronto los anhelos democráticos del país. «Contentémonos con lo posible, y no vivamos en la expectación de ideales utópicos. El don Amadeo, según dicen, es un príncipe liberal, y con él tendremos un monarquismo templado, que casi casi será una República coronada, a estilo de la Monarquía inglesa.»

Esto decía Bravo, entrando ya en la calle del Barquillo, cuando vieron los amigos que hacia ellos venían las *ecuménicas*, ya reducidas a dos por la voltereta de la ojerosa y sentimental Donata. Con súbito presagio, al recibir de frente el flechazo siniestro de la mirada de Domiciana, dijo Halconero: «Alguna desgracia nos anuncian las dos *Parcas* que quedan.»

Pasaron moviendo con sus negras faldas una ola de aire, no tan frío como el acero de sus miradas. Bravo dijo: «La corneja mayor, la infernal Domiciana está que echa lumbres por la fuga de su compañera... Cree que tú y Segismundo habéis tenido alguna parte en la captación de Donata y en su traspaso al cura Romeral... Ha intentado echarle la zarpa y volverla a su esclavitud... Sabe que Romeral anda en amistades con Paúl y Angulo, y no se ha recatado de hocicar con este... Me consta que Paúl la mandó a paseo. Lo sé por Montesinos y Gabiola, amigos íntimos del jerezano.» Replicó Vicente que si odiosa era para él la*ecuménica*, no lo era menos, por otro estilo, el desaforado, el vesánico Paúl.

Por sucesivos encadenamientos lógicos hablaron de política, y convinieron en que la elección de Rey en las Cortes sería un capital acontecimiento, y un nuevo triunfo que Prim apuntaría entre los mejores de su vida heroica. Y por otra lógica derivación del diálogo se trató de la boda. Dijo Halconero con alegría franca que ya no habría más aplazamientos. Mostrose Bravo delicadamente envidioso de tanta ventura. En esta sociedad formada de mogollón y a puñetazos, unos lo tenían todo, otros nada. La desamortización no había hecho más que cambiar los términos de la desigualdad. Aumentaba el número de ricos, y en las clases inferiores aparecía un nuevo grupo miserable, que era el proletariado de levita y botas de charol. Para esta infeliz caterva social, no había otro refugio que la burocracia. Las oficinas eran conventos modernizados en que hallaban techo y sopa los segundones de esta edad funesta... A la burocracia o *pan-funcionarismo* había que atenerse.

«¿Sabes lo que me ofrecen por mi resellamiento? —añadió Bravo casi con lágrimas en los ojos—. Pues la secretaría de un Gobierno de provincia, o un destino en Cuba, a elegir. Aunque no siento ganas de *pasar el charco*, quizás me convenga alejar de Madrid todo lo posible este oprobio que me han traído mis desgracias... Querido Vicente, estoy pasando amarguras de que tú, el mimado de la suerte, no puedes tener idea. Ya no entro en ningún café, ya no voy al teatro... El temor de encontrar amigos que me zahieran o me insulten, me retrae de la sociedad que siempre fue más de mi gusto...»

El bondadoso Vicente le dio ánimos y consuelo. En España tenemos un singular rocío de olvido, que desciende benéficamente del cielo sobre las inconsecuencias políticas, y las hace desaparecer sin que quede rastro de ellas... Se despidieron al fin, quedando en verse a la noche siguiente, cuando Halconero saliese de la casa de su novia. A la misma hora saldría Bravito del nido en que tenía la suya, una linda muchacha, con quien estaba casado en vigésimas nupcias *por detrás de la iglesia*. Si admitía el destino en Cuba, la llevaría consigo... Como la tal moraba en la calle de Regueros, se reunirían los dos amigos a lo largo de la del Barquillo, a la hora bien determinada, y se irían a parlotear a una extraviada chocolatería, donde no topasen con ser viviente de los que causaban espanto al desdichado Bravito.

Así lo hicieron: las diez y media serían cuando Halconero y Bravo iban de pájaros nocturnos por la calle de San Mateo, de la cual pasaron a la de la Palma. Pero con tal desdicha o mala intención guió sus pasos la fatalidad, que huyendo del perejil cayeron en él de cabeza. Todo les salió al revés de lo que pensaban, y donde creyeron encontrar paz, hallaron querella y bronca. Iba diciendo Bravito: «En esta calle, un poco más allá, tenemos una chocolatería que por lo tranquila es una sucursal del cielo», cuando se vieron interrumpidos en su marcha por un tropel de gente bulliciosa, que de la Costanilla de San Andrés desembocó en la calle de la Palma. Eran unos ocho, lo más diez sujetos; pero alborotaban por ochenta.

No les valió a los amigos detenerse para dejar paso libre al tumulto. Venían dos delante como batidores, embozados hasta los ojos; los demás en desorden, graznando y riendo, con alegría tabernaria. Pasaron los primeros. De los que seguían se destacó uno que, reconociendo a Bravo, le abordó con burlas y ademanes descompuestos: «¡Hola, *don Gaita* o *don Judas!*» Y otro se arrimó también desembozándose, y dejó ver un rostro inyectado de sangre y unos ojos chispos. De los pliegues de la capa salió el cañón de un trabuco, y de la boca del hombre este disparo: «Dile al traidor Sagasta que esta noche le vamos a descacharrar la *Porra*... Dale el recado de mi parte, de parte de Paco Huertas... Ya me conoce.» Y vino un tercero y dijo: «Eres Bravo el vendido... So monárquico, ¿ya no saludas a los que fueron tus amigos? Yo soy Paco Robles, y te desprecio...» «Sigan su camino —gritó Halconero—, y déjennos en paz.»

Uno que a distancia iba ya, retrocedió en aquel instante, y plantándose en el grupo dejó ver su faz picada de viruelas, sanguinosa, sus gafas azules, su aire bravucón y desenvuelto, sin capa ni trabuco, con solo un palo que esgrimía para marcar con acento irónico y brutal estas roncas palabras: «¡Caray, si son los niños de la aristocracia del pavo!... ¿A dónde vais, *paví-paví?* ¿Sois de la *Porra?* ¿Besáis el faldón sucio de Felipe Ducazcal? Tú, Halconerín, no andes en compañía de este lambión... Tú eres rico, tú harás carrera, por tener madre guapa. No hay como gastar madre hermosa para echar buen pelo... Por el marido de tu madre te llamas Halconero... pero nadie, ni ella misma, sabe de quién eres hijo.»

Con terrible rugido se abalanzó Vicente hacia Paúl, y sus manos casi tocaron el pescuezo del jerezano; pero este se apartó con viveza, soltando carcajada de insolente desprecio, y rodeado de algunos de los suyos, siguió calle adelante. Quiso Halconero correr tras él... El llamado Huertas le detuvo con vigorosa mano, gruñendo así: «Aguántate, niño, y sigue tu camino...» Pero el pobre caballero, fuera de sí, trataba de desasirse de Huertas y del mismo Bravo, y no cesaba de gritar con toda su voz: «¡Canalla, cobarde, borrachín... Déjame arrancarte esa lengua asquerosa!»

XXIII

Solos al fin Halconero y Enrique, este seguía encadenando con sus dos brazos al amigo, que, poseído de frenética indignación, no se arredraba ante el número y fuerza superior de la mesnada de Paúl. «¿Pero estás loco? ¿Qué podemos nosotros contra esa cuadrilla de bárbaros armados de trabuco? ¿Traes revólver?... ¿No?... Pues yo sí, y no lo saqué, porque de nada me habría servido... Cálmate, y reflexiona. En rigor, no debes considerarte agraviado por las palabras soeces de un hombre que trae esta noche dentro del buche una bodega tan grande como las que tuvo en Jerez. ¿Qué adelantas ahora con provocarle si él había de poder más que tú?... Lo que te digo. Las injurias de ese botarate no deshonran más que al mismo que las pronuncia.»

No cedía la furia de Vicente; pero la descomunal tensión muscular y nerviosa tocó a su fin, y el hombre habría caído al suelo si su amigo no le sostuviera. «Busca donde pueda sentarme», murmuró Halconero, agotado el aliento... La iglesia de Maravillas les ofreció los escalones de su puerta berroqueña, y allí se sentaron los dos. «Descansa; vuelve a la razón —le dijo Bravo—. Podemos retar a un enemigo insolente; pero a un loco de atar no... Y un loco embriagado carece de personalidad.» «Pues que lo diga —replicó Halconero, con respiración—. Declárese irresponsable; eche la culpa al vino... Cante la palinodia... y pida perdón...

—Eso no lo hará. Es tan soberbio como provocativo. Buscaremos la intervención de amigos suyos de los más adictos, como Balbona, Montesinos,

Quintín, y no será difícil que consigan de ese bruto una explicación franca...»
Sosteniendo su cabeza con ambas manos, perdida la mirada en la oscuridad de la calle, permaneció Vicente como esfinge un mediano rato sin dar respuesta al amigo. Este oyó al fin palabras dichas con estoica frialdad. «Déjate de pasteleos indignos y de parlamentar con facinerosos. Mañana, tan seguro como hay Dios, busco yo al miserable que me ha ofendido, y él y yo solos ajustaremos esta cuenta.

—Considera, querido Vicente, que estás a punto de casarte...

—Yo no me caso si antes no mato a ese hombre, o me mata él a mí. Me ha herido en lo más vivo del alma. Con cien vidas de él no quedaría mi honor bastante satisfecho... ¿Qué hora es? Será muy tarde. Las once y media escasamente... No te empeñes ahora en llevarme a cafés o chocolaterías... No podré distraerme con nada, ni comer ni beber... Dentro de mí se ha metido de repente una idea, un bulto, un mundo... No sé cómo decírtelo; y mientras no eche de mí esa idea, esa pasión o lo que fuere, mi existencia está interrumpida. A donde voy ahora es a mi casa... y no a dormir; me será imposible. Quiero estar junto a mi madre... Sentirla cerca de mí aunque no la vea...»

Poco después, andando los dos taciturnos hacia la calle de Segovia, que era largo camino, Vicente rompió el silencio para decir a su amigo: «Cuidado, Enrique; cuidado con contar a mi madre el suceso de esta noche. Desde ahora te advierto que si hablas de esto a mi madre, perderás el único amigo que te queda... Más te digo: seré tu enemigo irreconciliable.» Con medias palabras prometió Bravo callar, y al despedirse dejó en la puerta su promesa vaga, y se retiró con sus reservas hondas.

En vela estuvo Halconero toda la noche, viendo la inmensa procesión que no acababa de pasar por dentro de su espíritu; procesión de agravio recibido, de honor no satisfecho, de amor a su madre, de odio a su enemigo, del forzoso escarmiento que había de seguir a la soez injuria. Examinándose a sí mismo, vio llegada la gran crisis de su existencia. Hasta entonces había vivido en pasiva normalidad, arrimadito a las faldas de una madre amantísima. Sus necesidades, desde lo elemental hasta lo superfluo, estaban plenamente satisfechas; todo lo recibía de la incansable providencia materna: el vivir sereno y sin fatigas, la ilustración fácil y el solaz literario, los amores. Si estos fueron desgraciados con Fernanda, felices eran con Pilarita. Con esta le daban esposa linda, buena, rica y de familia ilustre. Bienes tan eficaces no alteraron ni en un punto la pasividad del hijo de Lucila, que con hechuras y estampa de hombre se perpetuaba en la niñez, dulcemente mimado por la madre, por los amigos, por la sociedad.

Pero ¡ay! que de pronto surgió en el Limbo infantil el momento de la virilidad activa; apareció el caso en que había de decidir Vicente si era hombre completo o no lo era. Hasta entonces no se le presentó ocasión de conocer en sí el más claro signo de la voluntad humana, que es el valor, con sus facetas de dignidad, de firmeza estoica, de menosprecio de la vida. Reconoció que al llegar ocasión tan solemne no se sentía débil, sino por el contrario asistido de una vigorosa fuerza interior, y el copioso archivo literario que llevaba en su cerebro no le estorbó para lanzarse camino de la bravura y aun del heroísmo, antes bien le alentaba, le esclarecía con rutilantes ejemplos.

En resolución, castigaría con prontitud, dureza y crueldad proporcionadas al agravio, la insolencia de su enemigo. Sin ceder en su fiero propósito, veía bien claro que se colocaba en un terreno divisorio entre la vida y la muerte, con más probabilidades de muerte que de vida. Porque el plan de Vicentito era ir enteramente solo al escarmiento de Paúl, sin padrinos ni médicos, despreciando la tramitación caballeresca y en cierto modo elegante de los lances de honor.

Aunque Bravito prometió no informar a Lucila del suceso de la calle de la Palma, no estaba Vicente seguro de que el amigo cumpliera. Temía que con miras de sentimentalismo ñoño, Enrique faltase a la discreción... ¿Qué hacer? Bien sabía que Bravo se levantaba muy tarde. Determinó, pues, el improvisado paladín echarse fuera de casa antes que el oficioso amigo llegara, y esto no había de ser hasta mediodía. Con el embuste de que Beramendi le había convidado a almorzar, despidiose de Lucila, diciéndole que no le esperase hasta la noche... ¡Oh, qué dolor ver la cara de la celtíbera, que en el hijo clavó sus ojos con cierta lumbre patética y recelosa! Al salir intentó Vicente sofocar su pena con fortísima presión de la voluntad. «Mi madre —pensaba—, se ha puesto hoy la cara trágica... ¿Sospechará?» La idea de que tal vez no la vería más le puso por un momento en consternación desgarradora, determinando en él un punzante cariño a la vida... ¡Fuera, fuera melindres! ¿Qué valía la vida sin honor?

En el café Oriental tomó un tente en pie, y después se fue a divagar por el Prado y Retiro, sin otro móvil que hacer tiempo hasta la hora en que solía visitar a su novia. En la casa de esta entró a las cuatro, después de un prolijo estudio de histrionismo para ponerse máscara y ademanes de alegría, que no dejasen traslucir el sorteo de vida o muerte que llevaba en su alma. Y tan bien hizo su papel de hombre sereno y feliz, que Pilarita no sorprendió en él la menor sombra de inquietud. Hablaron... De lo mismo, del día dichoso, solo separado del presente por una semana cachazuda, que deslizaba sus instantes con lentitud de caracol...

Llevaba Halconero bien guardado un revólver que le regaló meses antes su tío Leoncio, dueño a la sazón de un hermoso almacén y taller de armería. Vicente no había usado nunca el arma, que era del mejor sistema conocido entonces, y en tan buena ocasión pensaba estrenarla dignamente... Quedó, pues, Pilarita engañada por la bien fingida serenidad de su prometido, que supo sustraer a toda sospecha el conflicto anímico y el instrumento de muerte. En la despedida, con promesa de volver por la noche, la señorita vio partir a su novio tranquila y risueña, prolongando su alma en pos de la de él con un cariñoso *hasta luego*.

Bajó Halconero rápidamente los primeros peldaños de la escalera, como si se precipitase al fondo de un abismo; mas de pronto se paró sacudido por un lúgubre pensamiento. «¡Ay, Pilar, Pilar, mujer mía! Noventa y nueve probabilidades contra una me dicen que no te veré más... Pero ¿es esto posible? ¡Y tan posible!... No te veré más... No seré tu marido; quedarás viuda antes de casada.» Y al pensarlo dio tan fuerte golpe con la mano en el barandal de la escalera, que esta se estremeció en toda su angulosa longitud de abajo arriba. Por un instante vaciló su ánimo, acogiéndose a la idea del desistimiento de su aventura... ¿No sería mejor aplazarla para después de la boda? Así quedaría Pilar en viudez legal y canónica, no en la desabrida situación de viuda soltera... En el trastorno de su mente llegó a creer que, si consultaba el caso con su futura, esta opinaría lo mismo.

Al coger calle, se afianzó Vicente en su resolución caballeresca. El aplazamiento era una cobardía... Y en buena lógica, ¿por qué habían de ser noventa y nueve las probabilidades de muerte? Bien pudieran ser cincuenta, mitad por mitad entre la muerte y la vida. Sobre todos los cálculos en casos tales, se cernía con las alas extendidas el ave misteriosa de lo imprevisto, la fatalidad, que lo mismo podía ser desdichada que favorable... Metiose por calles transversales para llegar a Recoletos, y seguir luego por la Castellana, recorriéndola toda sin otra idea que hacer tiempo hasta las diez de la noche, hora infalible para encontrar a Paúl en la redacción de *El Combate*.

En nocturno paseo por rondas y proyectadas vías fue dejando minutos, horas, y cuando se aproximaban las diez entraba en la calle Ancha de San Bernardo por la de las Navas de Tolosa. Despacito avanzó hacia el fin de su caminata. Por la calle de las Beatas hizo su entrada en los Mostenses. Antes de dirigirse a la redacción, en la esquina de la escalinata que conduce a la travesía de la Parada, dio la vuelta a los tinglados de la plaza por el Oeste, con el fin de reconocer el terreno; cruzó frente a la calle del Álamo; detúvose en la rinconada; en la bocacalle de la travesía del Conservatorio vio dos bultos que guardaban las esquinas. Nada de esto extrañó a Vicente, pues ya sabía que los mesnaderos de Paúl guarnecían la redacción, diariamente vigilada por la policía y a veces asaltada por la Partida de *la Porra*. Uno de los bultos que custodiaban la callejuela, dejaba ver su rostro: Vicente creyó reconocer al ferocísimo, al membrudo y peludo Paco Huertas; pero no podría jurar que fuese él... Al dar la vuelta, vio en la esquina de la calle del Rosal a otro individuo, que por lo hinchado del embozo debía de llevar trabuco bajo la capa. No se le despintó a Vicente la cara de aquel tipo. Era uno de los Quintines, héroe con Paco Huertas de la barricada del 22 de junio en Antón Martín.

Entró en la casa de *El Combate* por una pieza baja en que tenían el cierre y despacho para la venta de números. El recinto estaba oscuro, y en él había hombres y muchachos cuya condición y oficio no era fácil precisar. Tipógrafos no eran, porque el periódico se componía y tiraba en la imprenta de Tello, *Isabel la Católica, 23*. Un chico señaló a Vicente la escalera que a la redacción conducía. Subiendo por ella topó el joven con un hombre conocido que bajaba. Era *Tachuela*, el dueño de la taberna donde comía Segismundo. Repitió Vicente su pretensión de ver sin demora al señor Paúl, y el tabernero, fluctuando entre la desconfianza y la cortesía, le dijo: «No sé si podrá verle. Está trabajando... Suba y pregunte, que don José recibe siempre a los amigos... y a los enemigos.»

Peldaños arriba, Halconero tuvo una lúcida visión, hechura de su considerable saber histórico y literario. Y pensando que no era muy airoso compararse a una mujer, aunque esta fuese grande heroína, se comparó con Carlota Corday cuando subía la escalera de la casa de Marat, hasta llegar, guiada por la sirvienta, a la estancia en que el brutal revolucionario y libelista aguardaba la muerte, metido en su baño... Apenas llegó arriba, vio Halconero la claridad de un aposento, y en este al terrible Paúl, no en el baño, sino escribiendo, encorvado sobre una mesa bajo la luz de un quinqué colgante... Junto a él, en pie, estaba el diputado federal jerezano Ramón Cala.

Sin pedir permiso ni andar en etiquetas, Halconero se coló dentro de la salita. El director y el redactor de *El Combate* le miraron sin gran extrañeza, quizás por estar hechos a las visitas de sorpresa, sin previa licencia de entrada. Después de mirarle, atendieron a lo suyo. Dichas por Paúl algunas palabras al redactor, este se retiró a una estancia próxima, concediendo a Vicente una sonrisa benévola.

Alzó Paúl los ojos de lo que escribía, dejando salir de su boca una interrogación rutinaria, sin interés: «¿Qué se le ofrece, caballero?...

—Yo creí —dijo Halconero firme de acento y sereno de rostro—, que bastaba mi presencia para que usted comprendiera...

—Pues no caigo... pero, en fin, señor mío, con decírmelo usted salimos de dudas... Dispénseme un momento. Déjeme acabar este sueltecillo... Cuestión de medio minuto... y luego hablaremos todo lo que usted quiera.»

Con un monosílabo asintió Vicente, y en la corta espera, viendo y oyendo el rasguear de la pluma del jerezano, pensaba que este se hallaba completamente fresco, y que la hora del copeo no había llegado aún.

Terminó Paúl en breve tiempo su trabajo; dio un silbido; vino un chico de la imprenta, en cuyas manos negras puso las cuartillas, con una orden seca, y...

«Pues usted dirá... ¿Por qué no se sienta?

—Gracias: estoy bien así... Si no comprende usted a qué vengo, es que ha perdido completamente la memoria...

—¿A ver, a ver?

—Perder la memoria de anoche acá, es cosa incomprensible, a no ser que usted se quite la memoria cuando le conviene, como se quita uno los guantes o el sombrero.

—¿A ver?... Explíquese mejor», dijo Paúl fríamente, sacando su revólver y poniéndolo sobre la mesa, junto a las cuartillas en blanco.

Halconero requirió en su bolsillo el arma que traía, y sin sacarla, sacó del pecho estas graves razones: «Yo le avivaré la memoria diciéndole que anoche nos cruzamos usted y yo en la calle de la Palma. Usted llevaba consigo un tropel de gente; yo iba con Enrique Bravo. Los amigos de usted se permitieron insultar a Enrique. Luego, usted, sin la menor provocación de mi parte, vino hacia mí, y con formas soeces me injurió... Personalmente no me hacían gran mella sus ofensas; pero usted injurió también a la primera señora del mundo, que para mí es mi madre, y esto no se lo tolero yo a ningún nacido. Vengo, pues, a que usted se trague todo lo que dijo, o de lo contrario tendré que romperle la crisma, exponiéndome, como es natural, a que usted me la rompa a mí.

—Bien, joven —replicó el hombre terrible tirándose hacia atrás en el sillón, con sonrisa más guasona que iracunda—. Así me gusta a mí la gente. Estoy a sus órdenes. Elija dos amigos que vengan a tratar con los míos las condiciones del lance...

—La magnitud del agravio me manda prescindir de esa farsa, de las formas y etiquetas del duelo. Sin testigos nos entenderemos mejor usted y yo... Y si no se aviene a que nos matemos con esta sencillez primitiva, me veré en la precisión de asesinarle... Decida pronto.

—Decido que sí... que se hará como lo desea el chico de Halconero —afirmó Paúl echándose adelante...—. Quiero ver si es usted un hombre, aunque el verlo me cueste la pena de matarle, con lo que haré a su señora madre daño mayor que el causado por las palabras que de ella dije... palabras y ofensas de que no me acuerdo, ¡caray!... puede creérmelo.

—¡Lo niega, lo niega y se desdice ahora! —exclamó Vicente con mayor coraje.

—No niego, señor mío —replicó Paúl flemático en grado sumo—. Digo que no me acuerdo; pero pues usted afirma que dije esto y lo otro y no sé qué, yo lo doy por cierto. Me basta su testimonio, y ya ve que hago honor a su palabra... Nada, nada: nos batiremos en esa forma primitiva que desea, forma verdaderamente trágica y hermosa... Se asombrará usted si le digo que empiezo a sentirme cansado de la vida... ¡Esta lucha, esta tensión continua...! Lo peor será que el instinto de defensa pueda más que mi cansancio, y que le mate a usted... Por muy bien que tire el chico de Halconero, yo tiro más... Nada: lo dicho, dicho... Me parece que no hay prisa, que podemos esperar a la madrugada. En cuanto yo cierre el periódico, estaré a su disposición... Tome asiento, espere, o vuelva por aquí: como usted guste.»

Dijo Vicente que esperaría, y cuando con heroica paciencia se sentaba en la silla más próxima, entró Ramón Cala con cuartillas que había de someter a su amigo. Después de examinarlas rápidamente, Paúl dijo a Cala: «Este señor viene a desafiarme por palabras que, según él, pronuncié anoche... palabras ofensivas para su madre... ¿Tú te acuerdas?»

Ramón Cala, que debajo de la fiereza revolucionaria y de los arrestos demagógicos ocultaba una bondad angelical, se explicó en esta forma: «Palabras, sí, que no tienen ningún valor... Dichas en momentos de abandono y alegría... Alegría que sale de los vapores de la cabeza, levantados por unas copas de más... ¿Y por eso quieren matarse?» Llegose a Vicente, y agraciándole con una sonrisa y un palmetazo en el hombro, le dijo: «Mire usted, joven: yo lo arreglaría de este modo...» Y en el momento de oír Halconero el *de este modo*, subió del piso bajo y de la plazuela un gran estruendo; sonó un tiro... Otro tiro...

Paúl saltó de su asiento gritando: «*¡La Porra, la Porra!* ¡A ellos!» Con brinco felino corrió a coger un trabuco colgado tras de la puerta. Sus voces parecían gruñidos al decir: «Joven... usted no sirve para estas trifulcas. Quédese aquí. ¡A ellos, a ellos!»

XXIV

Ramón Cala, muy sereno, dijo a Vicente: «Esto pasa una noche sí y otra también. No salga de aquí si tiene miedo.» Ofendió al joven que Cala le supusiera medroso, y sacando su revólver salió a ver la batalla, o a tomar parte en ella si era menester. Los hombres que antes vio, y otros que parecían vendedores del Mercado estaban en la calle, y enredados con la gente de la *Porra*, llovían garrotazos y mojicones. Parecería batalla de chicos si los disparos de revólver que de una y otra parte se hacían no encendieran y agravaran la pelea. En retirada iban los *porros*, unos hacia la calle de las Beatas, otros escabulléndose por entre los cajones de la plaza. En la parte baja de esta, hacia la calle de Isabel la Católica, se avivó la lucha, con tiroteo de escopeta y gran carga de palos. Desde la travesía del Conservatorio tronaron los trabucos, y la patulea, viendo cortado aquel agujero de escape, tiró en busca de otro por la calle del Rosal. Nuevos trabucazos, desde la calleja de San Cipriano, asustaron más a los fugitivos, que ya no corrían, volaban. Bueno es decir que si algún trabucaire cargaba su arma con postas y clavos, los más de ellos tiraban con pólvora sola. Paúl dejó el retaco, y apaleó a cuantos cogía por delante entre el Mercado y la redacción, pues los *porros* más aturdidos emprendieron la fuga por el escalerón de la travesía de la Parada.

En suma, la hueste de Ducazcal había llevado una nueva paliza, que seguramente no sería la última. Alguno de los vencedores aseguró haber visto al jefe de la *Porra* en la entrada de la calle del Álamo alentando a los suyos. Formaban el Estado mayor de Felipe algunos policías. «Vaya un paso que llevan —decía Paúl runflante de gozo, rodeado de sus amigos y matones—. Vayan a contarle a Sagasta, a Martos y Prim el recorrido que han llevado.» Ebrio de victoria, mas no satisfecho con embriaguez puramente abstracta, Paúl se puso a dar gritos: «*Tachuela*, Ramón, Pepe, que traigan jerez, coñac, cazalla, chinchón, ¡caray! y los doce judíos Apóstoles. Si no lo traen pronto, beberemos la *reina de las Tintas*.» Llegaban a la redacción o castillo, a recabar sus *miajas* de gloria, los vecinos que habían intervenido a favor de *don José*. Corrieron órdenes para traer bebida, y en estas alegrías estaban cuando un carnicero entró diciendo que entre los cajones de la Plaza había visto un cadáver... Un segundo mozo rectificó: no era difunto mismamente, sino herido vivo que a gatas se arrastraba, queriendo salir... Debía de ser de la *Porra*.

Fue allá Ramón Cala con Balbona y otros, y a poco volvió diciendo: «Es el joven ese que vino poco antes de la trifulca.»

—¡El Halconerín, caray! —exclamó Paúl sorprendido y lastimado—. Iba yo a preguntarte si le habías visto... ¡A ver! traerle pronto, y si hay remedio para él, se hará lo que se pueda. ¡Caray! ¡Pobre chico, en la que se metió! Como valiente, lo es. ¡Y parecía tan para poco! Pues si es perro, me muerde.»

No tardaron en traer al herido entre dos de aquellos improvisados héroes, y cuidadosamente le pusieron en el suelo, mientras se buscaba colchón o cualquier blandura en que acomodarle. El rostro tenía lívido; la sangre corría por el costado derecho, invadiendo el pantalón, así como la mano del mismo lado, aunque en ella no tenía señales de herida; su mirar era de dolor resignado; su habla intercadente y trabajosa.

El fiero Paúl prorrumpió en exclamaciones compasivas que pronto se hicieron jactanciosas. «¡A ver! ¿qué hacéis ahí?... No se os ocurre nada. Hay que prestar auxilio a este caballero sin pérdida de momento. Si no estuviera yo aquí, nada resolveríais... ¡Eh!... pronto, una camilla y llevarle a la Casa de Socorro.»

En tanto Ramón Cala desabrochó a Vicente, y pudo apreciar heridas en el costado derecho... Algo también en el brazo. En un quejido pidió Halconero que le llevasen a su casa. Paúl siguió vociferando con atroces fanfarronadas de hombre de iniciativa. «Gracias que estoy yo aquí, joven; que si llego a faltar yo, ¡caray! se queda usted hasta el día del Juicio en los cajones de la Plaza.»

Puso su mano en la sien del herido, y las jactancias tomaron un tono paternal. «Vamos, amigo, eso no es nada. Se ve que es usted nuevo en estas jaranas, y que no ha tomado gusto al plomo ni al hierro... Ánimo... que usted no es gallina, ni mucho menos. Bien ha mostrado esta noche, al venir a buscar a Paúl y Angulo, que tiene un alma como una torre... ¡Digo! venir con una cuestión grave de honor, dando la cara, como la ha dado usted, empezando por decir: *ni padrinos, ni reglas ni peinetas*... Eso lo hacen pocos. Y ahora que le veo caído, repito que no me acuerdo de haber dicho lo que dice usted que oyó de mi boca. O estaba usted soñando, o yo... ¡A ver! basta de matemáticas. ¿Traéis o no esa camilla? Tendrá que ir Paúl y Angulo a buscarla. Los demonios me lleven si hay aquí quien valga para un fregado como para un barrido... Vamos, gracias a Dios, ya pareció la camilla. ¿Habéis ido a Pekín por ella, gandules? Llevad al señor con cuidado. Vete tú, Ramón... Joven, eso es poca cosa. Iré a visitarle... Con que, ¿viene o no viene el *Espíritu santo*?»

Entraban botellas a punto que salía la camilla... Vicente fue transportado a la Casa de Socorro, sita en la calle de los Dos Amigos, donde un médico y sus auxiliares diligentes le despojaron de la ropa y examinaron las heridas, que eran tres, en el costado derecho. Los proyectiles fácilmente se reconocían como de trabuco: dos de ellos pasaron de través, sin otro efecto que desgarrar los tejidos, de que resultó la hemorragia venosa; otro debió de alojarse en la cara externa de las falsas costillas. «¿Pero cuándo acabáis de alborotar a Madrid con estas batallas callejeras? —dijo el médico a Ramón Cala—. Ya es intolerable. Mientras discutíais a bofetadas y garrotazos, menos mal. Pero desde que habéis dado en hablar con la boca de las escopetas y retacos, sois un peligro serio.

—Nosotros no atacamos —dijo Cala—. Si nos buscan, hemos de defendernos.

—Pero emplead en la defensa vergajos, trallas o varas de medir, ¡jinojo! —prosiguió el médico bondadoso y humanitario—. Ya le he dicho a don José que si emplean el trabuco con un fin terrorífico, lo carguen con sal o perdigón menudo. Pero esos bárbaros cargan con clavos, postas y hierros de metralla, y hasta con ochavos morunos partidos en dos pedazos... A este joven, si no me equivoco, le han metido en el cuerpo un ochavo partido, con bordes desgarrados... Gracias que el proyectil, según parece, no ha penetrado en la región torácica... Será preciso extraerle el ochavo... que habría estado mejor echado en el cepillo de las ánimas.»

En el bíceps reconocieron otra herida, felizmente transversal. El proyectil que la produjo había salido, desgarrando a su paso el tejido y algunas venas. El afectuoso médico y sus ayudantes se esmeraron en la cura de Halconero, el cual, una vez lavadas las heridas y taponadas con hilas y *bálsamo católico*, quedó en relativo bienestar, recobrado de su laxitud. Diéronle caldo, y como este le repugnaba, mandó Cala traer café con leche, que el herido tomó con verdaderas ansias de vivir. En esto llegó Enrique Bravo, que desde las nueve de la noche, sospechando el mal paso de su amigo, salió a buscarle, y al fin, inquiriendo aquí y allá, dio con él en la Casa de Socorro. No se había llevado mal susto, pues en la calle de Silva, unos chicos de la *Porra* le dijeron que de la zaragata de los Mostenses resultaron dos muertos, y que uno de ellos parecía ser Vicentito Halconero.

Respiró Enrique al ver vivo al amigo, y al saber por el médico que las heridas no eran de muerte. El cariño que a Vicente tenía inspirole resoluciones acertadas: «¡A casa, a casa! Estáte aquí una hora más, acostadito y fumándote tu cigarro... Voy a buscar un coche. Antes iré a prevenir a tu madre, que está en ascuas. Quiero tranquilizarla con la verdad, antes que un indiscreto, un malintencionado le lleven algún cuento absurdo...»

A los pocos minutos de salir Bravo, entró en la Casa de Socorro Paúl con su amigo Guisasola. Venía el director de *El Combate* con los espíritus alborozados por su triunfo y por el sinnúmero de copas con que acababa de celebrarlo. No traía la cabeza fresca; pero los vapores cálidos que la ponían fuera de la normalidad, eran de carácter festivo con tendencias a la mansedumbre humanitaria. «¿Con que vamos bien? —dijo sentándose junto al lecho—. ¡Como que ello no es nada! Con pocos días de quietud en casita, podrá usted volver a las andadas. No hay vida como esta para llegar a viejo. A mí las trifulcas y el andar a tiros me rejuvenecen. Por cierto que esta noche, apenas me reparé del estómago, me volvió la memoria que había perdido... De pronto, como si en mí entrara una luz, me acordé de lo que pasó anoche en la calle de la Palma... Y en efecto, joven: me dejé decir alguna o algunas palabras incorrectas, o si se quiere impertinentes y desatinadas... Pero créame usted, caballero: no fui yo quien dijo lo que a usted puso fuera de sí... Como me llamo José Paúl, que en aquel momento habló por mi boca una fantasma de Madrid a quien llaman Domiciana, que el día antes vino a contarme que le habían quitado una oveja... Y contándomelo con boca y babas de serpiente, habló de usted, y me echó a la cara las injurias a su señora madre... Aquí está Guisasola, testigo de que la despedí con cuatro frescas de las que yo gasto, y un empujón que la llevó de golpe hasta la escalera... Salió de estampía; pero sus palabras venenosas se me quedaron dentro, se me quedó ella misma metida en mi cuerpo. Fue, digo yo, como cuando está un hombre endemoniado... Por mi salud, que endemoniado estuve hasta la noche siguiente... Recuerdo ahora que cuando le vi a usted en la calle de la Palma, sentí como una fuerte basca... y... ¡brrum! eché por mi boca al demonio... O sus palabras, que ello viene a ser lo mismo.»

Oyó Vicente esta declaración picaresca y jerezana con el interés que inspira un trozo de literatura anacreóntica... Algo quiso decir; pero el médico le cerró el pico, instando a los demás a que hablaran lo menos posible con el herido. Paúl hizo corrillo aparte con Guisasola, Cala y el médico para desfogar a media voz su locuacidad. Inspirado por su exaltada imaginación, decía, comentando el suceso de aquella noche: «¿Qué quieren que yo haga? ¿Que me deje asesinar por la patulea de Ducazcal? Tengo que defenderme. Contra el *Mito*, que así llaman a la *Porra*Sagasta y Prim, trabucazo y adivina quién te dio. Ya verán quien es Paúl y Angulo. ¿No es una gorrinada que el capitán del *Mito* tenga un destino en la Conservaduría del Real Patrimonio?... Pues el muy gandul vive en las dependencias de Palacio, y anda por Madrid en un magnífico coche de los de la Casa Real... ¿Cabe mayor insulto a la sociedad, ni mayor cinismo en un Gobierno? Todos los días va el *mitorro* a tomar la orden al Ministerio de la Guerra. "Mi general, ¿a quién silbamos o apedreamos esta noche?". Y *su general*, que en vergüenza está a la altura de una alpargata, le dice: "Felipe, quítame de en medio a Paúl, y te nombraré *azafato* de mi Rey *Macarroni I*"... Luego dicen que si yo, que si tal... Es que me sublevan, me dan asco los traidores... Yo inicié la revolución de septiembre, yo traje la Libertad, y Prim la vende... ¿No es un miserable, no es un bandido?... ¿Estoy o no cargado de razón cuando digo: *hemos de matar a ese hombre*?»

Ya eran las dos de la madrugada cuando Halconero fue conducido a su casa sin más compañía que la de Enrique Bravo. La consternación que tenía en vilo a toda la familia, quedó reducida a una mediana zozobra cuando vieron al herido, que entraba por su pie, risueño y con relativa agilidad. Todos, la madre, el padrastro, los hermanitos, le rodearon, le besuquearon y le hicieron mil carantoñas. No tardó Lucila en despachar a chicos y grandes, y se quedó sola con Vicente, a quien acostó, disponiéndose a permanecer a su lado toda la noche. Ni él le dijo una palabra de la gresca en que le sobrevino aquel percance, ni ella le molestó con interrogaciones que le habrían causado inquietud y desvelo. Guardó la señora para mejor ocasión su curiosidad, y puso toda su alma en aplicar al hijo los tiernos cuidados que habían de ser, según ella, la medicina más eficaz.

Vencido de la debilidad y del horrible desgaste nervioso, cayó Halconero en un sopor hondo, con fiebre no muy alta y delirio a media voz, incoherente. De la herida no tenía la madre más informes que los traídos por Bravo, esto es, que no era de peligro, y que según el médico municipal, una operación sencillísima y quince días de asistencia cuidadosa bastarían para que el caballero se restituyese a su normal salud. Pensando en esto y sin quitar los ojos de su amado hijo, la celtíbera contaba los minutos, las horas, esperando la llegada de Augusto Miquis, a quien había mandado recado con Bravito.

En la familia de Calpena, la noticia del hecho levantó mayor sobresalto y ruido, por haber llegado repentinamente y sin preparación. Demetria y Gracia, avanzado ya el día, hubieron de emplear sin fin de circunloquios y artificios de lenguaje para dar a Pilarita conocimiento del triste caso. Cayó la doncella con un descomunal síncope, y fue menester meterla en la cama, llamar a Moreno Rubio, y probar en ella todo el arsenal de antiespasmódicos que ha inventado la ciencia para conjurar las tempestades del ánimo en el sexo femenino.

Las buenas noticias que durante todo el día administraron a Pilarita, no fueron parte a sosegarla. Rota la disciplina de sus nervios, pedía que su hermana Juanita no se separase un momento de su lado, y abrazándose a ella le contaba al oído sus imaginarias penas. Por la noche, después de disfrutar algún descanso, despertaba, tapándose los oídos, y sobresaltada y temerosa decía: «Mamá, ¿no oyes el rugido del león? Si no lo oyes, estás sorda como una tapia. Yo lo oigo dormida y despierta... ¿Pero te ríes, mamá? Es el león del Retiro. Ya sabes que está muy enfadado... A nuestra casa llegan los rugidos... Juana me ha dicho que ella también los oye... ya ves... No soy yo sola...»

Al siguiente día reaccionó la señorita, y funcionaba ya su entendimiento hacia la normalidad. Ya no decía que don Juan Prim había mandado matar a Vicente, ni que don Amadeo y su señora, la de la Cisterna, al posesionarse del trono habían hecho ministro a Paúl y Angulo y al *Carbonerín*... Todo volvió al estado de realidad, y se vio clara la desgracia sin tenerla por irremediable. Diariamente iban a visitar al herido don Fernando Calpena y el coronel don Santiago, que volvían a la otra casa con noticias lisonjeras. Recobró la novia la paz de su alma por virtud de una cartita que le escribió su prometido con firme pulso, en la cual tuvo buen cuidado de poner cuantas esperanzas, ternezas y alegrías le sugirieron su amor y su literatura. Pero ¡ay! ni la literatura ni el amor podían impedir que la boda se retrasara un siglo más... Dígase un mes.

A los cinco días del percance, un hábil operador extrajo del cuerpo de Vicente dos postas y un fragmento de ochavo moruno, y desde la salida de estas piezas entró la mejoría franca, y poco después la convalecencia, que si no fue corta, no llevó consigo ninguna complicación. A fines de noviembre, cuando permitieron al herido el tónico moral de recibir la visita de su novia, se dio franca entrada a los amigos que quisieran entretenerle con pláticas no muy largas ni de temas excitantes. Don Santiago Ibero quiso referirle con pormenores curiosos, por él presenciados, la famosa sesión del 16 de noviembre; pero Lucila le suplicó que dejase para otro día la votación de Rey, asunto complejo y peliagudo que podría perjudicar a Vicente si su cabeza, todavía muy débil, se obstinaba en discurrir sobre él.

Obediente a la señora, Ibero se metió en el despacho del candoroso don Ángel, el cual, siempre que encontraba una víctima, no la soltaba sin espetarle sus *especiales puntos de vista* sobre la elección de Rey. «Si miramos a la calidad más que a la cantidad, mi querido Ibero, valen más los *veintisiete votos* por Montpensier que los *ciento noventa y uno* que se ha cargado don Amadeo... ¡Valiente cuadrilla le ha salido al italiano!... ¿Quiénes son y que significan ese Albareda, ese Juanito Valera, ese Navarro y ese duque de Tetuán? Yo puedo asegurarle a usted que fueron nuestros hasta hace poco... Y del *pollo antequerano*, ¿qué me dice usted?... Para mí que Ayala es el corruptor de toda esta familia, con el dinero que han traído de Cuba don Manuel Calvo y demás negreros para hacer propaganda en favor de la esclavitud... ¿Ha visto usted cómo la Bolsa ha saludado la elección con un alza considerable? Vea usted la mano de Manzanedo, de Herrera, de Vinent. El dinero cubano nos perderá... Y hay que reconocer que los federales han sabido cumplir... Sus *sesenta* votos indican que hay en España hombres que no se venden. Los carlistas serán esto y lo otro; pero no se les puede negar la decencia. Viendo estas cosas —añadió sacando un número de *El Combate*—, casi estoy por dar la razón a este loquinario de Paúl, que dice (se cala los lentes y lee): "El 16 de noviembre de 1870 será para la España revolucionaria de septiembre la marca de una vida afrentosa, que en vano intentará borrar de su frente la *sangre del tirano*". Pues fíjese ahora en la salutación cariñosa que dirige a las Cortes y al nuevo Rey: "El edificio está coronado; lo remata un mamarracho, obra de la desesperación de algunos hambrientos". ¿Qué tal, Ibero amigo?... ¿Medita usted?... Nosotros los *montpensieristas* nos lavamos las manos, y a su tiempo se verá si la *Soberanía Nacional* se lava, no las manos, sino el rostro, *con la sangre del tirano.»*

XXV

Ibero llevaba con paciencia la derrota de Espartero (ocho votos no más, ocho leales), y solo pensaba en describir a su amigo la efervescencia y algarabía de la Representación Nacional en aquellas solemnes horas. Momentos hubo en que la semejanza de las Cortes con un circo de gallos fue completa. Federales y carlistas se levantan, se sientan, soltando de sus gargantas enardecidas voces de guerra y desafío. Figueras, Múzquiz, Vinader, Blanc, Moreno Rodríguez, Abárzuza, se suceden como en galope infernal, presentando exposiciones contrarias a la candidatura de Amadeo, o leyendo listas de los diputados que en las Constituyentes del 54 votaron contra doña Isabel II. Uno pide que se lean tales artículos del reglamento; otro reclama la lectura de la Bula de Excomunión fulminada por Pío IX contra Víctor Manuel y su familia. El barullo crece, la temperatura parlamentaria llega al rojo, el presidente rompe campanillas. En lo más recio del tumulto, se levanta Paúl, y en medio del hemiciclo, la voz ronca, los brazos por alto, la cara echando fuego, pronuncia estas atrocidades que el pudoroso *Diario de las Sesiones* no admite en sus columnas: *En nombre de todos los españoles que tienen vergüenza y dignidad, y que no son presupuestívoros como lo sois vosotros, protesto de las farsas indignas que aquí se representan.*

Por fin, cuando el presidente, afónico ya y sudoroso, logra establecer una calma relativa, aporreando la mesa y mandando *que callen, que se sienten, que respeten la majestad del lugar*, empieza la votación... En el curso de esta, surgen cómicos entorpecimientos. El general Izquierdo: *Pido la palabra.* El presidente: *No hay palabra.* El general Izquierdo: «La pido, señor presidente, para decir tan solo que si hasta este momento he defendido la candidatura del señor duque de Montpensier, ahora voto al señor duque de Aosta.» *(Aplausos aquí, risas allá.)* Desfilan uno tras otro los diputados, formulando su voto en una papeleta donde constan el nombre del votante y el del Rey elegible. En la Mesa, los secretarios y los que intervienen la votación forman una piña espesa. El escrutinio dura largo rato, y es presenciado con expectación, que en ningún momento es silenciosa. Nadie ocupa su asiento. Van y vienen, y un vórtice de impaciencia y ansiedad llena la Cámara. Cuentan, recuentan, se lee la lista de los ausentes, la lista de los votantes. Del cúmulo de cifras y del laberinto de nombres, emerge al fin la voz del presidente que dice: «*Queda elegido Rey el duque de Aosta.*» Eran las siete y media.

Mas con esto no se termina el acto ruidoso y memorable. Suspendida la sesión para designar los diputados que habrán de ir a Italia a presentar a don Amadeo el acta de su elección, se reanuda después de las ocho. Otra vez a votar. Los caballeros que por voluntad de la Cámara habían de ir a Italia a cumplimentar al Rey y a traerle al hispano redondel, recibieron desde aquella noche el nombre de *cabestros*. La guasa española ni en las ocasiones más solemnes se desmentía.

Y mientras allá en la Montaña del príncipe Pío, cañones roncos anunciaban a Madrid y a España que teníamos Rey, el presidente Ruiz Zorrilla pronunciaba con ronquera y cansancio un discurso apologético del hijo de Víctor Manuel. No quiso Dios que con este sermón acabase la borrascosa jornada del 16 de noviembre, porque de nuevo se enredaron mayoría y minorías en acerbas disputas. Tronó Castelar, granizó Figueras, y el presidente hubo de hacer frente con descomunal esfuerzo a la nueva tempestad que amenazaba. Sobre si después de la elección de Rey podía este ser discutido, resurgió la borrasca, un nuevo desate de los vientos airados, y de las voces y réplicas que parecían gritos callejeros. La ingente pelea entre Monarquía y República, coleaba todavía con vigorosas convulsiones. ¡Y lo que aún habías de colear, morena!... Por fin, como quien despierta de angustiosa pesadilla, el presidente respiró y dijo: «Se levanta la sesión.» Eran las nueve. El cañón lejano había enmudecido.

Rebañando en su memoria sacó Ibero detalles interesantes de la votación. Los conservadores, con Cánovas al frente, habían votado en blanco. Dos tan solo, Iranzo y Otero Rosillo, dieron gallardamente su voto a don Alfonso de Borbón. No recataba el coronel su derivación hacia el *aostismo* o *amadeísmo*, guiado por el criterio superior de su hermano político don Fernando Calpena. En realidad, era el único partido *viable* en las anómalas circunstancias del día. Los 191 votos decían bien claro que los hombres de orden entraban en aquel despejado camino, conducidos por don Juan Prim, ante cuya firme voluntad y agudeza cedían todos los obstáculos y dificultades.

Reconocía don Ángel Cordero las dotes políticas del jefe; pero echaba de menos en él la potencia administrativa y el golpe de vista económico. «Créame usted, amigo Ibero —dijo a su amigo cogiendo de la mesa un librejo de pocas hojas—. El señor de Prim no será nunca económico ni administrativo. Vea usted lo que dice este papel, obra de un notabilísimo escritor a quien llaman don Roque Barcia. *(Lee.)* «Ese general (Prim) tiene de sueldo *diez mil reales* mensuales, y gasta *mil duros* todos los días... Ese general gasta su sueldo en el *postre ordinario* de su mesa... Ese general recibió dinero de los moderados, de los unionistas, de los progresistas, de los demócratas; lo recibiría mañana de los republicanos si estos no le conocieran... Ese general, plebeyo insaciable, plebeyo ingrato, venderá a don Amadeo como vendió a su *augusta comadre* doña Isabel II... Si España diese a Prim un palacio de piedra, lo querría de plata; si fuese de plata, lo querría de oro; si fuese de oro, habría de ser de diamantes...» No leo más; basta. Pues con un hombre así no voy yo a ninguna parte, don Santiago de mi alma. Digo con este don Roque: «Señor duque de Aosta, *venid confesado.*»

Como se ve, el candoroso don Ángel, al volver mohíno y desalentado del campo administrativo de Orleans, se prendaba de las doctrinas hiperbólicas y del bíblico estilo de Roque Barcia. España estaba loca, y la propia Economía política se iba del seguro, como decía Vicente Halconero. Este mejoraba rápidamente, y desentumecía su cerebro con el amigo Enrique remembrando los hechos pasados. Entre otras cosas, contó Vicente que en la noche de marras había salido de la redacción de *El Combate* sin saber si tomaría partido por los de Paúl o por los de la *Porra*. Unos y otro éranle profundamente antipáticos. En cuanto se vio en el terreno de la lucha, sintiose inclinado a dar su apoyo a los que viera más débiles. Su único fin era que no se le tuviese por cobarde. Dos disparos hizo con su revólver desde los cajones de la Plaza. Con ellos alentó a unos *paulistas*, que tenían traza de panaderos y se batían a garrotazo limpio. Después supo que eran operarios de una tahona cercana... A los pocos minutos, se vio envuelto en un grupo de *porros*, los cuales le estrecharon tanto que no podía moverse. Un disparo les dispersó. Cuando intentaba reconocer de dónde había venido el tiro, ¡pum! le descerrajaron casi a quemarropa el trabucazo que le dejó tendido. En el tirador creyó reconocer al ojalatero Gabiola.

«Estás equivocado —dijo Bravito—. Gabiola no llevaba esa noche trabuco, sino escopeta, y cargada con sal para meter ruido sin matar. Me consta esto de un modo indubitable.

—¿Sería Langarica? El demonio lo sabrá... Cuando me llevaron herido a la redacción, vi caras conocidas, ojos que me miraban con lástima. Los nombres relacionados con aquellas caras huían de mi memoria. Quizás eran de esos nombres que uno no sabe nunca, porque nada nos interesan las personas que los llevan.

—El que de seguro estaba era Montesinos.

—¿Uno pequeño, flacucho, vivaracho?

—No: Montesinos es figura procerosa. El chiquitín que dices, debía de ser ese que llaman *Matacristos*. Y estaría también otro tipo inconfundible, Torralba. De fijo lo viste allí. Es un madrileño neto y barbián, más conocido que la ruda.

—Buena figura: barba y pelo castaños, ojos garzos...

—El mismo. Pero más que las señas particulares de talle y rostro, le caracteriza el que tiene una mujer llamada Pepita, buena, inteligente y simpática, tan enamorada de su marido y tan celosa, que va con él a todas partes, incluso a los sitios y ocasiones de mayor peligro: barricadas, motines, trifulcas... Allí donde esté Torralba peleando por la libertad o contra las quintas, no puede faltar Pepita, exponiéndose al fuego por vigilar bien de cerca al marido, tan valiente como pinturero.

—Pues te diré: si de haber visto al hombre no tengo idea clara, sí recuerdo que cuando en la camilla me llevaban a la Casa de Socorro, fue junto a mí una mujer acompañándome con sus lamentaciones: *¡pobrecito... qué dolor!...* De cuanto en aquella noche me pasó, de las diferentes impresiones que entraron en mí por los ojos y los oídos, algunas han quedado en mi cerebro con tal intensidad, que no las olvidaré nunca. La voz de Paúl, jactanciosa, sin ningún acento de odio contra mí; la figura de Pepita plañidera, y el sonido del trabucazo que me tumbó, son sensaciones inolvidables. Durante muchas noches de insomnio y fiebre oía el terrible disparo... Era... No puedo explicártelo... Algo como cien campanas que a la vez dieran el golpe, del cual quedaba en el aire una vibración nunca extinguida...»

De estas y otras cosas atañederas al suceso de la infausta noche hablaron los amigos, llevando graciosamente el asunto al vago humorismo, en que se desvanecían las trágicas emociones. Y lo más peregrino en los comentarios de aquella página histórica, fue la sinceridad con que declaró Vicente la transformación de sus sentimientos con respecto a Paúl. Ya este le inspiraba menos odio que lástima; le tenía por un loco irresponsable, peligrosísimo...

«Es un iluminado, un poseído, un epiléptico, a quien no se debe permitir que ande suelto por el mundo —afirmó Bravo—. Lo mismo podría decirse de los bárbaros que le siguen. Casi todos ellos son en la vida privada hombres de bien; viven de su trabajo, y algunos tienen una holgura ganada honradamente. El fanatismo que don José ha metido en sus almas podrá llevarles a los mayores desafueros. Pero no hallarás entre ellos ninguno que vaya al crimen por interés. No son asesinos asalariados, sino matones espontáneos, espirituales, movidos por una exaltación morbosa y mecánica.»

Sobre el jerezano hizo Halconero observaciones muy atinadas. En él veía la representación personal de la fiebre o locura que en aquel año fatídico padecía la sociedad española... Completará la figura el hecho que a continuación se refiere.

Una noche de las últimas de noviembre, *los mitológicos* asaltaron el teatrito de Calderón, donde había de estrenarse un sainete cómico-burlesco, titulado *Macarronini I*. Tomadas y ocupadas por la cuadrilla todas las butacas, desde la fila 4.ª a la 24, apenas se levantó el telón empezó el disparo de patatas y de verduras arrojadizas sobre los pobres comediantes; y como estos protestaran con ira, los alborotadores invadieron el escenario, y allí no quedó decoración entera, ni mueble sano, ni actor sin desgarrones en la ropa y cardenales en el rostro. Huyó el público despavorido, se desmayaron muchas señoras, y algún niño salió magullado. A los agentes del Orden no se les vio el pelo, y el acto vandálico se consumó con discreto alejamiento de la autoridad. Y menos mal que no hubo muertos, como en el salvaje atropello del Casino carlista de la Corredera.

De este y otros desmanes quedó en el público un rastro de indignación, de acres disputas. Paúl en su *Combate* y Ducazcal en *La Iberia*, se pusieron de vuelta y media, achacándose uno a otro la culpa del escándalo. Felipe se jactó de haber maltratado al jerezano en plena calle. Lo más suave que Paúl dijo a su enemigo fue este puñado de flores: «Al jefe de la partida de asesinos, protegidos por el Gobierno que a España deshonra, a Felipe Ducazcal, tiene dicho el Director de *El Combate*: —Que le reconoce como vil y cobarde agente del ignominioso Gobierno de Prim y Prats. —Que mintió como un villano al asegurar que le había maltratado, quitándole el revólver. —Y, por último, que sin embargo de su despreciable condición, dispuesto estaba a batirse con él *cuando quiera y como quiera.*»

Inevitable fue salir al campo del honor; empezaron las visitas de caballeros, el discutir y fijar las condiciones del lance. Este se concertó al fin *a muerte*. Padrinos de Paúl fueron Santamaría y La Rosa; los de Ducazcal, Doñamayor y Menéndez Escolar, teniente de *Cantabria*. El 10 de diciembre, muy de mañana, habían de encontrarse los dos valentones con sus testigos detrás de las tapias del cementerio de San Isidro. Si un duelo es siempre cosa de cuidado, para Ducazcal fue aquel atrozmente inoportuno, porque se hallaba el hombre en la Luna de miel: días antes se había casado con una hermosa pescadera de la calle mayor.

Tempranito salió Felipe de su casa, próxima a la llamada *de Pajes*, detrás de la Armería, y en coche de la Casa Real, tirado por magnífico tronco de mulas, se fue con sus padrinos al *Tiro de Leonardo*, en la Castellana, donde estuvo más de una hora ejercitándose en el tiro de pistola. Con admirable destreza puso doce blancos. Los padrinos le felicitaron, asegurándole un triunfo si en el terreno apuntaba y afinaba tan bien como en la Castellana. Después del feliz ensayo, partieron a la carrera para San Isidro; llevaban las mismas pistolas que en marzo de aquel año sirvieron para el duelo en que Montpensier mató al Infante don Enrique.

La llegada a San Isidro coincidió con la de un lujoso entierro escoltado de innumerables coches. Viendo de lejos los dos simones en que venía Paúl con sus padrinos, comprendieron la dificultad de escabullirse tras el cementerio sin llamar la atención. Vacilaron entre ir a lo suyo o agregarse a la cáfila del entierro, y estando en estas dudas, se les presentó un sargento de la Guardia

Civil de a caballo con dos números, interrogándoles en forma que indicaba el propósito de impedir el duelo. Grande fue la contrariedad de Ducazcal, que agotó todo el repertorio de apóstrofes para maldecir su suerte. Le sacaba de quicio la idea de que *el otro* le supusiera capaz de haber dado el soplo a la policía, para librarse de un encuentro en tan graves condiciones.

Invocando a todos los demonios, dio con una estratagema que salvaría su opinión de caballero intachable. Convino con sus padrinos en echar pie a tierra para confirmar lo que habían dicho al guardia civil, esto es, que formaban parte de la comitiva del entierro. Y en tanto, el amigo Menéndez Escolar corrió a donde estaban los dos simones de Paúl, y contó a este lo que pasaba. El mejor medio para salir del atranco era que don José y sus padrinos se metieran en el coche de la Real Casa, y salieran pitando para el Arroyo Abroñigal, mientras Felipe y los suyos irían en los alquilones al Gobierno Civil para ver a Martos y exponerle el caso. No dudaban que el gobernador interino les daría permiso para matarse como caballeros en donde lo tuvieran por conveniente.

Así se hizo, no sin que Paúl, escamón, pusiera el ceño de matachín perdonavidas. Mientras los unos iban al Abroñigal en el coche regio, los otros emprendieron la carrera hacia el Gobierno Civil, donde Ducazcal, con fieras maldiciones, pintó a su amigo Martos el desairado trance en que le ponía echando la Guardia Civil en persecución de los honrados paladines. Martos le dijo: «Váyanse, váyanse al Abroñigal; pero a prisita, y despachen lo más pronto que puedan, que yo aguardaré un poco... Calcularé el tiempo para que la Guardia Civil llegue allá cuando de los dos valientes no queden más que los rabos.»

Salieron Ducazcal y los suyos con loca impaciencia, ofreciendo propina de un duro a cada simón; y ya eran más de las once, cuando se juntaron unos y otros en un barranco del Abroñigal, a la izquierda y fuera de la vista de las Ventas... Pero no había tiempo que perder, y aunque el sitio era estrecho, sin espacio bastante para partir el Sol, no se entretendrían en buscarlo más cómodo, por no parecerse a Bertoldo eligiendo el árbol en que había de ser ahorcado. El día era glacial. De la nieve caída en la noche anterior, quedaban enormes cuajarones en los sitios no acariciados por el Sol.

¡Al avío, al avío! Activaron los padrinos las prolijas funciones preparatorias: medir distancias, sortear los puestos y las armas, cargar, etc... Llevaba Ducazcal un majestuoso *carrick* nuevo de última moda, levita inglesa y chistera flamante. Paúl iba envuelto en luenga capa de paño verde, con larga esclavina y cuello alto. Sobre este campeaba un sombrero de alas anchas. Llegado el instante de recibir las pistolas, cada uno de los duelistas dejó ver su peculiar temperamento y psicología. Felipe, con gesto semejante al de un tenor de ópera en la escena de las bodas de *Lucía*, arrojó lejos de sí el *carrick* elegante y la bimba lustrosa; Paúl se quitó la pesada capa, y doblada cuidadosamente, como si apreciase la prenda pluvial más que su propio cuerpo, la dejó en un sitio despejado de nieve, y sobre ella puso el blando chapeo. Quedó la figura escueta, con zamarra, pantalón de pana y botas altas.

Tocó a Ducazcal disparar primero. También en la manera de tirar se declaraba la diferencia de temperamentos. Ambos eran valientes; pero el valor, como todo lo humano, reviste formas variadísimas. El de Felipe era enfático y decorativo; el de Paúl, reconcentrado, profundamente austero... Tiró Ducazcal con precipitación desdichada, disgustando a sus padrinos, que en la mañana de aquel día le habían visto hacer blancos con admirable precisión en el *Tiro de Leonardo*... Por segunda vez disparó con más arrogancia que tino, con teatral guapeza. Y se le acercó su padrino Menéndez Escolar, diciéndole: «Afine usted, afine por Dios... O ese hombre le mata.»

Siguieron tirando. En una de las suertes, le falló a Ducazcal la pistola; arrojola con gallardo gesto, volviendo la cabeza. En aquel momento la bala de Paúl le entró por una oreja. Felipe dio una gran voltereta y cayó como muerto. Mientras los padrinos, acudiendo a socorrerle, daban por terminado el lance, Paúl recogió y desdobló su capa tranquilamente, se la puso, se caló el sombrero, y sin más saludo que una grave reverencia, se marchó con su padrino La Rosa.

XXVI

En las primeras referencias que del lance llegaron a la casa de Halconero, se dijo que Ducazcal había muerto. Pero en la noche del mismo día (10 de diciembre) rectificó Bravo la triste noticia, por testimonio del propio

Menéndez Escolar. Cuando los padrinos llevaron a su casa en el coche de Palacio al jefe de la *Porra*, creyeron que se les quedaba en el camino. Pero no fue así. Vivía, y podría salvarse si se lograba extraer la bala. Los comentarios de desafío y de la relación del mismo con la cosa pública, no tenían fin en la tertulia de Halconero. Allí se leía *El Combate*, que en su número del 12 traía estas convulsiones epilépticas: «La traición revolucionaria está probada; el volcán de las iras populares está próximo a estallar... Se aguarda un momento terrible; se aproxima una tempestad siniestra; óyense los primeros rugidos del aquilón revolucionario; se necesita una víctima para reivindicar nuestros derechos... Esta víctima la traéis vosotros al sacrificio... ¡Sobre vosotros caerá su sangre, y la sangre generosa del pueblo que por vuestra culpa se derrame!»

En otro número echaba estas flores a don Nicolás María Rivero: «Un ministro de la Gobernación, tan tirano como cobarde, que no tiene el valor del progreso ni de la reacción; apóstata y traidor por temperamento, que vendió la República española por un cuartillo de vino; ese gitano y regateador político, que adopta el procedimiento del hurto y de la estafa, detiene en las calles y en las estaciones inmediatas a Madrid los ejemplares de *El Combate...*»

Leídas estas ignominias, Bravo se afirmaba en sus nuevas aficiones monárquicas. Pero si el espíritu del ex-federal se avenía bien con el cambio, no se conformaba con la tardanza en recibir el premio de su resello. El ofrecido turrón no parecía. Cansado de esperar, puso toda su confianza en los buenos oficios de Vicente. Este habló del caso con su presunto suegro don Fernando, el cual era grande amigo de Moret, ministro de Ultramar, y quedó concertado que en la primera combinación iría Bravito a Cuba, con un buen momio en la Aduana, o en otro benéfico ramo...

En su convalecencia, Halconero fue visitado por amigos de diferentes castas, entre ellos Romualdo Cantera y *el Carbonerín*. Ambos milicianos se mantuvieron en el altar de sus sacros ideales. No transigirían con el nuevo Rey, no *formarían* en los actos solemnes de la entrada de Amadeo; protestaban de que Prim quisiera desarmarles, para refundir la Milicia en el molde monárquico... Pero esto no significaba que simpatizaran con las desvergüenzas y locuras de Paúl, ni a tan desaforado capitán prestarían vasallaje. No reconocían otros ídolos que los antiguos: Figueras, Pi, Orense, Estévanez... Con estos irían hasta el fin del mundo, guiados por la santa doctrina, no por el pregón de la violencia y el asesinato. Indicaron además que el don José no tardaría en quedarse solo con su cuadrilla de valentones. Muchos que seguían al jerezano en sus andanzas callejeras, como *Matacristos*, Torralba y el mismo *Tachuela*, se iban apartando de él, a instancias de Figueras o de Pi.

En estos aislados hechos, y en otros que los graves individuos de su nueva familia le mostraban, vio Halconero un instintivo retroceso de la sociedad española, la querencia del Orden, como si todo el país sintiese la necesidad de buscar el abrigo de las ideas conservadoras. No en vano él, desde que intimó con los Iberos y Calpenas, se sentía retrógrado y, como si dijéramos, un poquito *neo*. ¿A dónde iba a parar la sociedad si no seguía la despejada senda que el genio sagaz y enérgico de Prim le marcaba? Y como la soledad en que vivía (fuera de las visitas de su futura y sus amigos) convidábale al examen interior y al análisis de sus propios sentimientos, dedicaba al monólogo la parte de ociosidad sobrante de sus lecturas. El siguiente soliloquio merece ser conocido.

«La exaltación de dignidad y el acto de arrojo temerario que me llevaron al percance de los Mostenses, han determinado en mí esta dirección conservadora que quiero tomar. Mi alma no estaba fortalecida para ninguna clase de acción. Me faltaban los bríos, el arranque, el desprecio de la vida. Ese valor y ese desprecio tuve, y aunque el Destino impidió que yo apurase aquel estado anímico, por circunstancias de tiempo y lugar, por el rendimiento de mi enemigo, *etc.*, conservo las virtudes conquistadas en ocasión tan crítica. ¿Y a qué fines debo aplicar las nuevas virtudes y las que ya poseía, inculcadas por mi querida madre en los días placenteros, llanos, sin ningún saliente ni alteración de la superficie vital? ¿Debo aplicarlas a los ideales atrevidos del pueblo? No, porque este tiene ya sus directores bien calificados, y porque yo, aunque plebeyo, o aristócrata villano más bien, no siento en mí entusiasmo por reivindicaciones que apenas se marcan vagamente en la media luz de los siglos futuros. ¿Me aplicaré a los ideales e intereses de las clases superiores, nobleza de abolengo, y sus similares, ejército, religión? Tampoco. Esos cultos tienen ya sacerdotes del mismo pelambre, de la propia hilaza linajuda...»

Deteníase en un punto de confusión; mas luego hallaba fácil salida: «Mi novia, la que será mi mujer dentro de algunos días, es mi Ariadna; ella me conduce al través del laberinto. Yo cojo de sus lindas manos el hilo salvador. Cuando me veo junto a ella, pienso que nuestra clase, la suya y la mía, estas familias medianamente ilustres, medianamente ricas, medianamente aderezadas de cultura y de educación, serán las directoras de la Humanidad en los años que siguen. Este último tercio del siglo XIX es el tiempo de esta clase nuestra, balancín entre la democracia y el antiguo régimen, eslabón que encadena pobres con ricos, nobles con villanos, y creyentes con incrédulos...»

Tras otro momento de confusión, proseguía: «Bien clara veo mi esfera de actividad. Casado a mi gusto, resueltos definitivamente los problemas del corazón, viviré sin ningún estímulo de nuevos amores. Estaré como el santo patrono en su altar, entre dos imágenes guardianas, que serán mi madre y mi mujer; y no teniendo que pensar tampoco en mis intereses, porque ellos están bien asegurados, me consagraré al bien público... ¡Qué hermosura poder consagrarse al provecho de todos, sin ninguna mira personal!... De este modo, la política es el arte social por excelencia... De seguro que mi madre y mi mujer me estimularán a entrar por ese camino del sublime arte... En ambas he creído notar cierta noble ambición... Tienen de mí la idea, un poco extraviada, de que por haber leído tanto, tanto, estoy habilitado para dirigir a los pueblos. ¡Qué desvarío! Bueno es enriquecer noblemente nuestro espíritu con las ideas de todos los sabios antiguos y modernos; pero eso no será eficaz sin la acción. Mi madre y mi mujer me estiman en mucho por el adorno de mis lecturas; yo me estimo en algo por la acción que adquirí en aquellas dos noches, gracias a la violenta sacudida del sentimiento humano... Y a propósito de esto: a las conquistas de la voluntad deben acompañar nuevos conocimientos. Prepárate, Vicente... Da de mano a los poemas y a la historia vieja, y busca en la moderna y en los estudios económicos el secreto del arte político... Miren por dónde, habiéndome reído de mi buen padrastro don Ángel, tengo ahora que acudir a su árida biblioteca... Ya, ya... *Capital y trabajo, Tratados de comercio... Cooperativas... Crédito agrícola...*»

Enumerando los elementos de su erudición futura, se adormeció el chico de Halconero... Porque estos monólogos se producían en la nocturnidad blanda y tibia del lecho, como una decantación de las ideas de cada día. Y en la última vuelta que dio buscando el profundo sueño, decía Vicentillo: «Siglo XX, ¿qué seré yo si a ti llego?... ¿Y tú qué serás?...»

Las visitas menudeaban día y noche. Fueron a verle Clavería y Ricardo Muñiz, amigos de la casa y muy allegados al general Prim. Habláronle de la próxima venida del de Aosta. El triunfo de Prim era el mayor éxito del siglo. Tendríamos un Rey democrático, que imposibilitaría de un modo absoluto la vuelta de los Borbones... La Comisión del Congreso, que había regresado de Florencia, venía encantada de la cortesía del *Rey Galantuomo* y de la llaneza hidalga de su hijo, ya Rey de España por los cuatro costados... Prim sería ministro del nuevo Soberano por largo tiempo, para que pudiese implantar sólidamente, al abrigo de la majestad saboyana, los principios democráticos... Las Cortes funcionaban de nuevo, pues entre otras menudencias habían de resolver y votar la dotación del Rey, que no era grano de anís: treinta millones de reales. La energía y la paciencia del general, que habían triunfado de lo más, triunfarían de lo menos, y no quedaría el rabo por desollar, habiendo desollado con tanta fortuna el cuerpo del inmenso problema político.

En una de las visitas de Romualdo Cantera, dijo este a Vicente que Segismundo había ido con él hasta el portal, no atreviéndose a subir porque no quería dejarse ver con la desastrada ropa que cubría sus pobres carnes. Volvió más de una vez el tal a la portería, sin otro objeto que preguntar por la salud de su amigo, y en una de estas fue sorprendido y capturado por criados de Halconero con esta consigna, enteramente arbitraria y despótica: «Manda el señorito don Vicente que le prendamos a usted, y de grado o por fuerza le llevemos arriba, donde tiene dispuesta ropa interior y exterior para que se vista de caballero decente y alterne con sus iguales...»

La primera persona que ante sí vio Segismundo al entrar en la casa fue Lucila. Llevándole a un cuarto próximo a la puerta, la señora le dijo en tono de guardia civil: «Ahí tiene usted cuanto necesita para mudarse de pies a

cabeza; quítese toda esa basura que lleva encima, y la mandaremos quemar...
Luego que usted se vista de limpio, almorzará con Vicente y con Enrique.»

¿Qué remedio tenía el pícaro más que aceptar? La gratitud se disfrazó de obediencia, y el hombre salió del cuarto como nuevo, sin ocultar el gozo que su transformación le producía. Vicente y Bravo le abrazaron. El charlar alegre, chispeante y caudaloso no cesó durante el buen almuerzo, servido para ellos solos en el gabinete del señorito... De su vida y milagros (que milagrosa parecía su existencia) refirió Segismundo varios ejemplos y casos, conforme a lo que le preguntaban sus amigos... Seguía componiendo sermones para el cura don Trinidad, pagador escrupuloso a diez reales pieza. De añadidura, le había salido trabajo de otra clase, aunque no tan productivo. Escribía discursos terroríficos para el tribuno de la plebe apodado *Cheparunda*. Era el tal un jorobeta que poseía las dotes mímicas y fonéticas del orador. Faltábanle las ideas y el arte retórico. Pues esto se lo suplía Segismundo redactándole las peroratas. *Chepa* se las aprendía de memoria y arrebataba al auditorio de la calle de la Yedra. En todos los discursos se enaltecían rabiosamente los derechos del pueblo, pisoteados y escupidos por Prim y sus acólitos. El estipendio de estos trabajos era mezquino y en especie, con el agravante de la impuntualidad. Era toque indispensable en la conclusión de las arengas pedir la cabeza de don Amadeo, y para el caso de que ello fuese materialmente imposible, pegar fuego a Madrid, convirtiendo a nuestra villa en *antorcha funeraria*.

Uno y otro amigo desaprobaron la industria oratoria con fines criminales. Arguyó Segismundo que los demagogos para quienes él componía tales soflamas, eran absolutamente inofensivos. «*Cheparunda* es un ángel afligido de una gran corcova, y sus oyentes, revolucionarios de boquilla... El mal y el peligro vienen de otro lado... Los que ahora callan son los que darán que hablar, según yo entiendo.»

Siguió soltando retazos de su historia picaresca: «Ya no vivo en la barbería de Cantera, ni como en la taberna de Balbona. El dejar a Romualdo no ha sido por desavenencia con este gran patriota, sino porque la *Señángela* me ha dado mejor acomodo en casa de una hermana suya, calle de la Lechuga, *primer piso bajando del Cielo*. Es comercianta en pitos, pelotas, triquitraques y otras cosucas, que varían según las estaciones. Tiene su puesto en la calle de Toledo... Algunos días como con ella, y otros en la taberna de Casimiro, calle de Botoneras... Establecimiento sosegado y limpio, a donde va gente muy callada... Y algunas noches voy a cenar a la tienda de vinos de *Tachuela*, con quien conservo las mejores amistades. Por cierto que si él me dio de comer de gorra por largo tiempo, yo le he pagado con creces. ¿Cómo, con qué moneda? Pues con el oro de un sano consejo que le di y él tomó y ha seguido, quedándome muy agradecido. «Joaquín —le dije—, no andes con Paúl, que la compañía de ese hombre te perderá.» ¿Por qué di este consejo a Balbona? Todo no puedo decíroslo de una vez... Ni estaría, hoy por hoy, bien seguro de lo que dijera... En fin, amigos míos, si no puedo sostener que estoy otra vez en Atenas, sí afirmo que me voy acercando a ella. Un... No sé cómo decíroslo... un vago magnetismo histórico me atrae hacia el centro... No vi yo bien claro, querido Vicente, cuando te dije que la Historia elegiría para su teatro épico la vertiente del Sur donde yo habitaba.

HALCONERO. ¿Y en qué vertiente o colina de las setecientas de Madrid pondrá su tinglado la Historia? ¿Puedes decirlo?

SEGISMUNDO. No. Yo veo que *Palatino* y *Capitolio* se disputan el ser teatro de lo que ha de venir. *Aventino* está descartado.

BRAVO. No nos hables en romano, ni vaticines tragedias.

HALCONERO. Malos augurios no me traigas. De las heridas que recibí en los Mostenses he quedado muy débil. Mi cerebro y mi corazón rechazan las emociones fuertes, y mis ojos se cierran asustados ante todo espectáculo desagradable.

SEGISMUNDO. Pues oye el consejo de un amigo que entrañablemente te quiere. Cásate pronto, que aun estando débil, el amor mismo te dará bríos para la iniciación matrimonial. Si tu familia y la de tu novia han señalado para la boda un día muy lejano, adelántalo tú: cásate, y sal pitando de aquí con tu mujer. Diviértete con ella en un país remoto, y no vuelvas hasta después que haya entrado don Amadeo, pues aunque muchos creen que entrará aquí como en su casa, a mí me da el corazón que antes o después de la entrada tendremos una bella catástrofe.

HALCONERO. Me casaré; mi mujer y yo nos iremos, en Luna de miel, a donde mi madre disponga. Temo estar aquí; me da miedo la Historia, que si trajese alguna desdicha, sacudiría terriblemente mis nervios. Hay momentos en que me causa terror el pensar en las felicidades de mi boda.

BRAVO. ¡Ah, Vicente, si yo tuviera tu independencia, valiente cuidado me daría la Historia!... Yo me casaré con mi mala suerte, y huiré a la isla de Cuba si no me limpian el comedero a los dos días de llenármelo.

SEGISMUNDO. Todo podría ser, querido Bravo. No te embarques, y espera.»

Algo más y aun algos hablaron. La partida se disolvió sobre las tres, pues Halconero salía en coche todas las tardes para visitar a su novia. La inclemencia de la temperatura no le permitía echarse a las calles a pie. Invitado el pícaro a entrar en el coche para llevarle a donde quisiese, pidió a su amigo que le dejase en la Plaza mayor.

Placenteras eran las horas de Halconero en la dulce compañía de Pilarita y de los padres y tíos de ella. A media tarde iba Lucila en coche; las señoras mayores tomaban chocolate, conforme al estilo y costumbre de los pueblos del Norte. Era la casa holgadísima. Tenía su ingreso por la Plaza del Rey, y en largo espacio se extendían las habitaciones hasta Levante, con vistas al Parque del Ministerio de la Guerra. Las señoras gustaban de charlar a solas, separadas de *los chicos*, tratando de algún asunto de sus inocentes ambiciones maternas. Demetria y Lucila sondeaban con mirada optimista el porvenir, que para ellas no era oscuro ni problemático, sino bien esclarecido de luminosas venturas.

«DEMETRIA. Me ha dicho Fernando que en cuanto venga el Rey habrá nuevas elecciones. Las Constituyentes están ya deshechas. El distrito de La Guardia es nuestro; Vicente será diputado.

GRACIA. Un chico como este, lector de cuanto se ha escrito, merece que se le lleve a la vida pública.

LUCILA. Amigas del alma, Vicente lo agradecerá, y yo... ¡qué he de decirles! Soy tan madraza, que todos los honores me parecen pocos para mi amado hijo.

DEMETRIA. Vicente tendrá pronto dos madres... Estoy por decir tres, pues a mi hermana no le faltan motivos para quererle tanto como yo le quiero.

GRACIA. Nuestro hijo será el gran hombre del porvenir.

DEMETRIA. Vienen tiempos de regeneración, en que los intereses públicos estarán en manos de la juventud ilustrada, independiente, que sepa mantenerse bien derecha entre las exageraciones.

LUCILA. Así sea.»

En tanto, Santiago Ibero se corría de Poniente a Levante para remozarse con la alegría de los novios, instalados con Juanita en un risueño y luminoso aposento junto al comedor.

«JUANITA. Oye, Vicente; oye, Pilar: si vosotros, desde vuestra casita frente al Retiro, oiréis el rugido del león, nosotros aquí oímos a otro león más fiero que el vuestro... En esas habitaciones de Buenavista que tenemos tan cerca, vive Prim.

IBERO. Fijaos en el ángulo del edificio: dos ventanas que miran a la calle de Alcalá, otras dos que miran acá. Pues ahí duerme el general. En esa cueva, magnífica estancia tapizada de seda amarilla, se recoge de noche el león, como dice muy bien Juanita... Allí madura sus pensamientos y planes; allí afila el hierro de su voluntad; allí se reviste de la coraza de su paciencia... Pidamos a Dios que dé a nuestro león hispánico larga vida. Si le perdemos, ¿dónde encontraríamos otro?»

XXVII

A medias tan solo se ufanaba el león hispano del reciente triunfo, porque si su energía, su ingenio y perseverancia habían al fin salvado el inmenso atasco de encontrar un Rey y traerle acá, no estaban con esto desarmadas las imponentes dificultades que por humana ley circundaban a un suceso tan fuera de lo común; que siempre fue más fácil despachar a un soberano y sacudirse toda una dinastía, que traer a un viejo reino familia y monarca de naciones y climas extraños. Bien lo comprendía el general, sin que le arredrase la magnitud de su empresa, así en lo ya hecho, como en lo que restaba por hacer.

Si no temía complicación internacional, porque el aplomo europeo había de alterarse muy a su gusto, de Pirineos adentro veía dos fuerzas enemigas, a cual más poderosa: de un lado el Federalismo, de otro la Aristocracia. Si distinto era el terreno en que estos fieros dragones acampaban, diferentes en mayor grado eran sus armas, su táctica y sus banderas. Con menos ruido que los republicanos, con envenenadas ironías y menosprecios de damas linajudas, el bando borbónico había de dar más guerra que las muchedumbres mal vestidas, vociferantes en el extremo contrario del social.

Pero con solo pensar en ello, a don Juan le salían del corazón y de toda el alma estímulos de resistencia contra tales enemigos, y se le ocurrían ardides para inutilizarlos; que su genio asistido de su paciencia era inagotable en recursos defensivos... Al propio tiempo pensaba en el viaje del Rey, ya próximo; en su llegada a Cartagena, y en los preparativos y precauciones para recibirle dignamente. Y aún faltaba que las Cortes despacharan asuntos pertinentes al cambio de política, y que votaran la Lista Civil; faltaba dictar infinidad de disposiciones que eran el puente por donde la Nación había de pasar de la Interinidad a un estado efectivo. En la cabecera de aquel puente estaba Prim, presidiendo el paso de la muchedumbre social, y fijándose bien en los que iban derechos o torcidos.

La actitud del general era en aquellos días serena, revelando alguna fatiga, actitud y expresión de insomnio, de mala salud y de confianza en la propia voluntad. No participaba de la zozobra de sus íntimos, que presentían atentados criminales contra él. Dos conjuraciones fueron descubiertas; pero no parecían cosa formal. Prim las tuvo por conjuras de opereta. No consentía que se le supusiera medroso, ni gustaba de ver su camino guardado por policías. A pesar de esto, algunos de sus amigos iban al Congreso armados de revólver, y no se apartaban del general cuando al pasillo curvo salía con algún otro ministro a fumar un cigarro.

La labor testamental de las Cortes era premiosa y áspera, últimos andares de un mecanismo ya oxidado. En la cabecera del banco azul, Prim apuraba su energía cachazuda; creyérase que se agotaba su numen fecundísimo para el sorteo de las dificultades. Vieron los amigos acentuado el verdor de su cara y empañado el claro timbre de su voz. Alguien dijo que la cara del general se revestía de una extraña expresión mística. Era que lo restante de la obra no había de consumarlo el valor, sino la paciencia.

El Combate de Paúl, abrumado de denuncias y multas, perseguido en los Tribunales por el fiscal y en la calle por los corchetes, determinó suicidarse, y despidiose del público en una hoja furibunda, en la cual los *defensores de los derechos del hombre declaraban que debían cambiar la pluma por el fusil.*

Cargando, pues, el fusil hasta la boca, y atacándolo con furia, los hombres de *El Combate* decían: «Una mayoría facciosa, prostituida y encenagada hasta la hediondez... *Maniató traidoramente la soberanía* a la espuela del dictador don Juan Prim.»

Y más adelante: «*La Patria está en peligro*. Basta ya de dudas y vacilaciones... ¿Hay algún español que dude y vacile ante el *golpe de Estado* de un *pequeño dictador*? Pues ese español es un cobarde, un ciudadano indigno, un hombre degenerado, un miserable... Ignominia y baldón para el ciudadano español que, al saber que el Rey extranjero ha manchado con su planta el suelo español, no se apresure a lavarlo con su sangre...»

En otro lugar hablaba de la Revolución, declarándola enteca, y añadía: «Mas por uno de esos milagros de ciencia de curar, el hierro, el acero y el plomo la robustecerán muy pronto, tan *robustamente*, que no la conocerá la madre que la parió. Al tiempo, y un poquito de calma, no más que un poquito; que el verdadero *fiat lux* no se hará esperar muchos días.»

Nadie hacía caso de estas groseras bravatas. Pero no faltaban otros signos y barruntos de la vesania pública que a los amigos del general inquietaban. En la mañana del 26 fue Vicente Halconero a casa de su novia, no ciertamente a tortolear con Pilarita, que para esto sobraba tiempo en las tardes y noches de amoroso palique. Acompañábale Enrique Bravo, y ambos, validos de la confianza del primero en la casa, se colaron en el cuarto del coronel, que estaba vistiéndose para ir al Ministerio de la Guerra.

«Pues llegamos a tiempo —dijo Vicente, mostrándole un papel con lista de nombres—; y usted, mi querido don Santiago, prestará un gran servicio a su amigo el general Prim, diciéndole que mande prender a los diez individuos comprendidos en esta nota.»

Tomó Ibero el papel; leyó los nombres, que en unos eran apellidos, en otros apodos, en los menos designación completa de la persona, con el oficio y las señas de residencia. Quedó Ibero suspenso, y a su estupor siguió un mohín de incredulidad. «Entiendo —les dijo—, que no es este el primer soplo que a Buenavista llega. Don Juan no hace caso. Confía en su buena estrella, y en lo que hemos dado en llamar *hidalguía del pueblo español*. Por lo que he podido observar, más teme por don Amadeo que por sí mismo... Pero, en fin, debemos dar curso a estos avisos por lo que pudiera tronar.

Decidme ahora por qué conducto ha llegado a vuestras manos este papel...
Noto que la escritura es tuya, Vicente.

—Escribí los nombres al dictado —replicó Halconero—. El apuntador
ha sido un amigo nuestro llamado Segismundo García. Si mi escritura
me compromete, acepto la responsabilidad de la delación... Por el honor
nacional doy la cara en este asunto... Yo acuso de tentativa de asesinato a
los que están en esa lista.

—El delator —dijo Bravo— es un amigo a quien queremos mucho, perdo-
nándole sus extravagancias, su vivir de *bohemio* en contacto con la ínfima
plebe. Es hombre de talento extraordinario, nutrido por copiosas lecturas;
pero en él distinguimos el hervor paradójico, la brillantez retórica y el flujo de
originalidad, del sentido moral y de la rectitud del corazón.»

Hechas estas manifestaciones, los amigos saludaron a las damas y señoritas, y con Ibero volvieron a la calle. Este subió a Buenavista por la rampa
de la calle del Barquillo, y los amigos se reunieron con Segismundo, que
les esperaba en la Plaza del Rey. Vestía el *bohemio* la ropa de Vicente, ya
mal traída y afeada por manchas y algún siete. «He cumplido un deber de
conciencia —les dijo, andando los tres hacia la calle de Alcalá—. No sé
si entramos en el período épico, o salimos de una epopeya fallida, de un
mal ensayo con chambones y héroes de la legua. Os confieso que estoy
desorientado, y no sé si esto acabará en novela por entregas, o en diálogos
filosóficos en el estilo del nuevo Platón, *alias* Roque Barcia.

—Has hecho muy bien —dijo Vicente— en traernos esa lista, que hacemos
nuestra. Si algo temes, escóndete. Vente a mi casa. Los diez de la lista
dormirán esta noche en la cárcel.

—De veras os digo que el elemento trágico traído a la Historia de España
por esos *Brutos* de tan baja calidad, no entra en mis sentires de poeta
histórico. De otro modo han de ser las tragedias. Danton y Robespierre me
aterran, pero no me repugnan. Son la tempestad que purifica, no la alcan-
tarilla que retrotrae sus aguas inmundas para verterlas sobre la sociedad.
He delatado por vergüenza revolucionaria. Y ahora, mis queridos amigos,
no me tildéis de pusilánime si os digo que abandono mi albergue de La
Lechuga y mi pesebre de Botoneras para volverme a mi *Corinto de abajo*, al
amparo del buen Cantera y de mi morcón tutelar la *Señángela*... Me hago

la cuenta de que salvar una vida da derecho al sueño tranquilo. El ansia de paz y del dormir largo y sin visiones lúgubres me ha llevado de nuevo a la vertiente Sur... Dejadme correr hacia allá, que hoy he mandado con un mozo de cuerda mis pobres bártulos, un cofre con más libros que ropa, y quiero ver si han llegado felizmente las únicas riquezas que poseo... Adiós. Si esta noche o mañana tuviera que comunicaros algo nuevo, iré a tu casa, Vicente... y no dejéis hoy de la mano el asunto de la lista, que en estas cosas un minuto de pereza puede traer largos días de lágrimas. Abur.»

Partió el pícaro por la calle del Turco, acompañado de Bravo, y Vicente volvió a la casa de su novia, donde había de pasar todo el día. El tiempo no era propicio para callejear. ¡Felices los que libres de cuidados tenían lumbre a qué arrimarse, y corazones amantes que dieran al alma confortante abrigo! A pesar de que la vida del afortunado mortal, hijo de Lucila, se hallaba fuertemente defendida contra la social intemperie, no gozaba el hombre la plenitud de la felicidad. Su salud no era completa; su anemia no estaba vencida; su ánimo, rebelándose a ratos contra las visiones alegres, quería llevarle a una región de sombríos presagios. Ya la boda se había fijado definitivamente para el día de Reyes, y en ambas familias nadie temía la emergencia de nuevos obstáculos.

A la hora del almuerzo, le dijo Ibero que don Juan Prim había leído la nota con indiferencia. Sonrisa de incredulidad acompañó a las palabras con que hubo de ordenar al Subsecretario que pasase la lista al gobernador. Otra relación semejante, con alguna diferencia en los nombres, había recibido por conducto de Ricardo Muñiz. En el vago interés del general hacia las delaciones, vio Halconero como un desprecio del amaneramiento histórico. Amaneramiento era la repetición pedestre de las amenazas de muerte contra los hombres colocados en la cumbre social. Por lo mismo que estos avisos acusaban una monotonía tediosa en el arte de la Historia, el grande hombre no debía darles la menor importancia. En el curso de los sucesos faltaría toda majestad, si lo que había pasado en diversas ocasiones hubiese de ocurrir siempre. Conviene desconfiar de todo lo que se anuncia y de todo lo que se espera. En aquel caso, lo artístico era pedir al Destino venturas no previstas ni anunciadas por el vulgo...

Nada digno de mención pasó en el resto del día en la feliz morada de los Iberos y Calpenas. El 27 por la mañana fue Ricardo Muñiz a Buenavista, y almorzando con Prim se quejó doloridamente de que el gobernador no hubiese preso más que a uno de los diez de la lista. El general, con escasa atención en el asunto, le dijo que viese a Rojo Arias y al coronel de la Guardia Civil, encareciéndoles mayor diligencia, y con su amigo y sus ayudantes se fue al Congreso.

Apurada fue la labor parlamentaria en aquel día. El anterior, 26, partió de Génova la fragata *Numancia* conduciendo a don Amadeo, y la dotación del soberano popular no había sido aún aprobada por las Cortes. Un orador del grupo de Cánovas, el señor Bugallal, abogado de retóricas difusas y de acentos fiscales que difícilmente llevaban consigo la persuasión, combatió la Lista Civil en un discurso agrio... habló mucho de lo divino, poco o nada de lo humano que se debatía. Le contestó Prim, sacando del alma las heces de su paciencia. Se veía que el hombre anhelaba llegar al fin de una lucha que aun para titanes habría sido fatigosa. Su oratoria fue aquel día seca y dura... Habló después Navarro y Rodrigo, con despejo y firme dialéctica.

En el curso de la discusión, dilatada y sin relieve, no pocos amigos se acercaron al banco azul a saludar al presidente del Consejo. En el propio sitio sostuvo con este una larga conversación Ricardo Muñiz. Díjole que aquel día, 27 de diciembre, banqueteaban los masones en memoria de San Juan Evangelista. ¿Qué tenía que ver el santo Apóstol con los *caballeros de la Acacia*? Nada. La Masonería se congregaba en fiesta solemne dos veces al año: Solsticio de verano y Solsticio de invierno, San Juan Bautista y San Juan Evangelista. El *ágape* de aquel invierno se celebraba en el Hotel de las Cuatro Naciones, calle del Arenal.

Prim había ingresado recientemente en el *Gran Oriente Nacional de España*. Diéronle el cargo de *Portaestandarte del Supremo Consejo de la Orden*. Su grado era el 18, con título de *Caballero Rosa Cruz*. Al darle cuenta de la solemnidad masónica de aquel día, Muñiz le encareció la necesidad de honrarla con su presencia. Prim se mostró indolente, poco propicio a conceder a tales comedias el poco tiempo de que disponía. «Fíjese, Ricardo, en que necesito algún reposo. Llevo una vida que no es para llegar a viejo. Mañana sin falta saldré para Cartagena a recibir al Rey, que ayer partió de

Génova. En el Ministerio tengo mil asuntos que debo despachar entre esta noche y mañana. Vaya usted al banquete; discúlpeme con estas razones, y con otras que a usted se le ocurrirán...» Insistió Muñiz en que fuese, aunque su visita no durara más que algunos minutos. La asistencia del grande hombre sería muy grata, *etc*... En esto quedaron, y poco después se levantó la sesión. La Lista Civil fue aprobada por 115 votos contra 8. Para todos fue como el despertar de un mal sueño, y en Prim se pudo advertir la sensación de un descanso inefable.

Requerían los diputados sus gabanes o capas para echarse a la calle, que la noche se presentaba en extremo glacial, noche de infinita soledad y tristeza. Por las calles desiertas discurrían a escape las contadas personas a quienes alguna obligación ineludible lanzaba de sus hogares. Los coches rodaban sin ruido sobre un suelo acolchado de fango y nieve. En el arroyo, las ruedas dejaban paralelas serpenteantes; en las aceras, las huellas impresas a compás de andadura parecían marcar el paso de seres invisibles. La atmósfera era una opacidad quieta y lechosa que rodeaba de nimbos las luces próximas y desvanecía las lejanas en dudosas penumbras. Ruidos de la calle: un ligero roce de algodones que al ser comprimidos crujían como el serrín...

Interior del Congreso: el conde de Reus hablaba en el pasillo curvo con Rojo Arias, gobernador de Madrid. ¿Le recomendaba que pusiera pronto en recaudo a los hombres de la trágica lista? Es probable que así fuese, y también que el flamante gobernador, guardándola en su bolsillo, dijera que se ocuparía del asunto... todo ello sin precipitación, y estudiando los antecedentes de cada individuo, para que no se le acusara de arbitrariedad... Poco después de esto se vio al general en el pasillo recto, frente a la puerta del salón de Conferencias. Allí encontró a varios federales, con quienes sostuvo un afable diálogo: «Lo que debiera usted hacer —dijo a García López—, es venirse conmigo a Cartagena a recibir al Rey.»

Contestaron los enemigos festivamente, y uno de ellos le aconsejó con sincero interés que no confiara demasiado en su buena estrella y se precaviese contra riesgos probables. Otro habló de prontas algaradas, y Prim dijo: «Que haya juicio. Llegado el caso, tendré la mano dura...» Algunas palabras cambió con Morayta, excusándose nuevamente de asistir al banquete masónico... Aparecieron luego Sagasta y Herreros de Tejada, que habían convenido en acompañar a don Juan al Ministerio. Se encaminaron a la salida por la calle de Floridablanca. En la portería, los ordenanzas y un guardia de Orden Público charlaban tranquilamente, apiñados alrededor de un brasero.

En la calle, el intenso frío no ahuyentó a los desocupados que se recrean viendo el entrar y salir de personajes. Sagasta y Herreros de Tejada subieron a la berlina de Prim; siguioles este, dejándoles los sitios de preferencia. Pero de pronto Sagasta y su acompañante se acordaron de que una ocupación urgente les obligaba a tomar otro rumbo. Salieron; los ayudantes del general, que ya se iban a pie, retrocedieron y entraron en el coche, que al instante partió... Al doblar la esquina de la calle del Sordo, un resplandor súbito iluminó la blancura opalina de la niebla. Uno de los ayudantes miró al través del vidrio. No era nada... Un fumador que encendía su cigarro.

XXVIII

A los pocos segundos, al torcer el coche para entrar en la calle del Turco, surgió otro fumador que daba fuego a su cigarro. Pensó el ayudante que ya eran dos las personas que en tal sitio y en noche tan fría se paraban a encender fósforos. El general iba meditabundo. Pensaba en lo que le habían dicho los federales, interesándose por su vida, que él mismo afectaba despreciar. No debió de ahondar mucho en sus reflexiones, porque ya próximo al extremo de la calle del Turco se detuvo el coche. Había un obstáculo... Otro coche, parado y sin cochero. Oyose la voz del de Prim que clamaba contra el estorbo. En el momento mismo, el ayudante gritó: «Mi general, agáchese, que nos hacen fuego.» Al través del vidrio empañado vio, o antes sintió que vio, el súbito peligro. A un golpe de fuera saltó en pedazos el cristal del lado derecho, y por el hueco entró, con un hierro en forma de trompeta, un estruendo aterrador. El general quedó herido en la mano derecha con que empuñaba el bastón.

Antes que pudieran protestar de la barbarie, estalló el vidrio por el otro lado. Una voz tabernaria, infernal, gritó: «¡Fuego! ¡Prepárate; vas a morir!» Dos, tres, cinco disparos descargaron dentro del coche sin fin de postas y hierros de metralla... El cochero fustigó furioso a los caballos, para zafarse de la horrible visión de los hombres que dispararon sus trabucos. Vio cinco, seis, repartidos en los dos costados. Vestían largas blusas. Palabras soeces, horrorosas blasfemias, eran la repercusión de los disparos... En segundos pasó todo: la descarga, el piafar de los caballos, el arrancar de estos con arrogante fiereza invadiendo la acera, el encontronazo con el coche parado, la rauda salida a la calle de Alcalá tomando la dirección de la rampa de Buenavista...

El carruaje fusilado llevaba en su interior sangre, silencio y el estupor trágico, que aún no daba paso al claro conocimiento del hecho. Subiendo la rampa empezaron las voces a manifestar las impresiones... «¿Herido?... No será nada. ¡Canallas!» Prim echó las llaves a su palabra. Manteníase derecho, mirando a los oficiales y soldados de la guardia que, al ruido de los trabucazos, salieron a ver qué ocurría. Alguien dijo: «Nada... unos miserables... tentativa de agresión...» El coche entró en el portal. Un oficial abrió la portezuela. Salió Prim con bastante agilidad y rostro ceñudo, sin hablar con nadie; se dirigió a la escalera privada y subió agarrándose al pasamanos, que dejó manchado de sangre. Contestaba con frase cortante a los que bajaron a su encuentro.

Al pronto se creyó que el general no tenía más herida que la de la mano derecha, bien manifiesta por la sangre que de ella corría. Al llegar arriba, la condesa de Reus salió consternada. Su esposo le dijo: «No me toques... Estoy herido...» Fijáronse todos en el hombro izquierdo... Por la inmovilidad, por las señales de intenso dolor, por la sangre que empezó a calar la ropa, comprendieron que había en aquella parte gran destrozo... Pasaron silenciosamente a la alcoba del general. Este se sentó en una silla. El primer impulso fue acudir con pañuelos, con agua templada, con frases cariñosas... Siguió a esto la natural confusión, la febril impaciencia: «Losada, Losada...», y en otra parte: «Ledesma, Ledesma...»

Lentamente recobró sus fueros el método normal... Y a cada instante llegaban amigos, según se iban enterando del grave suceso. Uno de los primeros fue Muñiz, que había ido a la fonda de la calle del Arenal, donde se celebraba en santa paz el convite masónico. Presidía el *ágape* don Clemente Fernández Elías, y el ritual de la Orden escrupulosamente se observaba en todos los pormenores del festín, así en la disposición de las mesas, como en el detalle de colocarse los comensales las servilletas en el hombro izquierdo.

Primero Muñiz, luego Morayta, dieron cuenta de la bien motivada abstención del general, lo que desconsoló a todos; y aunque ambos dejaron entrever la posibilidad de que el *Caballero Rosa Cruz* asistiese por breves minutos, nadie esperaba verle aquella noche. Ya habían empezado las *salvas*, cuando entró un militar masón, y habló al oído del *Venerable* presidente. Este palideció. Diríase que su estupor le privaba del uso de la palabra... Una onda de ansiedad suspicaz corrió de mesa en mesa. El señor Elías escribió algo en un papel, y alargó este a los comensales más próximos. Cuantos leían, quedaban suspensos y aterrados, y la general incertidumbre aumentaba. Por fin, el *Venerable*, sacando fuerzas de flaqueza, se puso en pie, y con voz de intenso duelo pronunció estas palabras: «Hermanos... imposible callar. No puedo ni debo ocultaros la verdad terrible. El hermano Prim ha sido asesinado.»

Levantáronse todos de golpe, como a impulso de una sacudida telúrica, y confundidos el lamento y la protesta, los elementales sentimientos humanos ahogaron el sentido masónico que a tanta gente congregaba. Se acabaron las *salvas*; la *pólvora* quedó en los *cañones* o vasos ociosos. Todos mostraban honda pena, y los militares, que no eran pocos, añadían a la pena, la ira y el deseo de venganza. La dispersión fue instantánea. Los más acudieron a Buenavista.

A las diez, en el salón grande del Ministerio y en el despacho, recientemente decorados por el general Prim con exquisito gusto suntuario, apenas cabía la muchedumbre que acudió a condolerse del salvaje crimen y a maldecir a sus autores. Los amigos íntimos, como Damato, Muñiz, Moreno Benítez, y los funcionarios de la casa, Azcárraga, Sánchez Bregua y otros, pasaban a las estancias interiores y volvían con noticias que interpretaban en el sentido más favorable. «Losada y Vicente han hecho la primera cura. Las heridas del hombro izquierdo son las de más importancia; pero, según parece, no comprometen la vida del general...» El ayudante Nandín, que se aguantó largo tiempo con la mano herida envuelta en un pañuelo, fue conducido a la Casa de Socorro... No cesaba el ardiente comentario del suceso. Moreno Benítez y Ricardo Muñiz declaraban que al entrar don Juan en su residencia, dijo a su esposa y a los amigos: «Oí su voz bien clara...»

Prim fue acostado después de la cura. La condesa de Reus y contadas personas de la intimidad política del héroe, no se apartaban del lecho. Aunque los médicos habían recomendado el reposo y el silencio, era forzoso tratar sin demora de una cuestión de suma gravedad. Imposibilitado el presidente del Consejo para recibir al Rey, que habría de llegar a Cartagena el 29, ¿quién desempeñaría misión tan alta? Serrano, sentado a la cabecera del lecho, propuso la cuestión a Prim, a Topete y a dos amigos presentes. Nadie osaba pronunciar una palabra en tal asunto. Rogó Prim al Regente que decidiera, como primera autoridad del Reino en los confines de la Interinidad a punto de extinguirse. El duque de la Torre, que en todo el tiempo de la visita no acertó a disimular su tristeza y consternación, dijo a Topete con una mirada y un apretón de manos cuanto podía decirse en trance tan crítico, impropio para discusiones de palabra.

¿Con qué cara iría Topete a recibir a un Rey a quien había negado su voto? Esta cuestión peliaguda, insoluble para espíritus de bajas miras, la resolvió el hombre generoso y bueno, el heroico soldado de mar, con un gallardo arranque de su corazón, desoyendo cuantas sutilezas pudiera sugerirle el pensamiento. Los tres caudillos de la Revolución de septiembre, separados por distintos criterios en las postrimerías de la Interinidad, se unían de nuevo lealmente, como en los comienzos de ella. Accedió Topete a partir para Cartagena, y lo hizo casi sin articular palabra; asintió, más que con la voz, con el gesto y un palmetazo en el hombro de Serrano, mirando al general herido, a quien no podía estrechar ninguna de las dos manos. «Don Juan —dijo al fin, empañada la voz—, esté tranquilo. Yo traeré al Rey... No tema nada. De que le traeré bueno y sano, respondo con mi cabeza. Restablézcase pronto... y que al volver de este viaje le encontremos a usted tan animado como le vi en el puente de la *Zaragoza*.»

Y Prim, inmóvil, pues sus vendajes le tenían como una momia, le contestó: «Amigo del alma... yo no dudaba que usted me sacaría de este mal paso... Dios se lo pague...» Con Serrano habló luego un instante, mostrándose uno y otro más tranquilos. «Creo que saldré de esta» —dijo Prim... Y Serrano: «Para mí es indudable. Quietud, amigo. No pensar más que en remendar la pelleja, y adelante con ella. Yo pienso que nosotros tenemos siete vidas...» Y Prim: «Yo he contado siempre con setenta. Adiós. Descansar.»

Topete, al salir de la alcoba, se pasaba la mano por los ojos. Era hombre de corazón tan grande, que por no temer nada, no temía que le vieran llorando. Grave y silencioso salió Serrano, queriendo engañar con vaticinios consoladores su pesimismo... Para sí, muy para sí, pensaba que la nave de la Revolución de septiembre había encallado.

XXIX

Antes de media noche contaba Muñiz en un corro de amigos, entre los cuales se encontraba Santiago Ibero, que él, por sí y ante sí, después de presenciar la cura del herido, había visitado al primer operador de España, don Melchor Sánchez Toca. Y oídas las impresiones del amigo, opinó el maestro que urgía la inmediata decolación del brazo izquierdo. De esto trataron los íntimos; pero ninguno se atrevió a proponer el caso a la familia, pues a la condesa de Reus se había dicho que las heridas no eran de muerte, y la Facultad no consideraba precisa la intervención quirúrgica... Muñiz y Moreno Benítez resolvieron quedarse hasta el día; otros se retiraron a distintas horas de la noche.

A su casa llegó Ibero entre doce y una. Toda la familia velaba, anhelando noticias auténticas y dignas de crédito, pues en el curso de la noche habían llegado referencias distintas, las unas tranquilizadoras, las otras alarmantes. El coronel adoptó un justo medio para informar a los suyos. Juanita no cesaba de atisbar desde la ventana de Levante, y cuando vio que de los balcones de la alcoba del general desaparecía la luz, por haber cerrado las maderas, dio por seguro que el león dormía tranquilamente.

Halconero, presente en la mansión de Calpena desde media tarde, no quiso retirarse a la suya sin noticias fidedignas. Hallábase afectadísimo, profundamente lastimado en su corazón, y se condolía de que el gobernador y el coronel Valencia tomaran a broma el aviso que se les dio con los nombres de los asesinos. Tal abandono era un nuevo crimen, o un reverso del acto criminal, y merecía castigo severo... El tiroteo de la calle del Turco se oyó en la casa cuando se disponían a sentarse a la mesa. El primer tiro retumbó en el cerebro de Vicente, dejándole aterrado y sin habla. Oyó los cinco restantes con el mismo estupor. Pilarita y los demás de la familia se estremecieron del susto. Todos se manifestaron con una interrogación angustiosa, y Vicente recobró así la palabra: «Han matado a Prim.»

Dudas, ansiedad... Ibero corrió a Buenavista. Pronto se supo por diferentes conductos la verdad... Esta siguió entrando en la casa con versiones que variaban desde la extrema levedad a los augurios más desconsoladores. Halconero se resistió a comer, por el estado de su ánimo. Decía que el primer tiro fue para él siniestra repetición del trabucazo que le dejó tendido entre los cajones de la Plaza de los Mostenses... El mismo son simultáneo de campanas, con honda quejumbre que rompía el tímpano y el cráneo... Por un segundo fue víctima de la terrible sensación, y habría caído al suelo si los tiros siguientes no le trajeran a la realidad... Pilarita intentaba distraer a su prometido, y llevarle a la serena apreciación de las cosas; mas todo era inútil, y acabó ella por trastornarse también y ponerse un poquito trágica.

Ya era más de la una cuando el joven se decidió a volver a su casa. Fue con él don Fernando, por no dejarle solo con la turbación que padecía, y el coche hubo de tardar lo indecible por el cuidado y entorpecimientos de la nieve en las calles. Ardiendo de impaciencia esperaba la madre; retirose Calpena deseándoles descanso y buen dormir, y Lucila trató de que su amado hijo se recobrase de la tremenda emoción. Reduciéndole a meterse en la cama, la celtíbera combatió como pudo el prurito de hablar sin término, de referir el suceso, y condenar con atropellada indignación el descuido de las autoridades y el escandaloso alejamiento de la policía. Y cuando parecía dar fin a su relación y comentarios, empezaba de nuevo. Hasta el alba estuvo a su lado la madre, y no se retiró a su aposento sino cuando el adorado hijo, rendido al desgaste físico, cayó en profundo sopor.

Por la mañana, Bravito, llamado por Lucila, acudió sin tardanza. Vicente había dormido unas cuatro horas, con sueño intercadente. Despierto, le atacó de nuevo la verbosidad, ya con persistencia en una sola idea, que era la de hacer públicos los nombres de los asesinos y de pedir para ellos perentoria justicia. Como su madre y Enrique le dijesen que mirase bien lo que hacía, pues su boda estaba señalada para Reyes, y no le convenía distraerse de aquella obligación sagrada, contestó muy serio: «Madre y amigo, el casarme es asunto de dos personas, Pilar y yo; y el reclamar y obtener justicia, no solo a dos familias afecta, sino a toda la Nación, y a la Humanidad entera.

Por precaución, y esperando que el aislamiento le calmase de aquella inquietud, Lucila le mantuvo encerrado en casa todo el día 28. Creyó Enrique ponerse a tono con la madre aguando el vino de la tragedia, y aseguró que las noticias del día eran plenamente satisfactorias. *La Iberia*, en un artículo truculento contra los matadores de la Libertad, decía que las *heridas recibidas por el general no eran de cuidado*.

El 29 mostrose Halconero más tranquilo; pero Lucila decretó un día más de encierro. Por la tarde presentose Segismundo en la casa, cuando menos se le esperaba. Los tres amigos hablaron del suceso con calor, y enaltecieron la figura del mártir, a quien un corto número de hombres fascinados y delirantes querían cerrar brutalmente el paso hacia el coronamiento de una empresa política. Si a todos no era grata tal política, merecía respeto por el brío y la perseverancia que Prim había puesto en ella. De aquí pasaron al examen y expurgo de la lista de facinerosos, que intentaron cambiar el rumbo de los destinos de España con feroz dentellada más propia de tigres que de hombres.

Rompió luego Segismundo el freno de su sinceridad, y sin preparación alguna nombró a los bárbaros de la calle del Turco. «No hay ni mediana paridad —dijo Halconero— entre esos nombres y los que traía la lista... Aquí tengo la copia, que para mi uso particular guardé.» Sacó del bolsillo el papel, y examinado por el pícaro, dictó este a su amigo la rectificación, quitando dos nombres y sustituyendo otros dos por nombres nuevos. Total: ocho. Y luego que se hizo la enmienda, añadió estas palabras, dictadas por la radical convicción de lo que decía: «Ahora tienes completo y exacto el personal de la tragedia, cuyo desenlace ignoramos aún. Ahí verás al capataz de los bandidos; ahí los dos fosforeros, el del coche, y los cinco que dispararon sus retacos dentro de la berlina... ¿De dónde salieron preparados para dar muerte a don Juan? Lo sabrás todo. Lugares y personas tienen igual importancia. Entre dos luces partieron de la taberna de Botoneras, llevando su plan bien maduro, contados los pasos que habían de dar. Seguros iban de la indolencia de la policía y de la ceguera de las autoridades. Podían despachar su obra en cómodas tinieblas, en un escenario admirable para trabajar a mansalva, sin ningún peligro. Un solo contratiempo temían: que la víctima no pasase aquella noche por la vía más breve entre su palacio y el de las Cortes. Pero si pasaba, como siempre inerme y descuidado, no había de salvarle ni la Paz y Caridad.

»Salieron uno por uno del escondrijo de Botoneras, tomando distintas direcciones, bien calculados tiempo y distancias para reunirse en el Prado. Llevaban los más blusas largas; dentro de estas, los retacos... Unos subieron a la calle del Turco por la de la Greda, otros por la de Alcalá. Como habían de esperar a que terminase la sesión de las Cortes, entraron algunos en la taberna del Turco con disimulo de sus inicuas intenciones; su lenguaje fue jovial y totalmente extraño al asunto. Los demás divagaban por las proximidades andando a prisa, no como quien se estaciona, sino como quien pasa de largo... Con hábil estrategia, semejante a la de los ladrones, se juntaban para cambiar el alerta en espera del aviso. Este llegó comunicado por un sencillo telégrafo de fósforos encendidos en la oscuridad, y... lo demás pertenece a la historia visible y pública.

»Al general le ha perdido la vanagloria de su valor. Si hubiera dejado entrar en su alma un poco de miedo, ordenando que custodiara la calle una pareja no más de la Guardia Veterana, a estas horas estaría tranquilamente en Cartagena, sin otra inquietud que la de si aparecía o no en el horizonte la fragata *Numancia*. La bravura temeraria salva en unos casos a los hombres, y en otros los pierde. La hombrada de los Castillejos dio a Prim fama, gloria, tras de las cuales vino el caudillaje de las multitudes, el poder revolucionario, el poder de gobierno... Los hombres se endiosan por el éxito, y en el delirio de su soberbia llegan a desconocer que si en largos días no los vence la legión de enemigos descubiertos, en cinco minutos puede vencerlos y aniquilarlos la cobardía traicionera y enmascarada. En el escenario militar de África y en el teatro político de Madrid, triunfa el hombre valiente y sagaz, y en un paso estrecho y oscuro, media docena de bárbaros en acecho acaban con él y con sus ideas altas y generosas.»

Dicho esto, el pícaro y *bohemio* abandonó a sus amigos alegando la necesidad de consagrarse a las ocupaciones que eran el nervio de su existencia. Su próvido cliente don Trinidad le apremiaba para que se pusiese al telar, pues los pueblos, ante el advenimiento de un Rey excomulgado, pedían actos de fe y el consuelo de la santa cátedra. «Me da en la nariz —dijo

Segismundo al salir—, que viene a escape una época en que veremos muy floreciente la industria sermonera o sermonaria, y yo, que de ella vivo, quiero sostener, y si fuere posible, aumentar mi honrada parroquia.»

Quedó Halconero, con la visita y referencias de Segismundo, más caviloso que antes estuvo, y más aferrado a la idea de lanzarse a la palestra de la Verdad como paladín de la Justicia. Guardando cuidadosamente en su bolsillo la corregida nota de los matachines de la calle del Turco, expresó con grandísimo tesón su propósito de acusarlos a cara descubierta, sacrificando a este deber su tranquilidad, su posición, sus amores, su vida misma si fuere menester. Viéndole tan decidido y ardoroso, Lucila pensó que sería peor contrariarle, y así lo dijo secretamente a Bravito cuando en la puerta le despedía. Toda la tarde y parte de la noche persistió Vicente en su temeraria idea, sin que de ella pudiese apearle ni el propio don Ángel Cordero con sesudos y amenos divagares sobre la economía y administración aplicadas al arte de pastorear a los pueblos. A media noche se durmió; junto al lecho observaba Lucila con atento amor las intermitencias del sueño del amado hijo. Retirose al tener certeza de que había caído en un dormir profundo. La estancia quedó alumbrada por una mariposa puesta en el gabinete próximo, frente a una imagen de la Virgen; la tenue llamita de la candileja proyectaba sobre el cuadro religioso extrañas claridades, que en unos puntos fingían figuras alargadas, y en otros sombras contraídas.

Media hora estuvo Lucila ausente de la habitación. Apareció de nuevo en ella, abriendo con lentitud la puerta para evitar el ruido. Venía mal cubierta de un manto, como persona que abandona su lecho para poner en ejecución una idea súbita, quizás una idea olvidada. Traía la cara trágica; podía ser comparada con *Lady Macbeth* cuando, en su vagar sonámbulo, intentaba lavar su mano de una mancha indeleble. Mas no era esta la intención, no era este el estado anímico de la noble señora en aquel instante, como se verá por la narración fiel de lo que hizo en la estancia donde su primogénito dormía.

Pasito a paso se acercó al lecho; sus pies descalzos no levantaban ni el más ligero ruido en la blanda alfombra. Observó a Vicente dormido, y llegándose a donde había dejado su ropa, la reconoció con dedos sutiles hasta encontrar el bolsillo en que guardaba el censo de asesinos. Suavemente lo sacó, poniendo en el mismo sitio otro papel que a prevención llevaba. Con el mismo andar de diosa o figura evocada por un ensueño, pasó de la alcoba al gabinete, y llegándose a la mesa en que estaba la candileja, miró la lista que llevaba en la mano, y segura de que no se había equivocado, acercó una de las puntas del papel a la lucecita que ardía sobre un disco de corcho, flotante sobre el aceite. El papel cogió lumbre. Viéndole arder lentamente, la señora de trágico rostro así pensaba: «Para nada sirve este infame papel, como no sea para trastornar a mi querido hijo y apartarle de su felicidad y de sus deberes. Quémate, lista criminal; quemaos, nombres de bandidos. ¡Lástima que con vuestros nombres no ardan también vuestras personas!... Descifren el acertijo los que tienen el deber de hacerlo; descubran los jueces lo que haya que descubrir, y queden los inocentes apartados de esta infamia. Ya se ha visto que no hay aquí policía ni autoridades previsoras. Para saber que tampoco hay justicia, no es necesario que este pobre hijo mío comprometa su nombre honrado y sacrifique sus días dichosos. Asesinos, pasad ignorados a la posteridad, y que esta pueda maldeciros sin conoceros.»

XXX

El papel, invadido por la llama, se ennegrecía y enroscaba como cuerpo vivo sensible a los efectos de la combustión. La celtíbera no lo soltó de sus blandos dedos hasta que estos sufrieron el ardor de la quemadura. Recogidas las cenizas, las arrojó en un cubo de agua, donde se deshicieron como saliva escupida en el mar... El papel que introdujo la buena madre en el bolsillo de Vicente, en sustitución del papel sustraído, era una carta que Pilar escribió a su novio aquella noche, expresándole su cariño con la ingenuidad más intensa, suplicándole además que por amor de Dios y de ella se abstuviera de comprometer nombre y persona en enredos de Justicia.

Lo que se ha referido pasaba en la madrugada del 30 de diciembre, día que amaneció risueño y claro para los que en Buenavista seguían con ansiosa expectación el curso de la dolencia traumática del general Prim. Este había pasado la noche muy tranquilo, y de su sueño despertó con ganas de hablar, que todos interpretaron como ganas de vivir. La noticia de la mejoría salió a correr por Madrid, llevando alegría y esperanzas a todo el vecindario, y lanzada después por el telégrafo a ciudades y pueblos, difundió las albricias por España entera. A pesar de esto, se prohibió severamente la entrada en la alcoba, sin otra excepción que la de los amigos y familia que turnaban en velar al enfermo. Tenía el general su cabeza tan despejada, que de todo quiso informarse, y aun apuntó disposiciones acertadísimas, proyectos que había de realizar en cuanto el Rey llegara.

Ya el día anterior, 29, había presentado síntomas de mejoría por la remisión natural de la fiebre. Pudo resistir la emoción de la despedida de Topete, que partió aquel día para Cartagena, revestido de la autoridad de presidente del Consejo. Conoció y alabó la composición que en momentos tan angustiosos se dio al Ministerio. Sagasta había vuelto a Gobernación; Topete se encargó de Estado con la Presidencia, y Ayala entró en Ultramar. Asimismo tuvo Prim suficiente claridad mental para informarse de la interesante sesión del 28, y del hermoso arranque de Topete, que supo expresar su pensamiento y noble actitud con sublime elocuencia; pudo conocer las protestas contra el hecho de la calle del Turco, formuladas por amigos y adversarios, y las disposiciones y acuerdos de las Cortes para mantener el orden material en días de tanta inquietud y amargura.

No todos los que de cerca observaban y asistían al herido se hallaban conformes con las noticias optimistas que a cada instante eran lanzadas al público, ni creían que en caso de tal importancia debía ser engañado el país con piadosas mentiras. El ministro de Hacienda, Moret, pidió que no se diesen noticias sin el refrendo de la Facultad, y el Gobierno acordó en la mañana del 30 que así se hiciera... En las rampas de Buenavista, por Alcalá y el Barquillo, se estacionaba mañana y tarde el pelotón de gente ociosa y compasiva que infaliblemente, desde que el mundo es mundo, monta la guardia pública a la vera del suceso trágico.

Salía Ibero de Buenavista, y al tomar la bajada del Barquillo fue detenido por una mujer que del pelotón salió a cortarle el paso. Desagradó al caballero la presencia súbita de Rafaela Milagro (pues no era otra la mujer aparecida), con quien tuvo algo que ver en días anteriores a su casamiento con Gracia. Alguna vez habíala visto en Madrid, pasando de largo, sin hacer caso de las miradas de ella, que pedían saludo y conversación. No pudo don Santiago librarse aquel día del repentino encontronazo, y si este no le satisfizo, menos le agradó el oírse tuteado familiarmente en cuanto abrió su boca la dama errante de antaño. «Dispensa que te detenga; pero te veo salir de Buenavista... Traerás noticias frescas de ese pobre señor... ¿Cómo está? ¿Es cierto que ha mejorado de ayer a hoy?»

«Tanto ha mejorado el general —replicó Ibero con propósito de limitar a lo preciso la contestación—, que creemos asegurada su vida...» Y la *ecuménica*, componiendo su rostro con guiños y muequecillas coquetiles, para que Santiago recordase los tiempos en que la llamaban *perita en dulce*, habló de esta manera: «Aunque no es santo de mi devoción, me alegro... Viviendo, tendrá espacio su alma para el arrepentimiento... Ya sé que hoy eres su amigo. No vienen esas amistades de muy atrás, porque este Prim pasaba por moderado y enemigo del Regente, cuando tú, Santiago Ibero, fusilaste al pobre Montesdeoca en la Florida de Vitoria...»

Frunció el ceño Santiago y revistió su rostro de amargo desdén al oír el intempestivo recuerdo. Quiso dar por terminada la conversación, cuando se acercó la fantasma o estantigua mayor, que había permanecido alejada de su compañera. La huesuda y feroz Domiciana, cabeza principal de la *triple Hécate*, metió su viperina palabra en el coloquio con estos lúgubres conceptos: «¿Y dice usted que está mejor? Lo siento, porque esa es la mejoría de la muerte. Al verle a usted pasar tan aprisa, creímos que iba en busca del confesor... No está bien que le detengamos... Vaya, vaya pronto, que si no trae enseguida al médico del alma, podría llegar tarde...»

XXXI

De mal talante se apartó Ibero de las malditas cornejas, y procurando olvidar los lúgubres vaticinios, fue corriendo a su casa, ganoso de llevar a la familia las felices nuevas. Sin tardanza volvió al Ministerio, y apenas entró en la alcoba donde el general yacía, pudo advertir en las caras de los amigos presentes que las impresiones lisonjeras habían cambiado en el corto tiempo de su ausencia. Había dejado al héroe incorporado en su lecho, y le encontraba rígidamente tendido en todo su largo, la cabeza hundida en las almohadas. Habíale dejado parlero y casi jovial, y le encontraba con la cara intensamente terrosa, la mirada fija en el techo con atención incierta. No hizo el coronel a los circunstantes pregunta alguna. Todos miraban al general, esperando que hablase. Al fin el héroe y mártir dejó caer de sus labios una vaga pregunta: «¿Qué hora es?» Contestáronle que habían dado las doce, y el silencio volvió a posesionarse de la triste y amarilla estancia.

Pasado un rato, la misma pregunta del general rasgó el silencio: «¿Qué hora es?» Le respondieron agregando a la cifra anterior lo que aumentado había el paso inexorable del tiempo... Ya no dudó nadie que en el cerebro del general se iniciaba la somnolencia que conduce al eterno dormir; y cuando por tercera vez dijo con mayor desmayo y terneza de la voz: «¿qué hora es?» el terror cundió por toda la casa. Síntomas tristísimos no tardaron en presentarse, y la Facultad acudió a ellos con remedios que solo servían para disimular la inmensa gravedad. Aumentó la fiebre, y en el ardor de ella el general tuvo un momento lúcido para preguntar con voz entera si había llegado el Rey a Cartagena; y como le contestaran que sí, lanzó de su pecho un descomunal suspiro. Fue sin duda el delantero que abría paso para la salida del alma. Pasó un rato angustioso, hasta que la noticia que habían comunicado al hombre de la Revolución tuvo de boca de este un fúnebre comentario: *El Rey ha llegado, y yo... Me muero.*

¡Triste síntesis de la vida de España en aquellos turbados años! ¡Tanta energía y acción tan formidable concluidas en un cruce irónico del triunfo y la muerte! Llevaron apresuradamente al doctor Sánchez Toca, que no hizo más que verle, y salió diciendo: «Me traen a ver un cadáver... Ya no hay nada que hacer...» Anocheció. Las últimas claridades de un día velado y lacrimoso se despidieron del aposento amarillo en que acababa sus horas el que unió su nombre a la más amada idea del siglo: *Prim Libertad*. Lámparas nocturnas alumbraron la inmovilidad del moribundo y el dolor de los suyos. En su delirio, el héroe mismo se cantaba sus honras pronunciando a ratos con fuerte voz, a ratos con torpeza balbuciente, este salmo lastimero: «He salvado la Libertad... Me muero... ¡Canallas!...»

El grande hombre arrastró sus instantes hasta las ocho y quince minutos, en que expiró. Su figura histórica era la puerta de los famosos *jamases*, la cual tapaba el hueco por donde habían salido seres e institutos condenados a no entrar mientras él viviera. Muerto Prim, quedó abierto el boquete, y por él se veían sombras lejanas que miraban medrosas, sin atreverse a dar un paso hacia acá. Era pronto para entrar; pero como quedaba franco el camino, ya les llegaría su ocasión. Aquel día, *30 de diciembre de 1870*, supo España que toda puerta es practicable cuando no hay un cuerpo bastante recio que la tape y asegure... Las devociones reaccionarias y frailunas rezaron por el muerto con esta dulce letanía: «Vivir para volver.»

FIN DE ESPAÑA TRÁGICA
Madrid, marzo de 1909.

Libros a la carta

A la carta es un servicio especializado para

empresas,

librerías,

bibliotecas,

editoriales

y centros de enseñanza;

y permite confeccionar libros que, por su formato y concepción, sirven a los propósitos más específicos de estas instituciones.

Las empresas nos encargan ediciones personalizadas para marketing editorial o para regalos institucionales. Y los interesados solicitan, a título personal, ediciones antiguas, o no disponibles en el mercado; y las acompañan con notas y comentarios críticos.

Las ediciones tienen como apoyo un libro de estilo con todo tipo de referencias sobre los criterios de tratamiento tipográfico aplicados a nuestros libros que puede ser consultado en Linkgua-ediciones.com.

Linkgua edita por encargo diferentes versiones de una misma obra con distintos tratamientos ortotipográficos (actualizaciones de carácter divulgativo de un clásico, o versiones estrictamente fieles a la edición original de referencia).

Este servicio de ediciones a la carta le permitirá, si usted se dedica a la enseñanza, tener una forma de hacer pública su interpretación de un texto y, sobre una versión digitalizada «base», usted podrá introducir interpretaciones del texto fuente. Es un tópico que los profesores denuncien en clase los desmanes de una edición, o vayan comentando errores de interpretación de un texto y esta es una solución útil a esa necesidad del mundo académico.

Asimismo publicamos de manera sistemática, en un mismo catálogo, tesis doctorales y actas de congresos académicos, que son distribuidas a través de nuestra Web.

El servicio de «libros a la carta» funciona de dos formas.

1. Tenemos un fondo de libros digitalizados que usted puede personalizar en tiradas de al menos cinco ejemplares. Estas personalizaciones pueden ser de todo tipo: añadir notas de clase para uso de un grupo de estudiantes,

introducir logos corporativos para uso con fines de marketing empresarial, etc. etc.

2. Buscamos libros descatalogados de otras editoriales y los reeditamos en tiradas cortas a petición de un cliente.

www.ingramcontent.com/pod-product-compliance
Lightning Source LLC
Chambersburg PA
CBHW030254270626
47156CB00022B/2741